VERZAUBERT AUF DER BOURBON STREET

JADE CALHOUN SERIE, BUCH 7

DEANNA CHASE

Übersetzt von
ANNA DRAGO

BAYOU MOON PRESS, LLC

ÜBER DIESES BUCH

Von der New York Times-Bestsellerautorin Deanna Chase.

Babymachen mit Kane ist genau das Richtige für Jade ... bis ein Fluch einen Eimer Eis in ihr Feuer kippt.

Jade und Kane sind bereit, den nächsten Schritt in ihrem gemeinsamen Leben zu gehen. Doch nachdem ein routinemäßiger Segen schrecklich schiefgeht, werden plötzlich alle Gedanken an die Gründung einer Familie auf Eis gelegt, als Jade verflucht und ihr zukünftiges Kind bedroht wird.

Jetzt geht die Jagd los, um den Verantwortlichen zu finden, um den Fluch zu brechen. Doch das Leben auf der Bourbon Street ist nie so einfach. Dämonen müssen bekämpft, Seelen gerettet und Geheimnisse gelüftet werden. Und während Jade und ihre Freunde der Wahrheit näherkommen, sieht es allmählich so aus, als hätte jemand einen Deal mit dem Teufel gemacht.

KAPITEL EINS

*I*ch hätte nie gedacht, dass ich Wichse mit Honiggeschmack aus einem Plastikpenis trinken würde", sagte Pyper und inspizierte den phallusförmigen Trinkhhalm.

Ich schnaubte und verschluckte mich an dem Geißblatt-Daiquiri. „Pyper!"

„Jade!" Pyper ahmte meinen Ton nach und grinste, während die hellblaue Strähne in ihrem dunklen Haar nach vorne fiel, als ihre Schultern vor unterdrücktem Lachen bebten.

Meine beste Freundin Kat stellte ihren Drink ab und schob ihn in die Mitte des Tischs. Sie kniff ihre haselnussbraunen Augen zusammen. „Das war's. Ich steige auf Wein um."

„Man kriegt euch zwei so leicht dran." Pyper grinste und trank einen großen Schluck.

Kat warf ihr einen Seitenblick zu, stand dann auf und ging durch den überfüllten Raum zur Bar. Sie sah elegant aus in ihrer engen Hose und dem fließenden Seidenhemd, ihre leuchtend roten Locken zu einem schicken Knoten zusammengebunden.

DEANNA CHASE

Es war Neujahr, und wir waren gerade mit dem Rest meines Zirkels in einem Privathaus im Garden District auf einer Fruchtbarkeitsparty. Mein Zirkelmitglied Rosalee hatte mich gebeten, einen Segen für ihre ältere Schwester auszusprechen, die Probleme hatte, schwanger zu werden. Als ich zugestimmt hatte, war mir nicht bewusst gewesen, dass sie beabsichtigt hatte, eine Party zu schmeißen und die halbe magische Gemeinde von New Orleans einzuladen.

„War es was, was ich gesagt habe?", fragte Pyper mich, ihre großen blauen Augen weit aufgerissen in gespielter Unschuld.

Ich zog den Penis-Trinkhalm aus meinem unberührten Drink und schleuderte ihn ihr entgegen, während ich die Freude genoss, die um mich herumwirbelte. Als Empathin versuche ich normalerweise, die Emotionen anderer Menschen auszublenden, da sie mich oft nur auslaugen. Aber glückliche Energie erfüllte mich und machte mich stärker. Und heute genoss ich den Schub. Besonders nach dem harten Morgen, den ich gehabt hatte.

Aus irgendeinem Grund hatte ich gleich nach meinem morgendlichen Chai stechende Kopfschmerzen bekommen und mich fast ins Waschbecken übergeben. Ein paar Ibuprofen hatten den Schmerz vertrieben, aber, Mann, für einen Moment dachte ich, ich würde es heute nicht schaffen.

Pyper fing den Trinkhalm auf und zwinkerte, als sie ihn neben den anderen in ihr Getränk steckte. „Sieht aus, als hätte ich heute Abend eine Ménage."

Ein Lachen entkam meinen Lippen, als ich meinen Kopf schüttelte. „Du bist verrückt."

„Ich weiß."

„Sieht so aus, als würdet ihr euch großartig amüsieren." Rosalee erschien hinter mir, ein Lächeln auf ihren vollen

Lippen. Sie hatte ihr langes dunkles Haar offengelassen und trug einen fließenden Rock, der ihre Erdhexenseite betonte. Sie ließ sich auf Kats leerem Stuhl nieder und verteilte Zweigkronen, die mit Geißblattranken umflochten waren. „Die werden wir während der Segnung tragen. Geißblatt soll bei der Lust helfen."

Pyper zog skeptisch eine Augenbraue hoch und starrte angewidert auf die handgemachte Krone. Sie öffnete den Mund, um zweifellos etwas Unangemessenes zu sagen, doch ich unterbrach sie. „Sind sie mit einem Zauber belegt?"

Rosalee schüttelte den Kopf. „Nein. Wir haben sie der Symbolik wegen gemacht. Wir wollten nicht, dass die Magie außer Kontrolle gerät und …" Sie beugte sich vor und flüsterte: „Du weißt schon, sich auf die Gäste auswirkt."

„Gute Idee, wenn man bedenkt, dass wir alle an diesen Dingern nuckeln. Ich will nicht, dass der Segen zu etwas wird, das besser für einen Sexkerker geeignet ist." Pyper hielt beide Penistrinkhalme hoch und steckte sich dann einen in den Mund, während sie Rosalee vielsagende Blicke zuwarf.

„Oh, Göttin", murmelte ich und trank einen Schluck von meinem Ginger Ale. Ich wollte heute kein Risiko mit Alkohol eingehen. Nicht nach den Kopfschmerzen heute Morgen.

Rosalee lachte, ihre dunklen Locken hüpften um ihr Gesicht. „Das wäre unangenehm." Sie drehte sich zu mir um. „Bist du bereit, in ungefähr fünf Minuten anzufangen?"

Ich warf einen Blick zu Bea, meiner Mentorin, die ein paar Tische entfernt saß. Sie strahlte in ihrem leuchtend violetten Etuikleid und den passenden Pumps. Elegant. Absolut atemberaubend. Ich hoffte nur, dass ich es schaffen würde, auch nur halb so gut auszusehen wie sie, wenn ich in ihrem Alter war… was ich auf Mitte bis Ende sechzig schätzte, doch allein aufgrund ihres Aussehens würde man nie darauf kommen. Sie begegnete meinem Blick und lächelte, ihre Augen voller Wärme.

„Sicher", sagte ich zu Rosalee und nickte Bea zu. „Ich habe noch nie einen gemacht, also wird Bea mir helfen."

Rosalee legte ihre Hand auf meine und drückte sanft. „Danke, dass du das tust. Es bedeutet Dani viel. Sie hat in den letzten Wochen über nichts anderes gesprochen."

Ihre Dankbarkeit schoss durch mich hindurch, als wir uns alle umdrehten und ihre Schwester ansahen, die Frau der Stunde. Sie war eine ältere, prallere Version von Rosalee mit einem großen Unterschied – Rosalee war eine mächtige Hexe und Dani nicht. Es war nicht ungewöhnlich, dass Familienmitglieder unterschiedliche magische Fähigkeiten besaßen. Doch in diesem Fall hatte Dani, soweit wir wussten, überhaupt keine Magie. Und laut Rosalee hatte sie diese Tatsache lange Zeit gehasst. Doch jetzt, wo sie verheiratet war, wollte sie nur noch eine Familie gründen.

„Kein Problem. Ich mache das gerne." Ich lächelte, und Wärme füllte meinen Bauch.

Kat kehrte zurück und setzte sich auf meine andere Seite, in der Hand ein gekühltes Weinglas. Sie sah mich mit ernster Miene an. „Wenn du deinen Segen gewirkt hast, erwarte ich, dass es weniger Teestunde und mehr ‚Lasst uns feiern' wird, okay? Ich meine, die Requisiten machen Spaß, aber mir wäre echte Party lieber, um wirklich alle in Stimmung zu bringen. Weißt du, was ich meine?"

„Ja. Was ist daraus geworden, eine betrunkene Nacht voller Ausschweifungen und heißem Sex und einem Braten in der Röhre enden zu lassen?", fügte Pyper hinzu.

Die anderen bogen sich vor Lachen, doch ausnahmsweise fand ich ihre Neckereien nicht so amüsant. Soweit ich wusste, hatten Dani und ihr Mann in den letzten Jahren vergeblich versucht, schwanger zu werden. Und sie wollte mit ein bisschen Hilfe ins neue Jahr starten.

Ich wusste, dass ich mich nicht daran stören sollte, dass meine Freundinnen über diesen Tag scherzten, ohne ihren Kampf wirklich zu verstehen, doch es ärgerte mich. Ich lehnte mich zurück, verschränkte die Arme vor meiner Brust und sah sie stirnrunzelnd an.

„Jade? Was ist los?", fragte Pyper, als ihr Lachen verebbte.

Ich zuckte mit den Schultern, mir vollkommen bewusst, was mein Problem war. Doch jetzt war nicht die Zeit, darüber zu sprechen. Meine Finger gruben sich in meinen Bizeps.

„Hey." Kat zog sanft an einem meiner Arme und zwang mich, meinen Griff zu lockern.

Ich ließ sie und begegnete ihrem entschuldigenden Blick.

„Tut mir leid. Ich weiß, dass ihr darüber nachgedacht habt, es zu versuchen."

„Was versuchen?", fragte Pyper und schob sich ein mit Schokolade überzogenes Karamell in den Mund.

Wir starrten sie beide nur an.

Sie hielt mitten im Kauen inne. Das Geplapper der anderen um uns herum erfüllte die Stille. Pypers Kehle arbeitete, als sie den Rest der Schokolade gewaltsam schluckte. Ihre Augen wurden weicher, dann lächelte sie. „Versucht du und Kane, eine eigene kleine Hexe zu machen?"

Ich senkte den Blick und tat so, als würde ich die Früchte inspizieren, die ich unberührt auf dem Teller gelassen hatte.

„Jade?", fragte Pyper leise.

Ich schüttelte den Kopf und tauchte eine Erdbeere in die Schlagsahne.

„Aber du willst?"

„Ja", sagte ich schließlich. „Wir haben darüber gesprochen, aber wir haben uns nicht so oder so entschieden. Jetzt ist wahrscheinlich nicht der beste Zeitpunkt, um damit anzufangen." Kane und ich kämpften andauernd gegen Dämonen, Anwender schwarzer Magie und andere machthungrige magische Kreaturen. So sehr ich es auch wollte – wir wollten – die Idee, ein Kind in unser verrücktes Leben zu bringen, war nicht gerade praktikabel.

„Oh, Honey", sagte Kat mit einem sanften Lächeln. „Du weißt, was man sagt. Es ist nie ein guter Zeitpunkt, um mit dem Babymachen anzufangen. Du tust es einfach, und es passiert von selbst."

„Jupp", mischte sich Pyper ein. „Wenn es das ist, was du willst, stell den Hexenbullshit zurück und los geht's." Sie wackelte mit den Augenbrauen. „Außerdem, wer würde nicht gerne mit Kane ein Baby machen wollen?"

„Ganz meine Meinung", fügte Kat hinzu. „Ich bin so neidisch. Eure Babys werden wunderschön sein."

„Das reicht jetzt", sagte ich lachend. „Wenn ihr zwei so über Kane redet, ist das komisch. Ihr macht mir Angst."

„Bitte. Ich meinte nur sein unglaublich gutes Aussehen. Ich will absolut nichts von ihm." Pyper verzog das Gesicht und zwinkerte. Sie waren beste Freunde und benahmen sich wie Bruder und Schwester.

„Ich auch nicht", sagte Kat und warf uns ein verschmitztes Lächeln zu. „Ich habe alle Hände voll zu tun mit Lucien."

„Schon besser." Ihre Empfehlungen wärmten mich, und wenn ich ehrlich war, war es genau das, was ich hören wollte. Ich musste es nur von Kane hören, und er hatte immer noch Vorbehalte, was den Zeitpunkt anging. Ich schüttelte den Kopf und vertrieb die Gedanken. Ich hatte eine Aufgabe zu erledigen. „Genug über mich. Zeit für den Segen." Ich stand auf und ging zu Bea hinüber. „Wollen wir?"

Sie nickte und folgte mir zu der kleinen provisorischen

Bühne, die Dani aufgebaut hatte. Ich hob die Hände an meinen Mund und flüsterte: „*Lauter.*"

Ein kleines magisches Prickeln berührte meine Kehle, was mir sagte, dass der Zauber gewirkt hatte. „Allen ein frohes neues Jahr!" Meine Stimme dröhnte durch den Raum und brachte die Gäste sofort zum Schweigen. Ich begegnete Danis Blick und lächelte. „Wenn der Ehrengast bitte auf die Bühne kommen könnte? Meiner Meinung nach ist es an der Zeit, den Prozess des Babymachens mit ein bisschen Magie zu würzen."

Alle johlten und brüllten, als Dani errötete und zu uns auf die Bühne kam.

„Ja, Mädchen. Das ist alles, was du brauchst. Ein bisschen Magie im Schlafzimmer, während Todd sein Ding macht!", rief Mati, eine Sexhexe aus Coven Pointe, von der anderen Seite des Raums.

Dani wurde knallrot. Sie sah aus, als wäre es ihr lieber, wenn sich der Boden auftäte und sie verschlang, bevor sie länger den gutmütigen Spott ertragen musste.

Rosalee, die am nächsten Tisch saß, hielt sich die Hand vor den Mund und verbarg ihr Lachen.

Ich schüttelte den Kopf und schluckte meine Belustigung hinunter. Für ein Mädchen, das entschieden hatte, dass Penishalme und Kekse in Form überdimensionierter Spermien eine gute Idee für ihre Party waren, war sie ziemlich schamhaft. „Ich bin mir sicher, dass es dort reichlich Magie gibt." Ich zwinkerte Dani zu und nahm ihre Hand. „Bei diesem Segen geht es vielmehr darum, wirre Energien zu klären und die richtige Umgebung zu schaffen, um eine neue Seele in ihrem Leben willkommen zu heißen."

Dani holte tief Luft und lächelte mich dankbar an. Während das Necken lustig und unterhaltsam war, war das eine ernste Angelegenheit für sie. Das war klar. Ich drückte ihre Hand und ließ sie wissen, dass ich sie verstand.

Bea trat einen Schritt vor. „Ich danke euch allen, dass ihr heute zu uns gekommen seid. Jede von euch wurde eingeladen wegen ihrer persönlichen Verbindung zu Dani und Rosalee und wegen ihrer einzigartigen Energie. Während Dani dankbar wäre, wenn ihr an der Segnung teilnehmen würdet, ist es keine Notwendigkeit. Es ist Magie im Spiel, und eure Energie wird als Teil des Zaubers verwendet. Wenn ihr euch also dafür entscheidet, nicht mitzumachen, ist das kein Problem. Eure Anwesenheit, die eure Unterstützung für diesen besonderen Tag klarmacht, ist völlig ausreichend."

Die meisten Leute nickten zustimmend, doch ich bemerkte, wie Lailah und Zoë flüsterten, als Zoë den Kopf schüttelte. Lailah war unser örtlicher Engel und meine Seelenhüterin. Sie trug einen cremefarbenen Rock und ein blasses Boho-Top, also wenig Farbe bis auf die rote Weihnachtsstern-Haarspange, die ihre honiggoldenen Haare zusammenhielt. Zoë trug eine schwarze Stoffhose und eine Bluse, die sie zehn Jahre älter aussehen ließ als ihre vierundzwanzig Jahre. Verschwunden war die frische, strahlende Blondine, die ich vor ein paar Monaten getroffen hatte, ersetzt durch die ernste Hexe, die sich bemühte, sich anzupassen.

Vor ein paar Monaten war Zoës Seele von einer niederen Göttin gestohlen und für böse Zwecke missbraucht worden. Doch dank Lailah und dem Rat der Engel hatte sie eine neue bekommen. Soweit ich wusste, hatte es ein paar Probleme bei der Anpassung gegeben, und mit Zoës Magie war es nicht zum Besten bestellt. Daher war ich nicht überrascht, als Lailah mich anstarrte und dann den Kopf schüttelte, um anzuzeigen, dass keine von ihnen teilnehmen würde. Lailah könnte, doch sie war wirklich nur hier, um Zoë im Auge zu behalten.

Ich nickte und wandte mich der Menge zu. „Wer bereit ist mitzumachen, möge bitte aufstehen."

Tatsächlich standen alle im Raum auf, außer Lailah und Zoë.

„Großartig", sagte ich lächelnd. „Dann nehmt jetzt eure Geißblattkronen und setzt sie auf den Kopf. Wenn ihr bereit seid, reicht euch die Hände."

Die rund zwei Dutzend Gäste traten in die Mitte des Raumes und bildeten einen Kreis.

„Perfekt. Da das mein erster Segen ist, wird Bea die Führung übernehmen." Ich trat zurück und überließ Bea die Bühne. Sie war die ehemalige Anführerin des Covens von New Orleans, extrem mächtig und mehr als fähig, den Segen ohne mich zu wirken. Doch da ich die derzeitige Anführerin des Hexenzirkels war, war es meine Aufgabe, die Magie zu binden, sobald der Segen fertig war.

„Willkommen, meine Lieben", sagte Bea mit weit ausgestreckten Armen. „Wir sind heute hier, um einer von uns einen Fruchtbarkeitssegen zu spenden. Dani?" Sie deutete auf unsere Gastgeberin. „Bitte nimm deinen Platz in der Mitte des Kreises ein."

Dani strich ihr blütenweißes Kleid glatt, als sie sich langsam in den Kreis begab. Ich folgte ihr, stellte vor jeden Teilnehmer eine weiße Stumpenkerze und nahm dann meinen Platz am nördlichsten Punkt des Kreises ein.

„Jade, heb deine Kerze", sagte Bea.

Ich hielt die nicht brennende Kerze vor mich, und als Bea nickte, flüsterte ich: *„Schwebe."*

Die Kerze schwebte direkt vor mir. Zufrieden, dass alles nach Plan verlief, ergriff ich Kats und Pypers Hände. Mir gegenüber wiederholte Rosalee den Schritt, gefolgt von den beiden Hexen, die die Ost- und Westspitze besetzten.

Als die vier Kerzen schwebten, hob Bea ihre Arme gen Himmel und rief: „Aphrodite, Göttin der Liebe, Schönheit, des Vergnügens und der Fortpflanzung, wir bitten dich um deinen Fruchtbarkeitssegen! Wir, Danis Freundinnen, bieten unsere Unterstützung und unsere Kraft auf ihrem Weg zur Mutterschaft an. Von Erde, Wind, Feuer und Meer rufen wir dich."

Die vier Kerzen wurden gleichzeitig mit einem eleganten Aufflackern entzündet.

Bea begegnete meinem Blick und nickte mir zu. Ich ließ Kats und Pypers Hände los und hob meine mit den Handflächen nach oben. Die restlichen Kerzen stiegen auf und vervollständigten den Kerzenkreis. Ich wiederholte Beas Worte und endete mit: „Wir rufen dich."

Magie glühte in meinen Handflächen.

„Alle außer Jade, bitte legt die Hände um eure Kerzen", sagte Bea.

Alle schwiegen, während sie taten, was ihnen gesagt wurde. Als alle ihre Kerzen fest im Griff hatten, sagte Bea: „Jetzt, Jade."

Die magischen Funken in meinen Handflächen leuchteten heller, je näher ich meiner Stumpenkerze kam. Die beiden waren wie Magnete, die verbunden werden wollten. Gut. Alles funktionierte genauso, wie es sollte. Selbstvertrauen schwoll in meiner Brust an, als ich die Kerze mit beiden Händen umfasste.

Die Flamme meiner Kerze schoss hoch in die Luft, ihre Stärke überraschte mich. Sie flackerte zweimal, blieb dann ruhig und pulsierte mit sauberer Energie. Schön.

„Mit diesen Kerzen rufen wir die Göttin Aphrodite an, Dani mit dem Geschenk des Lebens zu segnen", sagte Bea.

Ich schloss meine Augen, umklammerte meine Kerze und sang: „Von Norden nach Süden, von Osten nach Westen rufen wir die Erde, den Wind, das Feuer und das Meer, um neues Leben zu dir zu bringen."

Magie brach aus mir durch die Kerze zur Flamme heraus. Feuerfunken schossen um den Kreis herum und vereinigten sich mit den anderen Flammen, und ein kollektives Keuchen ertönte von den Teilnehmerinnen genau in dem Moment, in dem meine Magie sie berührte.

„Wiederholt den Satz, *um neues Leben zu dir zu bringen!*", befahl Bea.

Wie aus einem Mund wiederholten die Frauen: „Um neues Leben zu dir zu bringen."

Die Kerzen erloschen und hinterließen weiße Rauchfahnen. Dann kam Wind auf, und der Rauch schoss auf Dani zu, wirbelte um sie herum und schien in ihre Haut einzudringen.

„Gut gemacht, Jade", sagte Bea. „Ich denke, dass –"

Der weiße Rauch löste sich von Dani, konzentrierte sich zu einem Ball und schoss dann direkt auf mich zu, um mit Wucht in meine Magengegend zu rammen.

Ich stolperte rückwärts, hielt mir den Bauch und konnte kaum atmen.

„Jade!", rief jemand, doch ich konnte nicht erkennen, wer. Ich war zu sehr damit beschäftigt, angesichts der dunklen Magie, die meinen Unterleib verbrannte, nach Luft zu schnappen.

„Oh Gott", presste ich heraus. „Das ist schwarze Magie." Die entsetzten Schreie der anderen Gäste hörte ich kaum. „Bea!" Tränen des Schmerzes machten mich blind. „Hilf mir!"

Ein Strom kühler Magie hüllte mich ein, und ich fühlte nichts außer Beas starker, beruhigender Energie, die mich von innen heraus aufbaute, als sie die Dunkelheit aus mir zog.

Meine Sicht wurde klarer, und mit einer mächtigen Kraft, die ich nur selten rief, schoss ich meine eigene Magie auf die schwarze Wolke, die vor mir schwebte, und sprengte sie ins Nichts.

Während ich dastand und mein Atem in kurzen Stößen kam, machte mich der kollektive Schock im Raum unfähig, mich zu bewegen. Das Gewicht der Gefühle aller war zu viel, um es zu ertragen, und meine Knie gaben nach. Ich sackte zur Seite und schaffte es nur knapp, nicht mit dem Kopf gegen einen der gemieteten Tische zu schlagen.

„Jade!" Das war Kat. Sie kniete vor mir, mit Sorgenfalten auf ihrem normalerweise glatten Teint. „Jemand soll Kane anrufen!"

„Nein." Ich rappelte mich wieder auf. „Ich bin okay. Ich möchte nur, dass alle einen Schritt zurücktreten, bitte."

Alle außer Kat taten, was ich verlangte. Die Erleichterung war augenblicklich. Mein Körper wurde leichter, und meine Atmung normalisierte sich.

Kat legte ihre Hand auf meine und drückte zu. „Nimm, was du brauchst."

Ich schüttelte den Kopf, unwillig, ihre Energie zu verwenden, um Kraft zu tanken. Ich hatte es in der Vergangenheit getan und würde es wahrscheinlich auch in Zukunft tun, aber nicht, wenn es nicht absolut notwendig war. „Wirklich, es ist okay. Ich brauche nur eine Minute."

Sie musterte mich, als wäre sie sich nicht sicher, ob sie mir glaubte, doch nachdem ich ihr ein beruhigendes Lächeln zugeworfen hatte, nickte sie und stand auf.

Bea kniete sich neben mich und reichte mir eine ihrer energiespendenden Kräuterpillen.

Ich nahm sie ohne Widerstand.

„Was ist passiert?", fragte sie, und Sorge strömte in Wellen von ihr aus.

„Ich habe keine Ahnung. Alles ist gut gelaufen, doch als mich dann die Magie getroffen hat, kam aus dem Nichts ein Schwall schwarzer Magie." Ich sah mich um und suchte nach einer abtrünnigen Hexe. Wie hätte ich sonst angegriffen werden können? „Hast du jemanden gesehen? Jemand muss einen Zauber gesprochen haben."

„Nein." Bea runzelte die Stirn, Verwirrung vermischte sich mit ihrer Sorge. „Und es kam von niemand anderem. Es kam von dir."

Mein Mund stand vor Schreck offen. „Das ist unmöglich. Ich benutze keine schwarze Magie."

„Nein. Nicht absichtlich. Aber wenn etwas mit deinen Kräften nicht stimmt, dann hättest du …"

„Jade ist verflucht", sagte Zoë, deren Stimme das Geflüster der Gäste übertönte.

Bea zuckte zusammen, und wir drehten uns beide zu ihr um. „Bist du dir sicher?"

Zoë nickte. „Die schwarze Wolke stammt von dem Fluch, nicht von Jade."

Mein Herz raste, und meine Hände wurden klamm. Wie war das überhaupt möglich? Würde ich mich nicht erinnern, verflucht worden zu sein? Doch das Mitleid in ihrem Gesicht und die plötzliche Akzeptanz in Beas sprachen Bände. Ich blickte zwischen ihnen hin und her und mein Magen drehte sich von der magisch induzierten Übelkeit um.

„Weißt du, was für ein Fluch?", fragte Bea.

„Wer auch immer sie verflucht hat …" Zoë schluckte, und ein schmerzerfüllter Ausdruck dominierte ihre zarten Züge.

„Zoë?", fragte ich, meine Stimme voller Anspannung. „Was ist es?"

Sie schloss ihre Augen, und als sie sie öffnete, sah ich Verzweiflung darin. „Jemand hat Anspruch auf dein zukünftiges Kind erhoben."

KAPITEL ZWEI

*W*as?", rief ich und hielt mir den Bauch. „Nein. Du musst dich irren. Das kann nicht sein." Es war unmöglich, dass ich einen Fluch nicht bemerkt hätte. Besonders einen mit schwarzer Magie. Und woher sollte Zoë das wissen? Dank ihrer neuen Seele besaß sie Magie, doch sie war noch nicht vollständig als Hexe ausgebildet. Jedenfalls nicht in etwas so Fortschrittlichem wie schwarzer Magie. Sie irrte sich. Es musste so sein.

Bea hielt meine Hand fester, und ihre kalte Angst jagte mir Schauer über den Rücken. In diesem Moment wusste ich, dass Zoë die Wahrheit sprach. Beatrice Kelton verlor selten die Kontrolle über ihre Gefühle. Sie hatte eine unheimliche Fähigkeit, sie vor mir zu verbergen. Nur etwas so Schreckliches wie schwarze Magie konnte ihre Mauern niederreißen.

„Bea?" Ich zwang mich auf die Füße und bemühte mich, nicht in Panik zu geraten.

Sie drehte sich mit starren Schultern um und versuchte zu

lächeln, doch es war eher eine Grimasse. „Wir werden eine Lösung finden, Jade. Das verspreche ich."

Mir sank das Herz in die Kniekehlen und hinterließ einen hohlen Schmerz in der Mitte meiner Brust. „Ich verstehe nicht, wie das passiert ist. Niemand hat mich verflucht."

Bea warf einen Blick auf die Stelle, an der Zoë gesessen hatte, doch die neue Hexe war bereits auf dem Weg zur Tür. „Zoë!", rief Bea mit ihrer Lehrerstimme, die alle dazu brachte, stehenzubleiben und zu gehorchen. Nur Zoë reagierte nicht und ging weiter zur Haustür.

„Tut mir leid", sagte Lailah, als sie ihr nacheilte.

Kat tauchte neben mir auf und legte ihren Arm um meine Taille. Ich lehnte mich an sie, dankbar für den Kontakt.

Die Haustür schlug hinter Lailah zu, das Geräusch hallte durch den stillen Raum. Die meisten Gäste waren auf der anderen Seite des Raumes zusammengerückt und hielten sich so weit wie möglich von uns fern. Oder besser gesagt, so weit von *mir* fern, wie sie nur konnten.

Rosalee und Dani standen abseits von der Gruppe. Dani stand vollkommen still, ihr Gesicht kreidebleich, während Rosalee einen Reinigungszauber durchführte, zweifellos um sicherzustellen, dass die schwarze Magie, die mich getroffen hatte, ihre Schwester nicht befleckt hatte.

„Wir sollten gehen", sagte Bea.

Ich nickte, sagte aber: „Nicht, bevor wir sicher sind, dass es Dani gut geht. Rosalees Zauber reicht wahrscheinlich, aber ich würde mich besser fühlen, wenn *du* sie auf dunkle Zauber untersuchen würdest."

Bea blickte zwischen uns hin und her, und ich bemerkte, dass sie damit kämpfte, von meiner Seite zu weichen.

„Geh", sagte ich. „Ich bin okay."

„Okay, aber geh nirgendwo hin. Ich möchte den Zauber untersuchen und sehen, ob wir eine magische Signatur finden können, die uns einen Hinweis auf die dafür verantwortliche Hexe gibt."

„Ich dachte nicht, dass das geht. Als Lucien verflucht worden ist, haben wir das nicht getan."

„Natürlich habe ich das, Liebes." Bea warf mir einen seltsamen Blick zu. „Die Signatur war da, aber so alt, dass sie zu schwach war, um sie zu identifizieren. Deine muss ziemlich neu sein. Wir haben also eine viel bessere Chance, sie zu verfolgen."

Ich nickte und unterdrückte das Unbehagen, das mich zu ersticken drohte. Konnte jemand, den ich kannte, das tatsächlich getan haben? Ich hatte mir im vergangenen Jahr ein paar Feinde gemacht, aber die meisten von ihnen waren Dämonen oder Benutzer schwarzer Magie, die neutralisiert oder eingesperrt worden waren. War einer entkommen? Ich schlang die Arme um mich und schauderte.

Wer auch immer es war, derjenige musste mein zukünftiges Kind wegen seiner oder ihrer Macht gewollt haben. Kane war ein Incubus und ich eine weiße Hexe. Die Chancen, ein nicht-magisches Kind zu bekommen, gingen gegen Null. „Ich bin gleich wieder da."

Bea berührte mit einer mütterlichen Geste meine Hand und eilte dann quer durchs Zimmer davon.

Ich ließ mich auf einen Stuhl fallen und griff nach dem nächstbesten Getränk.

„Das würde ich an deiner Stelle nicht tun", sagte Pyper.

„Hm?" Ich erstarrte, meine Lippen nur wenige Zentimeter vom Trinkhalm entfernt.

„Das Letzte, was du jetzt brauchst, ist ein Penis im Mund."

17

Sie lächelte sanft, nahm das Getränk aus meiner Hand und ersetzte es durch ein Longdrinkglas. „Wodka mit einem Twist. Ich denke, es ist klar, dass du was Stärkeres gebrauchen kannst."

„Woher hast du das?" Ich musterte sie. „Die Bar serviert nur Wein und Daiquiris."

Sie zuckte mit den Schultern und klopfte auf ihre Tasche. „Ich habe Verstärkung mitgebracht, nur für den Fall."

Ich kicherte traurig und vergaß, dass ich dem Alkohol abgeschworen hatte, als ich einen Schluck trank. Die Flüssigkeit traf meine Kehle und brannte angenehm, als sie hinunterfloss. Meine Übelkeit von vorhin war verschwunden. Den Göttern sei Dank. Ich leerte das Glas und lächelte Pyper träge an. „Danke. Das hat geholfen."

„Gern geschehen." Sie hielt eine kleine Flasche hoch. „Mehr?"

„Ja, bitte."

Sie mixte mir noch einen Drink und dann noch einen, die ich beide in Sekunden, nachdem sie sie mir gegeben hatte, austrank.

Ich knallte das Glas auf den Tisch und war erleichtert, dass die Panik, die versucht hatte, mich zu packen, vom Alkoholrausch begraben worden war.

„Bist du okay?", fragte Pyper.

„So okay, wie man es erwarten kann, denke ich."

Kat saß neben mir, und wir drei sahen zu, wie Bea mit Rosalee und ihrer Schwester sprach.

„Es ist nicht deine Schuld, weißt du", sagte Pyper.

Ich drehte mich um, um ihrem Blick zu begegnen. „Nein? Vielleicht nicht, aber ich scheine immer der Katalysator zu sein, wenn solche Scheiße passiert."

„Du weißt warum", sagte Kat. „Dunkle Mächte suchen nach

Macht. Doch das macht nichts davon zu deiner Schuld. Es ist nur ein Schicksal, in das du hineingeboren worden bist."

Ich nickte, weil ich wusste, dass das von mir erwartet wurde. Doch ihre Worte machten mir das Herz schwer. Konnte ich ein Kind auf die Welt bringen, wenn ich wusste, was ihm zugefügt werden würde? Plötzlich verstand ich, warum meine Mutter mir all die Jahre meine Macht vorenthalten hatte. Wenn ich in Idaho geblieben und mein ruhiges Leben weitergeführt hätte, wäre irgendetwas davon passiert?

Vielleicht nicht, aber es war klar, dass mich die Dunkelheit gefunden hätte – so oder so. Und dann hätte ich Kane nicht. Ich richtete mich auf und straffte meine Schultern. Meine Entscheidungen anzuzweifeln, würde mir nichts nutzen. Was ich jetzt brauchte, war ein Plan.

Ich stand ein bisschen schwankend auf, als Bea auf uns zukam.

„Willst du nach Hause?", fragte mich Pyper. Wir waren zusammen in ihrem Auto zur Segnung gefahren.

Ich schüttelte den Kopf. „Noch nicht."

„Wir gehen zu meinem Laden, um zu sehen, ob wir herausfinden können, wer diesen Zauber gewirkt hat", sagte Bea zu ihr. „Du und Kat könnt gerne mitkommen, wenn ihr wollt."

„Das würde ich, aber ich muss Lucien am anderen Ende der Stadt abholen. Sein Jeep ist in der Werkstatt", sagte Kat.

„Und ich habe einen Bodypainting-Gig, zu dem ich muss", fügte Pyper hinzu und blickte auf ihre Uhr. „Ich nehme an, das bedeutet, dass du mit Bea fährst?", fragte sie mich.

„Ja", nickte Bea, bevor ich antworten konnte.

Anstatt zu gehen, starrten mich meine beiden Freundinnen mit widersprüchlichen Gefühlen an. Ihr Unbehagen kroch über meine Haut und juckte mich. Sie waren besorgt, wahrscheinlich nicht glücklich darüber, mich verlassen zu müssen, nachdem sie von dem Fluch erfahren hatten. Ich wich zurück und brachte Abstand zwischen uns. „Schon gut. Bea und ich können mit allem fertig werden, was wir herausfinden, und dann muss ich nach Hause. Kane wartet auf mich."

Wir hatten ein Date für sieben Uhr vereinbart. Zwischen seinen Verpflichtungen als Dämonenjäger und dem Schattenwandeln, das ich für Chessandra tat, hatten wir in letzter Zeit sehr wenig Zeit miteinander verbracht. Sogar Heiligabend war von der Bruderschaft unterbrochen worden. Kane war gerufen worden, um sich um einen Dämon zu kümmern, der unten am Jackson Square den Weihnachtsmann gespielt hatte. Ein echter Alptraum vor Weihnachten.

„Gut. Wenn du sicher bist", sagte Kat mit skeptischer Miene.

„Ich bin sicher."

Sie umarmten mich beide und nahmen mir das Versprechen ab, anzurufen, nachdem Bea und ich mit den Untersuchungen fertig waren.

Ich winkte, als sie widerwillig gingen. Bea ging durch den Raum, um Rosalee mitzuteilen, dass wir gehen würden, und ich saß allein am Tisch und beobachtete die Segensparty, die sich schnell auflöste. Alle übrigen Gäste starrten mich abwechselnd an und taten so, als ob ich nicht existierte, und Angst strömte in Wellen von ihnen aus. Seufzend nahm ich Pypers zurückgelassenen Daiquiri und trank einen großen Schluck. Wenn mich alle im Raum wie eine Aussätzige behandeln würden, brauchte ich reichlich Alkohol.

Nachdem ich Pypers Drink geleert hatte, wurde meine Sicht verschwommen und es war mir egal, was jemand dachte.

Ich war diejenige, die verflucht war, nicht sie. Und es war nicht so, als wäre schwarze Magie ansteckend.

Das Zimmer drehte sich, als Bea zu mir kam. „Jade?", fragte sie. „Bereit?"

„Absolut", sagte ich mit schwerer Zunge und stand auf, wobei ich seitwärts stolperte. Kichernd umklammerte ich ihren Arm. „Ich sollte wahrscheinlich nicht fahren."

„Das ist offensichtlich", sagte sie trocken. „Komm. Bringen wir dich hier raus."

Bea legte ihren Arm um meine Taille und führte mich aus dem großen Haus. Die Spätnachmittagssonne blendete mich, und ich stolperte erneut und stieß gegen das Geländer. Wenigstens war ich nicht die Verandastufen hinuntergestürzt.

„Oh Junge. Ich denke, du brauchst vielleicht ein Stärkungsmittel."

„Warum? Ich fühle mich großartig." Ich hob meinen Kopf und genoss die Wärme auf meinem Gesicht.

„Das wirst du nicht mehr, sobald der Alkohol nachlässt. Wenn du keine blauen Flecken auf der linken Seite deines Körpers hast, grenzt das an ein Wunder."

Ich winkte ungeduldig ab. „Mir geht's blendend. Ausnahmsweise stört mich all dieser Hexereibullshit mal kein bisschen."

„Wie könnte er auch? Du spürst nichts." Sie schloss ihre Hände fester um meinen Arm und zog mich vorsichtig zu ihrem silbernen Prius. „Steig ein."

Ich setzte mich auf den Beifahrersitz und sah mich um. „Wo ist Pyper? Ich bin mit ihr gekommen."

Bea ließ den Motor an und schüttelte den Kopf. „Sie ist schon gegangen, erinnerst du dich nicht?"

Ich blinzelte heftig. „Ähm, doch, ich denke schon." Aber ich tat es nicht. Die Farben des Tages verschwammen, und ich war mir nicht einmal mehr sicher, wo wir waren. „Ich bin vielleicht ein bisschen betrunken."

„Was du nicht sagst." Bea tätschelte mein Bein. „Mach dir keine Sorgen, Jade. Ich werde dich in kürzester Zeit wieder nüchtern haben."

Ich lehnte mich zurück und schloss die Augen, doch meine Welt drehte sich unkontrolliert. Übelkeit ließ mir Galle in den Rachen steigen. Ich riss die Augen auf und rang mit der Tür, tastete nach dem Fensterknopf.

„Oh, Göttin da oben", murmelte Bea.

Endlich fanden meine Finger Halt, und das Fenster fuhr herunter. Kühle Luft strömte herein und beruhigte mich.

„Wenn du dich übergibst, machst du sauber", sagte Bea mit strenger Stimme.

„Mach dir keine Sorgen", brachte ich zwischen Hickern hervor. „Das werde ich schon nicht."

„Das habe ich schonmal gehört."

Ich drehte mich um und blinzelte sie an, konnte mich aber nicht konzentrieren. „Wir sind sowieso in einer Sekunde bei dir zu Hause."

„Nein. Sind wir nicht. Wir fahren zu meinem Laden. Meine Tränke sind da."

„Oh Mist." Meine Welt geriet ins Wanken, als sie um eine scharfe Kurve fuhr, und ich musste mich am Türrahmen festhalten, um nicht umzufallen.

Sie kicherte. „Reiß' dich zusammen, Jade. Wir sind in ein paar Minuten da."

Ich konzentrierte mich aufs Atmen. Ein. Aus. Ein. Aus. Die Zeit lief mir davon, und ich dachte, ich wäre einen Moment lang ohnmächtig geworden, weil wir plötzlich vor *Herbal Connection*, ihrem Laden, parkten.

Meine Tür schwang auf, und ich erschrak, als ich in Beas empörtes Gesicht sah.

Sie streckte ihre Hand aus. „Lass uns gehen, Partygirl."

Ich schnalzte mit der Zunge und ließ mich von ihr aus dem Auto ziehen. „Ich fühle mich nicht so toll."

„Was du nicht sagst." Schnell schloss sie die Vordertür ihres Ladens für Hexenbedarf auf.

Der Duft von frischem Regen und Meeresluft umwehte mich. Es war Lailahs Zauber, der den Kunden ein gutes Gefühl gab, indem er ihre Lieblingsdüfte verbreitete. Mein Magen beruhigte sich ein wenig, der Zauber entfaltete seine Magie.

„Setz' dich." Bea schob mich auf den Hocker hinter der Theke. „Ich bin gleich wieder da."

Ich gehorchte und gab mir Mühe, nicht zu schielen. Die Klimaanlage war eingeschaltet, und Gänsehaut breitete sich über meine Arme aus. Plötzlich wurde alles scharf, und die Benommenheit und mein alkoholinduzierter Nebel verschwanden.

Bea stand mit einem leeren Glasfläschchen vor mir, ein selbstzufriedenes Lächeln auf den Lippen.

„Was war das?"

„Elementarmagie. Etwas, womit ich experimentiere. Sieht aus, als hätte es funktioniert."

Ich hob eine Augenbraue. „Heilende Luft?"

Sie nickte und hielt das kleine Fläschchen hoch. „Ich habe ein Ingwerbad zubereitet, den Dampf verzaubert und ihn dann in dem Fläschchen eingeschlossen. Alles, was ich tun musste, war, ihn zu bitten, dich einzuhüllen, et voilà."

„Also Luft und Wasser?"

„Eigentlich Luft, Wasser, Erde und Feuer. Alles war beteiligt. Der Ingwer für die Erde und das Feuer, um ihn zu erhitzen."

Ich ließ mich zurück auf den Hocker fallen, meine Energie vollkommen aufgebraucht, und unterdrückte ein Gähnen. „Das erscheint sinnvoll. So einfach."

Bea strich ihr elegantes Etuikleid glatt. Sie sah so konservativ aus, während sie hier in ihrem New-Age-Laden stand. Hatte sie jemals so ausgesehen? Nicht, seit ich vor anderthalb Jahren in die Stadt gekommen war. Sie war immer elegant gekleidet, als wäre sie jeden Moment bereit, zu einem Tee zu gehen. Die einzige Ausnahme war, wenn sie ihren Garten umgrub. Dann trug sie Latzhosen und karierte Baumwollhemden.

„Ich würde gerne mit dir mit Elementarmagie experimentieren." Ich verzog das Gesicht, und sie winkte mir zu. „Ich meine, sobald wir meine aktuelle persönliche Krise überwunden haben."

Sie tätschelte geduldig meine Hand. „Ich hole dir meine Notizen. Lass uns jetzt ins Labor gehen, damit wir zur Sache kommen können."

Ich folgte ihr durch die Warenregale und in das Hinterzimmer, in dem sie ein Forschungslabor eingerichtet hatte. Es gab zwei Edelstahlarbeitsplätze, beide ordentlich, kaum etwas, das nicht in Reih und Glied stand. Regale mit Tränken und Kräutern säumten eine Wand, während ledergebundene Bücher eine andere säumten.

Bea schnippte mit den Fingern, und ihre Magie entzündete die Kerzen in den Wandlampen. Das warme Licht glühte in dem kleinen Raum. Sie ging in die Mitte des Labors. „Stell dich hier hin, während ich den Trank fertigmache."

Nervöse Sorge nagte an meinem Magen. Meine Energie und Fähigkeit, mich vor äußeren Kräften abzuschirmen, waren verschwunden. Schwache Spuren von Begeisterung sickerten durch die Wände, zweifellos von den Touristen, die durch die

Straßen des Viertels wanderten. Bea schien wieder in der Lage zu sein, ihre Gefühle vor mir zu verbergen. Denn obwohl ich ihre Sorge nicht mehr spürte, erzählten ihre kurzen, ruckartigen Bewegungen eine andere Geschichte. Sie war besorgt.

„Okay, ich hab's." Bea hatte Mörser und Stößel in der einen Hand und einen Beutel mit Kräutern und einem Zaubertrank in der anderen. „Das wird nicht sehr gut schmecken, aber es wird seinen Zweck erfüllen."

Ich knirschte mit den Zähnen. Und gerade, als es ein bisschen besser ging. Kein Trank in der Geschichte des Handwerks hatte jemals gut geschmeckt.

Bea betrachtete den Trank und schenkte mir ein nicht überzeugendes Lächeln. „So schlimm wird es wahrscheinlich nicht."

„Wahrscheinlich? Du beliebst zu scherzen, oder?"

„Okay. Es wird schrecklich schmecken, aber es wird dir nicht schaden. Und am Ende haben wir ein Bild von dem, der dich mit schwarzer Magie verzaubert hat."

Eine Welle der Erschöpfung überwältigte mich, und ich ließ mich auf einem Hocker nieder, bereit für das Ende des Tages. „Lass uns das hinter uns bringen."

Bea nickte und machte sich an die Arbeit. Wenig später reichte sie mir den grünen Trank. Ich nahm die Tasse und starrte auf den Schlamm, der ungefähr so dick war wie Erbsensuppe – komplett mit Kräutern, die darin schwammen.

„Das sieht ekelhaft aus", sagte ich mit gerümpfter Nase.

Sie hob ihre Augenbrauen. „Willst du wissen, wer dich verflucht hat oder nicht?"

„Ja."

Sie winkte auf die Tasse. „Das ist deine Gelegenheit dazu."

„Scheiße mit Erdbeeren", murmelte ich und trank dann.

Der bittere Schlamm floss in meine Kehle, und ich zwang ihn hinunter, während ich mich bemühte, nicht zu würgen. Gute Götter. Bea hatte gelogen. Es war mehr als schlimm. Es war schrecklich. Ich presste die Hand auf meinen Bauch und funkelte sie an, während ich eine Grimasse schnitt.

„Warte einen Moment", sagte Bea leise.

Ich hätte mit einer bissigen Bemerkung geantwortet, wenn ich nicht befürchtet hätte, dass ich mich mitten in ihrem Labor übergeben würde. Stattdessen schloss ich die Augen und zählte in Gedanken bis zehn. Langsam ließ die Übelkeit nach, und alles, was blieb, war der scharfe Nachgeschmack von Löwenzahn und Knoblauch. „Kann ich meinen Mund ausspülen?"

Bea schüttelte den Kopf und reichte mir eine dicke weiße Stumpenkerze, deren Flamme bereits flackerte. „Noch nicht. Atme tief ein und blas' dann die Kerze aus. Der Rauch wird uns sagen, was wir wissen müssen."

Wenigstens war dieser Teil einfach. Ich hielt die Kerze mit beiden Händen, holte tief Luft und blies dann. Die Kerze erlosch und hinterließ nur den blau getönten Rauch. Als ich erneut blies, verdichtete sich der Rauch, faltete und dehnte sich zu nicht identifizierbaren Formen.

Bea und ich blieben beide vollkommen still und warteten.

Der Rauch drehte und faltete sich und materialisierte sich dann zu etwas, das einer menschlichen Form ähneln könnte, doch bevor ich irgendwelche Merkmale erkennen konnte, faltete er sich wieder zusammen, schwebte und schoss dann durch den Raum und wieder zurück. Er prallte von den Wänden ab und schoss quer durch den Raum.

Bea runzelte die Stirn und presste die Lippen aufeinander.

„Es hat nicht funktioniert", sagte ich.

Sie schüttelte den Kopf und hob ihre Hände in Richtung

Rauch, während sich ihre Lippen in einem stummen Gesang bewegten. Ich wollte sie unbedingt fragen, was sie tat, doch ich wollte sie nicht unterbrechen. Wenn sie sich mitten in einem Zauber befand, konnte jede Art von Ablenkung ein Problem verursachen.

Der Rauch begann, langsam auf sie zuzutreiben, doch dann hielt er inne, ballte sich zusammen und schoss von uns beiden weg, direkt zu Lailahs Arbeitsplatz. Ranken breiteten sich von der Kugel aus und wickelten sich um ein Fläschchen mit roter Flüssigkeit.

„Bea? Ist das ein Fruchtbarkeitstrank?", fragte ich und beobachtete, wie sich der Rauch wieder zu dem fauligen grünen Trank verfestigte, den ich geschluckt hatte, die Flasche bedeckte und eine kleine Pfütze auf der Arbeitsfläche hinterließ. „Widerlich."

Sie verzog das Gesicht, wandte den Blick ab und drückte einen Knopf auf ihrem Handy. „Ja. Das war es."

„Aber warum –"

„Lailah? Ich muss dich sofort sehen", sagte sie ins Telefon. Sie deutete auf mich und ging zur Tür, die in den Laden führte. „Nein. Es ist ein Notfall … okay. Wir sehen uns in zehn Minuten."

Bea schloss die Labortür hinter uns, während ich ins Badezimmer ging.

Ich konnte den widerlichen Geschmack in meinem Mund keine Sekunde länger ertragen. Ich nahm mir Zeit, den Mund mit Wasser auszuspülen und dann noch einmal mit dem Mundwasser, das ich im Medizinschrank fand. Als ich das Gefühl hatte, nicht mehr würgen zu müssen, ging ich wieder zu Bea in den Laden. „Gut. Ich will alles wissen. Was ist im Labor passiert?"

Ein Muskel zuckte in ihrer Schläfe. Der kalte, harte

Ausdruck auf ihrem Gesicht war fast furchteinflößend. Wenn ich sie nicht so gut gekannt hätte, wäre ich überzeugt gewesen, dass sie bereit gewesen wäre, mich die Göttin-wusste-wohin zu zaubern.

„Bea?"

Ihr Kiefer spannte sich an, und ihre Stimme war heiser, als sie antwortete: „Das war eine Flasche Fruchtbarkeitstrank. Der Zauber weist darauf hin, dass das verwendet wurde, um dich zu verfluchen."

Der Schock verwandelte meine Glieder in Eis. Völlig verwirrt und sprachlos stand ich da.

Bea wartete mit versteinertem Gesicht.

Ich schüttelte den Kopf, als die Logik über die Angst siegte. „Das ist unmöglich. Ich habe nicht einmal welchen getrunken. Die Flasche, die du mir gegeben hast, ist in einer Schublade im Badezimmer, bis wir uns entschieden haben, was wir tun wollen."

Nachdem Bea vor ein paar Monaten vorgeschlagen hatte, dass Kane und ich anfangen könnten, über eine Familie nachzudenken, hatte sie diskret eine Flasche davon auf meinem Nachttisch hinterlassen. Anstatt ihre Einmischung aufdringlich zu finden, fand ich es süß. Sie wusste aus erster Hand, wie sehr es das Leben dominieren konnte, eine mächtige Hexe zu sein. Ich hatte entschieden, dass es ihre Art war, mich wissen zu lassen, dass ich Optionen hatte.

Bea runzelte die Stirn. „Ich habe dir keinen Trank dagelassen. Hast du welchen aus dem Laden mitgenommen?"

„Nein. Ich habe ihn ein paar Tage, nachdem wir darüber gesprochen hatten, auf meinem Nachttisch gefunden. Ich dachte, dass er von dir war."

Sie schüttelte den Kopf. „Ich habe nichts dort gelassen, Jade. Jemand anderes hat das getan."

„Aber wer?"

Wir blickten beide auf die Fruchtbarkeitstränke, die auf einem Regal in der Nähe aufgereiht standen. Dann sahen wir einander an.

„Mein Zauber hat keine der anderen Flaschen im Labor identifiziert", sagte Bea. „Nur diese hier ... auf Lailahs Tisch."

KAPITEL DREI

„*W*as?", sagte ich dümmlich, als sich mein Gehirn weigerte zu registrieren, was sie gerade gesagt hatte.

„Lailah –", begann Bea.

Ich hob meine Hand. „Wie ich schon sagte, ich habe nichts von diesem Trank getrunken. Außerdem würde Lailah mich niemals verfluchen. Genauso wie sie dich nicht verflucht hat … verdammt." Ich begriff, als ich mich daran erinnerte, dass Lailah unwissentlich gezwungen worden war, Bea zu vergiften. „Glaubst du, sie wurde gezwungen, mir zu schaden? Oder ist sie besessen? Nein." Ich schüttelte den Kopf. „Das ist lächerlich. Ich kenne sie jetzt zu gut. Ich hätte es bemerkt."

Bea hob skeptisch eine Augenbraue. „Wirklich, Jade? Glaubst du, so funktioniert das?"

All die rechtschaffene Empörung verließ mich, und ich ließ die Schultern hängen. „Nein. Es ist nur unwahrscheinlich, dass sie nochmal ins Visier genommen wird. Ich meine, warum sollte sie besessen sein?"

„Natürlich, um an dich ranzukommen", sagte Bea.

„Natürlich." Meiner Stimme fehlte jede Energie. Wenn das der Fall war, würde ich Lailah einen verdammten magischen Leibwächter besorgen. Es war eine Sache, dass irgendjemand hinter mir her war, aber meine Freunde dafür zu benutzen, war unterste Kommodenschublade.

Die Tür flog auf, und Lailah stürmte schwer atmend herein. Ihr langes blondes Haar war zu einem wirren Dutt hochgesteckt, und sie trug eine olivgrüne Cargohose und ein weißes T-Shirt. Sie blieb Zentimeter vor mir stehen. „Was ist passiert?"

Ich trat zurück und brachte Abstand zwischen uns.

Sie runzelte die Stirn und wandte sich für eine Erklärung Bea zu.

„Komm mit mir." Sie hakte sich bei Lailah unter und führte sie zum Labor. Ich wollte ihnen folgen, doch Bea blieb stehen und hob ihre freie Hand. „Warte hier. Wir sind gleich zurück."

Ich öffnete den Mund, um zu protestieren, doch das Bild des Tranks blitzte in meinem Kopf auf, und ich schloss ihn. „Okay."

Die beiden verschwanden und ließen mich allein in dem dunklen Laden zurück. Ich konnte mir entweder den Kopf zerbrechen oder etwas tun. Irgendwas. Ich starrte quer durch den Laden auf die Fruchtbarkeitstränke, die Bea verkaufte. Die kleinen roten Fläschchen schienen nach mir zu rufen. Ich stand auf und ging hinüber. Päckchen mit getrockneten Kräutern fielen auf den Boden, als ich gegen eine Auslage im Gang stieß, doch ich blieb nicht stehen, um sie aufzuheben. Ich war auf einer unfreiwilligen Mission, vollkommen fixiert.

Mein Verstand hatte einen Kurzschluss, und obwohl ich wusste, dass ich in meiner jetzigen Verfassung nichts anfassen sollte, dass ich auf Bea warten sollte, konnte ich mich nicht zurückhalten. Ich bewegte mich wie ferngesteuert, und im nächsten Moment hielt ich eine der Flaschen in der Hand. Die kühle Luft des Ladens streichelte meine Haut und beruhigte mich, als ich den Verschluss öffnete.

Ein süßer Glyzinienduft lag in der Luft. Der Stress des Tages ließ nach, und ich konnte mich nicht mehr daran erinnern, warum ich in Beas Laden war, und es interessierte mich auch nicht mehr. Das Einzige, was zählte, war der Trank. Durst überkam mich, und mir lief das Wasser im Mund zusammen. Noch nie hatte etwas so gut gerochen.

Nur ein Schluck, um ihn zu kosten. Das war alles, was ich brauchte.

Ich legte den Kopf in den Nacken, hob die Flasche an die Lippen und –

„Jade!" Beas strenge Stimme hallte durch den Laden.

Ich zuckte zusammen und verschüttete den Inhalt der Flasche über mein Kleid. Der Nebel, der mein Urteilsvermögen getrübt hatte, lichtete sich, und ich schüttelte den Kopf und versuchte, mich zu orientieren.

Bea starrte auf die Flasche, die ich immer noch in der Hand hielt. „Was hast du getan?"

„Ich –" Ich sah mich um und runzelte die Stirn. Dann konzentrierte ich mich auf die Flasche und ließ sie fallen, als hätte sie mich verbrannt. Der Rest der Flüssigkeit spritzte auf den Boden. „Oh Göttin. Tut mir leid. Ich weiß nicht, was passiert ist."

Bea kniff die Augen zusammen. „Du warst verzaubert?"

„Vielleicht." Meine Hände zitterten, und es machte mich wütend. Ich war stärker als das, verdammt. „Ich wollte unbedingt den Fruchtbarkeitstrank trinken, aber ich weiß nicht warum."

„Das ist höchstwahrscheinlich der Fluch", sagte Lailah, als sie mit einer Rolle Küchentücher und einem Bodenreiniger in der Hand den Raum durchquerte. „Er will dein Kind, und der Trank ist eine Möglichkeit, den Prozess zu beschleunigen."

Das Herz stotterte in meiner Brust. „Du meinst, ich werde anfangen, Dinge zu tun, die zu einer Schwangerschaft führen, auch wenn ich eine vermeiden will?"

„Gut möglich", sagte Bea mit rauer Stimme, als hätte sie die Nacht zuvor nicht geschlafen. Sie räusperte sich. „Lailah hat dich nicht verzaubert. Zumindest gibt es keine Beweise für diese Theorie, da der Trank auf ihrem Labortisch keine Spuren von schwarzer Magie enthält."

Zu besorgt, Lailah beim Aufräumen zu helfen, aus Angst, ich könnte wieder in Trance fallen und versuchen zu trinken, runzelte ich die Stirn und ging zu Bea an die Theke. „Warum hat sich dein Zauber dann auf den Trank konzentriert?"

„Es ist Engelsmagie", sagte Lailah.

„Was?" Ich wirbelte herum und starrte sie mit offenem Mund an.

„Der Fluch. Er ist Engelsmagie." Lailah stand auf und hielt die nassen Papierhandtücher in einer Hand. „Ich wette mit dir, dass das der Grund ist, warum der Suchzauber sich auf die letzte Sache konzentriert hat, an der ich gearbeitet habe."

Ich stützte mich auf die Theke und klammerte mich so fest an die Kante, dass meine Finger schmerzten. „Engel benutzen schwarze Magie?"

Sie presste die Lippen aufeinander. „Nur als letztes Mittel. Wenn ein Engel so verzweifelt ist, fällt er normalerweise am Ende, weißt du? Doch die Überreste des Offenbarungszaubers, den Bea gewirkt hat, sind immer noch da drin. Ich habe es klar wie den Tag gespürt. Die Magie hat eine Reinheit, die nur von einem Engel kommen kann."

Nun, wenn das nicht das Sahnehäubchen auf dieser Shitshow von einem Tag war? Ich war schon die Sklavin des

Hohen Engels und stand ihr auf Abruf zur Verfügung, und jetzt hatte mich einer ihrer Lakaien verflucht. Wollte mein Kind für irgendeine schändliche Absicht. „Kannst du sagen, wer?"

Sie schüttelte den Kopf. „Nein. Jemand, der Macht will, aber das ist offensichtlich."

Bea griff hinter ihren Schreibtisch und zog ein Notizbuch hervor. „Gibt es im Rat Meinungsverschiedenheiten?"

Lailah zuckte mit den Schultern. „Nicht mehr als sonst, soweit ich weiß. Doch wenn jemand gegen Chessandra ermittelt, dann vielleicht."

Eine dunkle Vorahnung lastete auf meiner Seele. Chessandra war der Hohe Engel, und seit Monaten überschritt sie ihre Autorität. Abgesehen davon, dass Chessandra fast ihre Schwester getötet hätte, als sie versucht hatte, ein Dämonenportal zu versiegeln, hatte sie eine Gruppe von Engeln auf eine gefährliche Mission in die Schatten geschickt, und Lailah vermutete, dass sie der Grund dafür war, dass ein weiterer Engel, Avery, verschwunden war. In den letzten zwei Monaten hatte Lailah nach dem vermissten Engel gesucht, während sie gegen Chessandra ermittelte. Bisher ohne Erfolg.

Niemand hatte etwas gegen den Hohen Engel in der Hand. Doch wenn jemand anderes hinter ihr her war, brauchte derjenige alle Kraft, die er bekommen konnte. Ich knirschte mit den Zähnen. „Du denkst nicht, dass Chessandra das getan hat, oder?"

„Warum sollte sie?", fragte Bea.

Ich zuckte mit den Schultern. „Ich weiß nicht. Warum tut sie, was sie tut?"

„Aber sie die Gefährtin deines Vaters." Bea sah alles andere als überzeugt aus.

„Das hat nichts zu sagen", sagte Lailah und wiederholte

meine Gedanken. „Aber nein. Ich bezweifle stark, dass sie das getan hat. Ihre Magie ist kaum wahrnehmbar. Wäre sie es gewesen, hätte ich überhaupt nichts gespürt."

Natürlich. Sie war der Hohe Engel. Ihre Magie war stark, aber subtil. Sie hinterließ keine Spuren. „Dann ist der Engel, der das getan hat, entweder ein Idiot oder versucht, sie absichtlich zu verärgern."

Lailah nickte. „Oder beides."

Ich arbeitete eng mit Chessandra zusammen. Wenn sie herausfand, dass jemand mich ins Visier genommen hatte, würde sie es als persönlichen Verrat durch einen der ihren betrachten. Der Gedanke hätte mir helfen sollen, mich zu beruhigen, da sie wahrscheinlich nicht ruhen würde, bis der Verräter gefunden war. Stattdessen fühlte ich mich dadurch nur noch schlechter. Ich vertraute ihr nicht. Niemand konnte wissen, was sie für „das Wohl der Allgemeinheit" zu tun bereit war.

„Ich muss los." Ich stand vom Hocker auf. „Ich muss es Kane sagen, und dann muss ich um ein Treffen mit Chessandra bitten."

Bea legte ihre Hand auf meinen Arm. „Das gefällt mir nicht."

„Mir auch nicht", mischte sich Lailah ein. „Wäre es okay für dich, mich zuerst ein bisschen nachforschen zu lassen?"

Ich zögerte. Ich schleppte einen schweren Fluch mit mir herum, der nicht nur mich, sondern auch mein zukünftiges Kind bedrohte. Jeder Instinkt sagte mir, ich solle zum Hohen Engel laufen und verlangen, dass sie etwas dagegen unternahm. Sie irgendwie dazu zwingen.

„Was, wenn sie dich dortbehält?", fragte Bea.

„Oh, verdammter –" Sie konnte mich sehr gut in den Raum schicken, in dem die Zeit stillstand. Oder mich abwimmeln.

Nur die Göttin wusste, was sie tun würde, um ihre Ziele weiter zu verfolgen. Ich würde es ihr sogar zutrauen, Anspruch auf mein ungeborenes Kind zu erheben, um es zu schützen.

Ich begegnete Lailahs klaren blauen Augen. „Glaubst du, du kannst irgendwas herausfinden?"

Sie zögerte und nickte dann kurz. „Ich habe morgen einen Termin mit einem der ehemaligen Ratsmitglieder wegen Avery. Da kann ich ein bisschen rumstöbern."

„Gut. In der Zwischenzeit werde ich die letzten Wochen nachvollziehen und sehen, ob ich herausfinden kann, wann das passiert ist." In diesem Moment wollte ich nur noch nach Hause und in Kanes Arme fallen. „Ruf mich morgen an. Und wir werden sehen, ob einer von uns Neuigkeiten hat."

„Geht klar." Ihre Augen wurden sanft, und für einen Moment dachte ich, da wären Tränen.

„Lailah? Bist du okay?"

„Ja. Ich bin ... oh, verdammt." Sie streckte die Hand aus und zog mich in eine heftige Umarmung, wobei sie mir fast den Atem nahm.

„Wow." Ich erwiderte automatisch die Umarmung, und meine Gefühle schwankten zwischen Schock und Zuneigung. Lailah und ich hatten eine gemeinsame Geschichte. Und obwohl sie jetzt meine Freundin war und wir einander vertrauten, waren wir im strengsten Sinne des Wortes nicht gerade beste Freundinnen. Wir umarmten uns nicht. Nie.

„Tut mir leid." Sie zog sich zurück und wischte sich über die Augen. „Es ist einfach nicht richtig, was dir alles widerfährt. Und ich bin überzeugter denn je, dass sich meinesgleichen auf eine Art Krieg vorbereitet."

„Aber gegen wen?" Bea hielt eines ihrer in Leder gebundenen Bücher in der Hand. „Die Dämonen?"

Das war die naheliegendste Vermutung. Dämonen und

Engel kämpften seit Anbeginn der Zeit um die Macht über die Seelen.

Lailah stieß ein frustriertes Grunzen aus. „Vielleicht. Aber es gibt keine Gerüchte zu diesem Thema außer dem üblichen Getuschel. Wenn eine epische Schlacht bevorsteht, sollte man meinen, wir würden etwas hören. Doch da ist nichts. Das bedeutet, dass ein interner Kampf in der Engelwelt nicht auszuschließen ist."

Meine Seelenhüterin stieß einen tiefen Seufzer aus. „Viele der Engel, mit denen ich gesprochen habe, sind mit der Führung unzufrieden. Nur schweigen sie darüber, weil niemand mit Bestimmtheit sagen kann, was sie nicht mögen. Misstrauen und Unbehagen sind groß. Ein Gefühl sozusagen. Das ist kaum ein konkreter Grund für eine Revolte. Trotzdem widerspreche ich ihnen nicht. Und deshalb habe ich keine Ahnung, welche Seite ich unterstützen soll, falls es zur Rebellion kommt."

Bea legte ihre Hand auf Lailahs Arm. Ein kleiner magischer Funke leuchtete unter ihrer Berührung auf. Wahrscheinlich ein Trostzauber. „Versuch', keine voreiligen Schlüsse zu ziehen. Das ist alles noch Spekulation."

Lailah wandte den Blick ab und holte tief Luft. „Du hast recht. Aber es kommt was." Sie drehte sich zu mir um, Sorge trübte ihre Augen. „Ich kann es fühlen. Vor allem, wenn ich dich ansehe."

„Weil du denkst, wer auch immer das getan hat, versucht, mich da reinzuziehen?"

„Das haben sie schon, nicht wahr?"

Ich seufzte. „Ich fürchte ja."

KAPITEL VIER

*L*ailahs Ängste lasteten schwer auf mir, als ich die acht Blocks durch das French Quarter zu dem Haus ging, in dem ich mit Kane wohnte. Was, wenn sich das Engelreich wirklich auf eine Rebellion vorbereitete? Was würde das für alle anderen bedeuten? Sie waren Seelenhüter, die damit beauftragt waren, über die verwundbarsten Seelen zu wachen. Wenn sie untereinander um die Macht kämpften, würden sicherlich einige Leute durch das Raster fallen und verloren gehen. Oder, schlimmer noch, von der Hölle verschluckt.

Ich schauderte beim Gedanken daran. Sowohl Pyper als auch ich und sogar Lucien waren nur dank eines Seelenhüters gerettet worden. Genauer gesagt Lailah. Sie war eine echte Heldin. Was würde mit ihr passieren? Zweifellos würde sie auf die eine oder andere Weise mitten im Kampf landen.

Die Angst um sie überschattete das Unbehagen des Fluchs, den ich mit mir herumtrug. Solange ich nicht schwanger war, war ich sicher … für den Moment.

Das Schrotflinten-Doppelhaus, in dem ich mit Kane

wohnte, kam in Sicht, und das Gewicht auf meinem Herzen wurde ein wenig leichter. Die Gaslampen, die über der Veranda hingen, flackerten einladend in der sanften Brise. Künstliches Licht fiel durch die Vorhänge, und ich stellte mir vor, wie Kane mit einem Glas Wein in der Hand auf dem Sofa im Wohnzimmer auf mich wartete.

Ich ging schneller und rannte die Holzstufen zur Haustür hinauf.

Aber als ich das Haus betrat, war er nicht im Wohnzimmer. Und der Rest des Hauses war dunkel. „Kane?"

Keine Antwort.

„Bist du zu Hause?" Ich ging den Flur hinunter zur Küche und schaltete dabei das Licht ein.

Wieder keine Antwort. Ich biss mir auf die Unterlippe und blickte in die Küche. Kane hatte gesagt, er würde heute Abend Abendessen kochen, doch da war nichts. Mein Chai-Tee-Becher stand noch genauso in der Spüle, wie ich ihn heute Morgen dort zurückgelassen hatte. Ich stieß einen tiefen Seufzer aus.

Er war nicht hier.

Nur um sicherzugehen, überprüfte ich den Flur. Ein sanfter Lichtschimmer schien unter der Tür zu unserem Schlafzimmer durch.

Vielleicht war er doch zu Hause.

„Kane?", sagte ich noch einmal und schob die Tür auf. Die Nachttischlampe warf einen sanften Schein auf ein Tablett mit Käsekuchen und frischen Erdbeeren, das auf dem Bett stand. Ein Paar Weingläser und eine einzelne brennende Kerze vervollständigten die Szene.

„Hattest du einen schönen Tag?", fragte Kane und lehnte sich gegen den Türrahmen des Badezimmers. Sein Haar war feucht von der Dusche, und seine Jeans hing tief auf seinen Hüften. Kein Hemd in Sicht.

An jedem anderen Tag hätte ich mir den Sabber vom Kinn gewischt, wenn ich auf dieses Szenario gestoßen wäre. Doch heute wollte ich nur weinen. Doch ich tat es nicht. Ich holte tief Luft und zwang mich zu einem Lächeln. „Nicht ganz, aber es sieht so aus, als würde er besser werden."

Seine Lippen verzogen sich zu diesem langsamen, sexy Lächeln, das mich immer schmelzen ließ. Selbst jetzt. Meine Anspannung verwandelte sich in Verlangen, als seine dunklen Augen vor Intensität schimmerten.

Verdammt, meine Libido kochte, zweifellos wegen des Fluchs. Ich holte tief Luft und knallte die Tür meines lüsternen Verlangens zu. Das durften wir nicht tun. Nicht jetzt. Wir mussten reden.

Ich räusperte mich und ging zum Bett. Ich brauchte den Käsekuchen mehr denn je. Ich beugte mich hinunter, um einen der Teller zu nehmen, und sah ihn an. „Macht es dir was aus? Es ist eine Art Käsekuchen-Notfall."

Alle Hitze verschwand aus seinem Blick. „Was ist passiert?"

Die Tatsache, dass ich nicht abwartete, was auch immer er geplant hatte, sagte ihm, dass etwas ganz und gar nicht in Ordnung war. Ein halbnackter Kane und Käsekuchen war so ziemlich meine Lieblingskombination. Das letzte Mal, als wir den Nachtisch im Schlafzimmer gegessen hatten … nun, sagen wir einfach, wir beide waren am nächsten Morgen ein bisschen klebrig.

Kane setzte sich auf die Bettkante und zog mich auf seinen Schoß. „Okay. Erzähl'."

Ich schluckte den kleinen Bissen Käsekuchen herunter. Hier gab es kein Schönfärben. „Ich bin verflucht."

Seine Augenbrauen schossen in die Höhe, als er meinen

Körper betrachtete und offensichtlich nach Anzeichen von Schäden suchte. Stirnrunzelnd zog er mich fester an sich. „Ich kann nicht glauben, dass du wegen eines Segens angegriffen worden bist. Was ist passiert? Bist du verletzt?"

Ich schüttelte den Kopf. „Nein. Und das ist es ja. Ich wurde nicht angegriffen. Ich habe keine Ahnung, wie oder wann es passiert ist." Ich berichtete von Zoës Ausbruch und erzählte ihm, was Lailah gesagt hatte. „Offenbar hat also irgendein Engel mich verflucht und unser –", meine Stimme brach. „– zukünftiges Kind."

Jeder Muskel in Kanes Körper spannte sich an. Dann fegte ein Sturm durch seine Augen. Ohne etwas zu sagen, hob er mich von seinem Schoß und stand auf. „Ein *Engel* hat dich verflucht?"

Ich nickte. „Das hat Lailah gesagt."

Kane durchquerte den Raum zu unserem Schrank und zog das erste Hemd heraus, das ihm in die Hand fiel. Er hatte es über seinem Kopf und schlüpfte in seine Schuhe, bevor ich überhaupt registrierte, was er tat.

„Wo gehst du hin?", fragte ich, obwohl ich die Antwort bereits kannte.

„Chessandra muss das aufheben. Sofort." Sein Körper vibrierte vor so viel Wut, dass ich sie als meine eigene empfand. Die Wut überkam mich und verzehrte mich, und mein Versprechen an Lailah, sie zuerst Nachforschungen anstellen zu lassen, flog direkt aus dem Fenster. Seine emotionale Energie hatte meine infiltriert und mich so gepackt, dass ich nicht einmal Schuldgefühle hatte, dass ich kurz davor war, mein Wort zu brechen. Lailah würde verärgert sein, doch ich konnte anscheinend nicht den Willen aufbringen, mich davon abzuhalten.

Kanes Hand schloss sich fester um meine, als er mich aus

dem Schlafzimmer zog. Wir standen in der Mitte des Wohnzimmers und blickten beide zur Decke hoch.

Normalerweise musste man ins Engelreich eingeladen werden, damit sich die Tore öffneten, doch weil Kane und ich für Chessandra arbeiteten, hatten wir sozusagen einen direkten Draht zu ihr. Sie konnte mich hören, wenn ich nach ihr rief. Und angesichts der Menge an Wut, die mich durchströmte, konnte sie mich unmöglich ignorieren.

„Mach das Tor auf, Chessandra", befahl ich. „Wir müssen dich sofort sehen."

Kanes Frustration wuchs und warf mich mit ihrer Wucht fast um.

„Komm, Chessa. Wir müssen dich sehen. Es ist ein Notfall." Macht prickelte unter meiner Haut. Und weil der Hohe Engel uns ignorierte, tat ich nichts, um sie zurückzuhalten. „Ich sagte, *lass uns rein!*"

Pure weiße Magie schoss aus meinen Fingerspitzen, während ein brennender Schmerz direkt über meinem linken Auge mich blendete. Meine Knie gaben nach, und wenn Kane mich nicht festgehalten hätte, wäre ich zu Boden gegangen.

„Scheiße!" Ich presste meine Hand an den Kopf, konzentrierte mich auf den Schmerz, der mich zu brechen versuchte, und sagte: „*Evanesco.*"

Der Schmerz eskalierte und verzehrte mich, während die Magie mit immer größerer Intensität pulsierte.

„Jade?" Kanes besorgte Stimme drang durch den Schmerz.

Ich stieß einen lauten Schrei aus, als meine Kraft eine Barriere durchbrach und zu dem Pochen schoss, das in meinem Kopf tobte. Kühle Erleichterung überflutete mich, und all der Schmerz verschwand und ließ mich vor Erleichterung fast taub zurück. Mit zusammengekniffenen Augen blickte ich zu Kane auf. Das Licht aus dem Engelreich, das hinter ihm schien, blendete mich. Ich blinzelte die Tränen weg.

„Lass uns gehen." Ich richtete mich auf, meine Stimme ganz sachlich. „Wir wollen unser Fenster nicht verpassen."

„Geht's dir gut?" Kanes Arm legte sich fester um meine Taille.

„Jetzt ja", sagte ich voller Zuversicht. Was auch immer mich geplagt hatte, ich hatte es neutralisiert. Ich fühlte mich den ganzen Tag zum ersten Mal stark und als hätte ich die Kontrolle.

Die Welt drehte sich und verschwamm weiß, als unsere Körper durch den Schleier in das andere Reich gezogen wurden. Einen Augenblick später trafen unsere Füße auf die gold-weißen Fliesen der Engelswelt-Version der Saint Louis Cathedral. Sie war genau wie die in der Menschenwelt, nur dass überall, wo Farbe sein sollte, Weiß und Gold waren, einschließlich der Wandmalereien.

Wir standen im hinteren Teil des leeren Altarraums. Eine bedrohliche Wolke legte sich über mich und bereitete mir Unbehagen. Es war, als wären wir unbefugt eingedrungen. „Wo sind alle?", fragte ich.

Kane zuckte mit den Schultern. „Party machen?"

Ich schnaubte. „Bitte." Doch dann wurde ich ernst. „Das ist seltsam, oder? Normalerweise erwarten sie uns hier mit eimerweise Vorurteilen und Verachtung."

„Ganz zu schweigen davon, dass wir im Grunde ihre Schutzzauber durchbrochen haben. Man könnte erwarten, dass ein Alarm schrillen sollte oder sowas."

Er hatte recht. „Irgendwas stimmt nicht."

„Schlimmer, als dass einer von ihnen dich verflucht hat?" Seine Augen waren wieder zusammengekniffen und voller

Verachtung. Dann schüttelte er den Kopf. „Vergiss es. Du hast recht. Sie sollten inzwischen mit Mistgabeln hier sein."

Ich legte meine Hand in seine und seufzte. „Komm. Lass uns herausfinden, was diesmal das Problem ist."

Kane und ich kamen ungehindert bis zum Altar, doch sobald wir links in den Flur abbogen, der zu Chessandras Büro führte, ertönte schließlich ihr Alarm und hallte durch das Gebäude. Innerhalb von Sekunden verstummte das Geräusch abrupt, gefolgt von schnellen Schritten.

Wir sahen einander an und zogen uns dann in den Altarraum zurück, um zu warten.

„Ich schätze, wir haben unsere Antwort." Ich setzte mich in die erste Bankreihe, als ob ich dorthin gehörte. Kane stand neben mir und hatte zweifellos das Gefühl, er müsse uns beschützen. Ich machte mir jedoch keine Sorgen. Chessandra zwang uns zu gern, die Arbeit zu tun, die sie für ihre Lakaien für zu gefährlich hielt.

Ein halbes Dutzend Sicherheitsleute kamen aus dem Flur gerannt, jeder mit einer anderen Waffe. Der Anführer hatte ein Schwert in der Hand, während der Mann hinter ihm ein Amulett trug, das vor Magie funkelte.

Kane blieb stehen, während ich mich vorbeugte und sagte: „Wir müssen den Hohen Engel sprechen. Es ist wichtig."

Der Typ mit dem Schwert blieb ein paar Schritte vor uns stehen und starrte uns finster an. „Wie könnt ihr es wagen, ohne Einladung in unser Allerheiligstes einzudringen?"

Kane versteifte sich, und seine empörte Verärgerung kroch über meine Haut.

Ich legte sanft eine Hand auf seinen Arm, während ich mit der Wache sprach. „Ich entschuldige mich dafür, dass ich unangekündigt gekommen bin, aber ich versichere dir, dass wir aus offiziellen Gründen hier sind."

Okay, das war vielleicht nicht ganz die Wahrheit, aber das würde noch kommen, wenn ich verlangte, aus meinem Vertrag entlassen zu werden.

Die kleine, dunkelhaarige Wache trat vor und richtete das Amulett auf mich. Ohne ein Wort schoss Magie aus dem Stein und traf mich direkt in die Brust.

Rotglühende Blitze aus feurigem Schmerz brachen über meinem Herzen aus und lähmten mich nur für eine Sekunde. Ich öffnete meinen Mund und versuchte, Worte zu bilden, doch es kamen keine heraus. Wut kochte in meinen Eingeweiden und fraß mich von innen heraus auf. Ich holte flach Luft und rief dann meine eigene Magie an. Sie stieg sofort auf und löschte das Feuer in meiner Brust. Nur ein kleiner Schmerz blieb dort, wo die Magie in mich eingedrungen war. Ich rieb mein Brustbein und sah ihn an. Wie konnte dieser Esel es wagen, sein Amulett auf mich zu entladen, wo ich doch nur dagesessen hatte? Verdammte Engel.

Kanes Empörung füllte den Raum zwischen uns, und kurz bevor er sich auf den Mann stürzen konnte, stand ich auf und packte ihn am Arm.

„Nein, Kane", sagte ich mit zusammengebissenen Zähnen und trat vor ihn, während ich den Engel mit Blicken durchbohrte. „Ich weiß nicht, was du zu tun glaubst, doch dieser Zauber war vollkommen unnötig. Wir haben dir gesagt, warum wir hier sind. Mich anzugreifen war unangebracht."

Kane trat neben mich und sagte mit leiser, gefährlicher Stimme: „Greif meine Frau noch einmal an, und du bekommst es mit einem sehr unglücklichen Dämonenjäger zu tun."

„Du wagst es, uns zu bedrohen, Incubus?" Der Mann mit dem Schwert richtete seine Waffe auf Kane.

Kane zuckte nicht einmal mit der Wimper. „Das siehst du

verdammt richtig. Das tue ich. Tu ihr nochmal weh, und wir haben ein Problem."

Die anderen vier Wachen schwärmten aus und schwangen Dolche, eine Axt und zwei weitere magische Steine.

Kraft schoss aus meiner Mitte in meine Hände und ließ magische Funken auf meinen Handflächen knistern. Auch wenn wir im Reich der Engel waren, bedeutete das nicht, dass alle gut waren. Ich sollte verdammt sein, wenn ich mich zurücklehnen und einen Kampf sechs gegen einen zulassen würde. „Haltet euch zurück, Arschlöcher."

Der mit dem Amulett kicherte. „Schaut mal, Jungs. Die weiße Hexe ist weiß wie die Wand. Irgendwelche Wetten darauf, wie viel Anstrengung nötig sein wird, sie zu erledigen?"

Zweifellos war ich blass von der Magie, die ich bereits ausgestoßen hatte. Doch wenn er glaubte, dass mich das in irgendeiner Weise schwach machte, war er ein Idiot. Weiße Hexen hatten fast grenzenlose Macht.

Ich warf der Wache ein schiefes, zuckersüßes Lächeln zu. „Du kannst gerne meine Fähigkeiten testen oder uns zu Chessandra bringen. Wenn du dich für Ersteres entscheidest, hast du auch das Privileg, dem Hohen Engel zu erklären, warum einer ihrer Schattenwandler dir in den Arsch getreten hat. Denn das werde ich. Glaub' mir."

Meine Kraft wuchs, hüllte meine Hände ein und kroch meine Unterarme empor. Ich hob meine Hände, bereit, ihm meine Magie um die Ohren zu schlagen, sollte er auch nur zu einem Schlag ausholen.

Kane lachte, doch es war humorlos, als er den Dolch zog, den er von der Bruderschaft bekommen hatte. In ihn war ein besonderer Stein eingebettet, der ihre Magie nicht nur abwehren, sondern absorbieren würde, was ihn in einem magischen Kampf so viel mächtiger machte.

Die Erkenntnis dämmerte in den Augen des Mannes mit dem Amulett. Er murmelte einen Fluch und steckte seine Waffe weg. Die anderen mit den magischen Steinen taten dasselbe.

„Was tust du?", fragte der mit dem Schwert und starrte sie an. „Sie können es nicht mit allen gleichzeitig aufnehmen."

„Doch, das können sie. Vor allem der Incubus. Seht euch seinen Dolch an", dröhnte eine vertraute tiefe Männerstimme aus dem hinteren Teil des Altarraums.

Ich drehte mich um und sah Drake, meinen Vater, auf uns zukommen.

Er begegnete meinem Blick und runzelte die Stirn. „Was ist, Jade?"

„Wir müssen Chessandra sehen", sagte ich und hob mein Kinn.

„Ich bin sicher, das lässt sich arrangieren. Aber warum bist du so bleich?"

„Ich hatte Migräne. Die ist zwischenzeitlich weg."

Sein durchdringender Blick fiel auf den Mann mit dem Schwert. „Zieht euch zurück. Auf der Stelle."

„Aber –"

„Ich sagte *zieht euch zurück*. Habt ihr eine Ahnung, wer diese Frau ist?" Drake machte zwei Schritte auf die Wache zu, und seine Gestalt schien mit jeder Bewegung größer zu werden.

„Ja. Sie ist die Anführerin des Zirkels von New Orleans, aber ich dachte –"

„Mir ist es egal, was du dachtest. Steck die Waffe weg und verschwinde."

„Ich habe den Befehl, jeden Eindringling festzunehmen", sagte der Mann mit dem Schwert trotzig.

Drake kniff die Augen zusammen und funkelte ihn an. „Ist

dir bewusst, dass sie nicht nur für Chessandra arbeitet, sondern auch meine Tochter ist?"

„Nein." Die Antwort des Mannes war knapp, voller Empörung, als er sein Schwert in die Scheide schob. Wütend ging er zu Drake und baute sich trotzig vor ihm auf. „Das interessiert mich nicht."

„Sollte es aber", sagte Kane leise.

Drake drehte sich zu der anderen Wache um, die links stand, und deutete auf den Mann mit dem Schwert. „Festnehmen! Dann wartet in meinem Büro auf mich."

Die Wache nickte Drake kurz zu. „Ja, Sir."

„Hey!" Der Mann mit dem Schwert wehrte sich, als zwei der anderen Wachen seine Hände hinter seinen Rücken zogen und seine Handgelenke mit Kabelbindern fesselten, die sie aus den Taschen ihrer Tuniken gezogen hatten.

Ich holte tief Luft, konnte meine Ungeduld kaum kontrollieren. „Können wir jetzt zu Chessandra gehen?"

Drake zeigte auf die Wachen, die den Mann festhielten. „Bringt ihn in eine Zelle. Ich werde mich um ihn kümmern, wenn ich Zeit für ihn habe."

Ich musste mir ein Grinsen verkneifen. Obwohl mein Daddy mir zu Hilfe gekommen war, freute ich mich sehr über den ungläubigen Ausdruck auf dem Gesicht des Mannes mit dem Schwert.

„Lasst uns gehen." Drake warf mir einen liebevollen Blick zu, den ich noch nie zuvor gesehen hatte.

„Danke", sagte ich verlegen. Drake und ich hatten keine enge Beziehung, von einer echten Vater-Tochter-Beziehung ganz zu schweigen. „Dafür, dass du dich um die Wachen gekümmert hast. Das hättest du wirklich nicht tun müssen. Wir hätten –"

„Doch, das musste ich. Du bist meine Tochter. Als dein

Vater habe ich das Recht, dich zu beschützen. Aber da du so stark bist, brauchst du das nicht oft. Versuch' also nicht, mir mein elterliches Recht abzusprechen. Ich habe schon zu viel verpasst."

Fassungslos starrte ich ihn an. Drake war mein leiblicher Vater, doch keiner von uns beiden hatte es bis vor kurzem gewusst. Wir standen uns nicht nahe und hatten fast keine Beziehung, abgesehen davon, dass ich für Chessandra arbeitete, die zufällig seine Partnerin war. Ich schluckte. „Okay."

Er schenkte mir ein schwaches Lächeln und scheuchte dann die Wachen weg. Als sie weggegangen waren, wandte er sich uns zu. „Folgt mir."

Ich entspannte meine Hände und versuchte, etwas von der überfließenden Frustration loszulassen, scheiterte aber, als ich neben Kane her ging. Er war immer noch angespannt, seine Stimmung schlechter als meine. Ich hatte nicht einmal den Willen, meine imaginären Glaswände zu errichten, um seine Gefühle auszublenden. Ich war zu erschöpft, um mich darum zu kümmern. Als wir vor Chessandras Büro standen, waren wir beide nervös.

Doch anstatt die Tür zu öffnen, hielt Drake mit der Hand über dem Knauf inne. „Warum seid ihr hier?"

Kane presste seine Lippen zu einer festen Linie aufeinander, offensichtlich nicht bereit, ihm zu antworten.

„Spielt es eine Rolle?", fragte ich ehrlich interessiert. Er hatte sich schon bei früheren Gelegenheiten mit Chessandra wegen uns angelegt, genau wie er es eben im Altarraum mit den Wachen getan hatte. Doch er war immer noch Chessandras Gefährte. Ich war mir ziemlich sicher, dass sie telepathisch kommunizieren konnten. Ich wollte ihr Gesicht sehen, wenn wir ihr erzählten, was passiert war. Sie es vorher wissen zu lassen, würde das ruinieren.

„Ja. Natürlich tut es das." Drakes Gesichtsausdruck wurde verärgert, doch er sagte nichts weiter. Mit einem Kopfschütteln drehte er sich um und öffnete die Tür.

Chessandra las etwas, das wie ein Bericht aussah, während sie auf der Schreibtischkante saß. Sie trug ein Negligé aus roter Seide, und ihr kastanienbraunes Haar war zu einem eleganten Zopf geflochten, als wartete sie darauf, dass ihr Liebhaber sie ins Bett brachte.

„Drake. Da bist du ja. Ich –" Chessandras Kopf schoss hoch, und sie runzelte die Stirn. „Warum hast du sie hierher gebracht? Ich habe sie nicht eingeladen."

Kane schob sich an uns beiden vorbei und starrte sie finster an. „Damit du uns sagen kannst, warum einer deiner Engel Jade und unser künftiges Kind verflucht hat."

KAPITEL FÜNF

Sie ließ die Unterlagen auf den Schreibtisch fallen und dann, mit der Anmut einer Tänzerin, streckte sie ihre Beine und stand auf silbernen Highheels. „Wie bitte?"

Drake sah mich an. „Ist das wahr? Dass du von einem von uns verflucht worden bist?"

Ich nickte und starrte Chessandra in die Augen.

Der Hohe Engel stand mit skeptischer Miene vor uns. „Und wie kommst du darauf, dass dich einer meiner Engel verflucht hat?"

Ich vermied es, wegen ihrer herablassenden Reaktion mit den Augen zu rollen. Sie mochte der Hohe Engel sein, doch ich war nicht beeindruckt. Wenn sie jemals auch nur ein Körnchen Mitgefühl gezeigt hätte, hätte ich vielleicht anders empfunden. Doch sie war so kalt, teilnahmslos. So ziemlich das einzige Mal, dass ich sie Gefühle zeigen gesehen hatte, war, als ihre Schwester in einer leeren Welt gefangen war. Und selbst dann hatte sie sie unterdrückt.

Ich ging an Drake vorbei zu einem Stuhl und setzte mich, wobei ich meine Beine übereinanderschlug. Es war ein langer

Tag gewesen. „Ich habe heute einen Fruchtbarkeitssegen durchgeführt, und anstatt meine Freundin zu segnen, hat die Magie mich ins Visier genommen und einen mit schwarzer Magie gewirkten Fluch offenbart."

Chessandra senkte ihre Wimpern und warf mir einen ungeduldigen Blick zu. „Hexen sind diejenigen, die mit schwarzer Magie spielen. Nicht meine Engel."

Ich verschränkte die Arme vor meiner Brust. „Nicht laut Lailah."

„Und woher sollte dieser niedere Engel das wissen? Was für eine große Enttäuschung sie ist."

„Das kann nicht dein Ernst sein!" Ich sprang auf, unfähig, angesichts ihres Hohns sitzen zu bleiben. „Lailah ist der verdammt beste Engel da draußen. Sie ist der Hauptgrund, warum die magische Gemeinschaft von New Orleans noch intakt ist."

„Und doch scheint sie einen vermissten Engel nicht finden zu können." Chessandra spie die Worte aus, Gift in ihrem Ton.

Die Magie, die in meiner Brust pulsierte, wurde stärker. Wenn ich nicht vorsichtig wäre, könnte ich sie mit dem bloßen Willen meiner Macht erwürgen. „Und Avery wird vermisst, weil du sie auf eine Mission geschickt hast, für die sie nicht bereit war."

„Du weißt nichts von der Situation, Hexe. Und jetzt geh. Du bist hier nicht willkommen."

„Das wird sie nicht tun." Hass strömte in Form einer roten Wolke von Kane aus. „Du wirst herausfinden, wer das getan hat, und den Fluch umkehren."

Chessandra straffte ihren Rücken und schien fünf Zentimeter zu wachsen. „Wie kannst du es wagen, mir etwas zu befehlen, Incubus? Du arbeitest für mich, erinnerst du dich? Ihr tut, was ich sage, nicht umgekehrt."

Kanes Pupillen weiteten sich, und ich begann zu befürchten, dass er dem Hohen Engel den Hals umdrehen würde.

„Chessa", sagte ich.

Sie drehte sich um und funkelte mich an. „Mein Name ist Chessandra."

„Ach ja." Ich schluckte eine bissige Antwort herunter und sagte: „Beatrice Kelton hat einen Zauber gewirkt, um den Verursacher zu finden, doch das Ergebnis war nicht schlüssig. Anscheinend funktioniert dieser Zauber nicht mit Engelsmagie. Nur haben wir das Problem nicht verstanden, bis Lailah gekommen ist und sagte, sie habe die Signatur eines Engels gespürt. Es gibt keinen Grund, daran zu zweifeln, doch wenn du möchtest, kannst du gerne deinen eigenen Zauber wirken oder was auch immer du tun musst. Denn wir gehen hier nicht weg, solange das nicht geklärt ist."

„Kein Engel würde –"

„Chessa", sagte Drake leise.

Sie warf ihm einen irritierten Blick zu. „Was?"

Er hob seine Hand, um sie aufzufordern zu warten und betrachtete mich dann mit nachdenklicher Miene. Ein Lufthauch strich über meine Haut, gefolgt von einem dumpfen Schmerz in meinem Unterleib.

Ich presste eine Hand auf meinen Bauch und stieß ein leises Stöhnen aus.

„Tut mir leid", sagte Drake, als das Gefühl verschwand. Er runzelte die Stirn. „Jade sagt die Wahrheit. Die Signatur ist zu schwach, um sie zu erkennen, doch es besteht kein Zweifel, dass ein Engel das getan hat."

Chessandras Mund bewegte sich, und eine Reihe von Emotionen huschten über ihr Gesicht. Unglauben,

Verärgerung, Wut und schließlich Akzeptanz. „Ich verstehe. Nun, das ist ein Problem."

„Was du nicht sagst!" Ich knirschte mit den Zähnen, angewidert von ihrer Haltung.

Sie ignorierte mich und ging durch den Raum zu einem kleinen Schrank. Mit schnellen Bewegungen holte sie ihre weiße Engelsrobe heraus und zog sie über ihre Dessous.

„War aber auch Zeit!", murmelte ich, nur um sie zu verärgern.

Ich wurde mit einem Todesblick belohnt.

„Okay", sagte Drake und musterte uns beide. „Konzentrieren wir uns auf eine Lösung."

„Hier entlang." Chessandra drückte auf einen Knopf, und eine versteckte Tür in der weißen Verkleidung glitt auf.

Kanes Augenbrauen schossen hoch, als er mich fragend ansah.

Ich zuckte mit den Schultern. Die Tür kannte ich nicht.

Drake deutete auf die Tür und forderte uns auf, ihm vorauszugehen.

Kane ergriff meine Hand, und gemeinsam folgten wir dem Hohen Engel durch einen strahlend weißen Flur. Es gab weder Türen noch Fenster. Nur weiße Fliesen und weiße Wände. Wenn ich es nicht besser gewusst hätte, hätte ich gedacht, dass sie uns in eine Irrenanstalt brachte. Doch vielleicht tat sie genau das.

Heilige Sch… Führte sie uns in den Raum, in dem die Zeit stehen geblieben war? Lailah hatte darüber spekuliert. Doch mit Chessandra vor uns und Drake hinter uns konnten wir nichts anderes tun, als ihr zu folgen.

Innerhalb weniger Augenblicke standen wir vor einer reich verzierten Tür aus Walnussholz. Chessandra ging hindurch und ließ die Tür hinter sich offen. Ich stand auf der Schwelle und nahm die satten, warmen Farben des Parkettbodens und der cremefarbenen Wände in mich auf. Ein Strauß roter und orangefarbener Gerbera zierte einen Beistelltisch. Und genau in der Mitte des Raumes standen zwei strahlend weiße Sofas einander gegenüber. Chessandra hatte bereits ihren Platz am Ende des uns zugewandten Sofas eingenommen.

„Also?", sagte sie, und ihre typische Ungeduld zeichnete sich auf ihren Gesichtszügen ab.

Ich schreckte aus meiner paranoiden Trance hoch. Wer hätte gedacht, dass es einen Ort wie diesen in der Kälte des Engelreichs gibt? Wenn die weißen Sofas nicht gewesen wären, wäre es geradezu einladend gewesen. Vielleicht war es ihr privates Arbeitszimmer.

Kane und ich setzten uns Drake und Chessandra gegenüber.

Drake beugte sich vor, sein langes, weißblondes Haar streifte seine gefalteten Hände. „Hast du eine Ahnung, wie es passiert ist?"

Ich schüttelte den Kopf und ließ Chessandra nicht aus den Augen. Sie starrte quer durch den Raum ins Nichts, schien in Gedanken versunken zu sein.

„Du erinnerst dich überhaupt nicht an irgendeine seltsame Magie, die die Ursache dafür gewesen sein könnte?", fragte Drake.

„Nein. Nichts." Ich richtete die Aufmerksamkeit auf meinen Vater und gestikulierte in Chessandras Richtung. „Was macht sie?"

„Sie konzentriert sich." Drake stand auf und verschwand in einem anderen Raum auf der linken Seite.

Kane und ich sahen uns an. Er kniff die Augen zusammen, und diese Anspannung, die immer unter meiner Haut zu pulsieren schien, wenn ich im Reich der Engel war, wuchs.

Ich stand auf und stemmte meine Hände in die Hüften. „Ich weiß nicht, was das soll, aber wir müssen zur Sache kommen."

Chessandra hob langsam den Kopf, und ihre Augen blitzten schneeweiß.

Whoa.

„Wir warten auf die Ankunft des Engels, der dich verflucht hat." Chessandras Stimme war weit weg, distanziert.

„Ich verstehe." Doch das tat ich nicht. Konnte sie Engel an ihre Seite rufen? Hatte sie eine seltsame Magie, die Engel aus dem Nichts herbeordern konnte?

„Chessandra?", fragte Kane, sein Ton zögerlich. „Was siehst du?"

Ihre Pupillen wurden wieder schwarz, doch ihre Iriden blieben weiß. Das Einzige, was sie böser aussehen lassen würde, wäre, wenn ihre Augen rot geworden wären. Ich schauderte, wollte so weit wie möglich von ihr weg.

„Schlimme Dinge", sagte Chessa mit ätherischer Stimme. „Nicht sicher. Dunkle Mächte kommen."

Eine Welle der Angst erfasste mich. Nicht, weil ich Angst hatte, es mit dunklen Mächten zu tun zu haben. Das hatten wir schonmal gemacht, und wir würden es wieder tun. Sondern wegen der gruseligen Vibes, die von ihr ausgingen.

Sie stand abrupt auf. „Hier entlang." Ihre weiße Robe segelte hinter ihr her, als sie in den Raum eilte, in den Drake verschwunden war.

Kane und ich zögerten nicht, ihr zu folgen. War der dafür verantwortliche Engel aufgetaucht? Ich konnte es nur hoffen. Wer auch immer es war, er oder sie würde es bereuen, jemals mit meiner Gebärmutter herumgespielt zu haben.

Wir gingen in den zweiten Raum, und ich blieb wie angewurzelt stehen. Ich erkannte ihn. Weiße Regale, Sessel und Sofas möblierten das Zimmer. Es gab eine voll ausgestattete Küche und vier miteinander verbundene Schlafzimmer. Mohnrote Kissen waren die einzige Farbe, die dem blassen Raum Leben einhauchten.

Es gab keine Fenster und keine anderen Ausgänge. Mein Herz begann, gegen meine Rippen zu pochen.

Der Raum, in dem die Zeit stehen geblieben war.

Verdammt! Wie dumm war ich? Lailah hatte mich gewarnt, und ich ließ mich von Kanes Wut dazu treiben, mir den Zugang ins Engelsreich zu erzwingen, direkt in Chessandras Fänge. Zum wiederholten Mal.

Ich wirbelte herum und wollte mich in den ersten Raum zurückziehen, doch die Tür war bereits verschwunden. Übrig blieb nur eine glatte Wand.

Langsam drehte ich mich um, meine Hände zu Fäusten geballt. „Warum sind wir hier?"

„Jade", begann Drake, sein Ton sollte mich beruhigen. „Bitte versteh' das."

„Nein. Ich verstehe nicht." Ich ging zu ihm und stieß ihm mit meinem Zeigefinger in die Brust. „Was zum Teufel soll das? Ich kann nicht fassen, dass du da mitspielst."

„Du bist verflucht. Verstehst du nicht, was passiert, wenn jemand dein Kind nimmt? Wir müssen dich beschützen, bis wir herausgefunden haben, wer hinter diesem Zauber steckt."

„Ich dachte, Chessandra wartet darauf, dass der Engel auftaucht."

„Das tut sie. Doch das kann manchmal dauern. Sie hat den Zauber gewirkt. Wenn der Engel einen Moment unachtsam ist, werden wir es wissen."

„Was bedeutet das?", fragte Kane, den Blick auf Chessandra gerichtet. Ihr Kopf war nach oben geneigt und ihre Augen geschlossen, als würde sie die Sonne anbeten.

„Ihre Magie ist mächtig, doch Engel haben Mittel und

Wege, ihre Seelen zu beschützen. Er braucht sich jedoch nur eine Sekunde zu entspannen, dann hat Chessa ihn. Manchmal passiert es sofort, manchmal dauert es eine Weile. Deshalb haben wir beschlossen, dass es am besten ist, wenn ihr beide hier wartet, bis wir den Engel, der Jade verflucht hat, festnehmen können."

„Hier bleiben? In diesen Raum gesperrt?" Kane schüttelte angewidert den Kopf. „Du bist verrückt. Wir haben beide zu arbeiten. Auf keinen Fall bleiben wir auf unbestimmte Zeit hier."

Ich nickte und trat an seine Seite, um eine geschlossene Front zu präsentieren.

„Kane, du kannst gerne gehen. Du bist nicht derjenige, der in Gefahr ist. Aber ich fürchte, wir müssen Jade hierbehalten, bis die Bedrohung vorüber ist." Drake strich mit der Hand über das weiße Sofa. „Mach dir keine Sorgen. Es wird ihr an nichts mangeln."

„Niemand bleibt hier", stieß Kane hervor. „Mach die Tür auf. Wir gehen."

„Es ist nicht sicher. Es droht Gefahr", wiederholte Chessandra.

„Du hast die Wahl, Kane", sagte Drake, als er zu Chessa hinüberging. Er legte einen Arm um ihre Taille und drückte sie an sich. „Lass uns gehen, Liebes."

Chessa drehte den Kopf, ihr Blick konzentrierte sich auf ihn. Sie runzelte die Stirn und wirkte verwirrt.

„Ich bin da. Alles wird gut", summte er und strich ihr eine Strähne ihrer dunklen Locken aus der Stirn.

„Es ist nicht alles gut!" Ich stand mitten im Raum und vibrierte vor Magie. „Lass uns gehen, oder ich sprenge mich hier raus."

Drakes Gesichtsausdruck wurde neugierig. „Nun, das wäre

beeindruckend, wenn du das könntest. Du kannst es gerne versuchen. Bisher hat es jedoch noch niemand geschafft." Er neigte den Kopf und musterte uns. „Aber zusammen habt ihr vielleicht eine Chance."

Ich runzelte die Stirn. „Das ist kein Witz."

„Nein, Jade, ist es nicht." Drake stand auf und durchbohrte mich mit seinem Blick. „Wie ich schon sagte, es kommt nicht oft vor, dass ich dich beschützen kann, doch jetzt tue ich es. Es ist mein Job. Ich werde nicht zulassen, dass ein abtrünniger Engel dir oder meinem Enkelkind wehtut."

„Deinem zukünftigen Enkelkind", korrigierte ich. „Ich bin nicht einmal in Gefahr ... noch nicht."

„Wenn du verflucht bist, bist du es. Das ist die bestmögliche Lösung."

Kane trat vor mich, seinen Dolch in der Hand. Nur glühte der Stein nicht wie sonst vor Magie. „Wir gehen. Zusammen. Jetzt öffne die Tür, oder wir werden das untereinander klären."

Drake schüttelte den Kopf. „Tut mir leid, aber das ist nicht möglich."

Kanes Muskeln spannten sich unter seinem T-Shirt an. Er wippte auf den Fußballen nach vorn, und gerade als er sich auf ihn stürzen wollte, lösten Chessa und Drake sich auf.

Drake sah mich an. „Tut mir leid, dass ich dir das aufzwingen muss, aber ich sehe keinen anderen Weg. Ich werde zurückkommen, sobald du zur Vernunft gekommen bist."

Ich öffnete den Mund und schüttelte dann den Kopf, um die wirren Gedanken in meinem Kopf zu vertreiben. „Sobald ich zur Vernunft gekommen bin? Du kannst nicht –"

Die beiden verschwanden und ließen mich und Kane in dem Raum zurück, in dem die Zeit stillstand.

KAPITEL SECHS

"Sind wir, wo ich denke, dass wir sind?", fragte Kane mit ungewöhnlich kontrollierter Stimme.

„Ja." Ich ließ mich auf das große Sofa fallen und schloss die Augen. Ich war erschöpft, zu leer, um mich um irgendetwas zu kümmern. Mein Vater hatte mich gerade in einen Kerker eingesperrt, der als schicke Wohnung getarnt war.

Er sah sich um. „Weißt du, wo der Eingang ist?"

Ich deutete mit der Hand auf die kahle Wand links. „Da war er das letzte Mal. Doch meine Magie hat überhaupt nichts bewirkt."

Als meine Seele kompromittiert worden war, hatten die Engel mich und Lailah zusammen mit einem anderen Engel in dieses hübsch eingerichtete Höllenloch gesperrt. Ich hatte Stunden mit dem Versuch verbracht, mich hinauszusprengen. Nichts hatte funktioniert. Ich konnte mir nicht vorstellen, warum es jetzt funktionieren sollte.

„Du hattest keinen Dämonenjägerdolch." Kane zog seine Klinge aus der Scheide und hielt sie vor sich. Der Stein auf dem Griff leuchtete unheimlich rot und erlosch dann.

Ich hob neugierig eine Augenbraue. „Was ist passiert? Mir ist aufgefallen, dass der Stein vorhin nicht geglüht hat, als du ihn Drake gezeigt hast. Liegt das an diesem Raum oder hast du das absichtlich getan?"

„Nein, ich war das nicht. Ich bin mir nicht sicher, was passiert." Er presste seine Lippen zu einer dünnen Linie zusammen, als er ihn betrachtete. Nachdem er mit den Händen über die Schneide gefahren war, blickte er zu mir auf. „Es ist nicht verloschen. Es ist eher so, als wäre er schwach, als ob er eine Stromquelle braucht."

„Deine Energie reicht nicht?" Besorgt setzte ich mich auf. „Oder hat er schon zu viel genommen?" Meine Finger gruben sich in die Sofakissen. Das war verrückt. Kane war ein Incubus. Incubi bekamen ihre Macht durch Sex. Wenn Kane geschwächt wäre, würde er mich brauchen. Und das Letzte, was ich wollte, war, hier zur Sache zu kommen … in dem Raum, in dem die Zeit stehen geblieben war. Wer wusste, wer uns beobachtete? Ganz zu schweigen davon, dass es so ziemlich die abtörnendste Sache auf dem Planeten war, gefangen zu sein.

Er legte den Dolch vor uns auf den Tisch und schloss die Augen, dann nickte er. „Ich habe noch genug Kraft. Der Stein will sie aber nicht." Er sah sich um und runzelte die Stirn. „Gibt es hier Schutzzauber?"

„Da bin ich mir sicher." Meine Schritte waren lautlos, als ich über den weichen Teppich auf die Tür zu schwebte, von der ich wusste, dass sie in der glatten weißen Wand verborgen war. Ich legte meine Handfläche darauf und strich mit meiner Hand über die schwache Textur. Ein leichtes Kräuseln von Magie kitzelte meine Hand. „Ja. Ich spüre sie."

Kane nickte, nahm seinen Dolch und ging durch den Raum, um sich neben mich zu stellen. Der Stein im Dolch blieb dunkel. Dann drückte er den Griff der Waffe an die Wand und drehte sich zu mir um. „Ich brauche deine Hilfe."

Ich nickte und warf ihm einen neugierigen Blick zu. „Sicher."

Er deutete auf den Griff des Dolches. „Ich möchte, dass du versuchst, die Magie von der Wand in den Stein zu ziehen."

Überraschung weckte meine Magie in meiner Brust, gefolgt von Entschlossenheit. Dieser Stein sammelte Magie, um Feinde zu neutralisieren. Wenn er die Magie aus der Wand ziehen könnte, hätten wir vielleicht eine Chance auszubrechen. Ich legte meine Hand auf den Dolch und konzentrierte mich auf den winzigen magischen Faden, der aus dem Kern des Steins pulsierte. Ein kleiner Schub meiner eigenen Magie in den Griff, und ich hatte ihn.

In dem Moment, in dem sich meine Magie mit der Macht des Steins verband, schlug eine Welle der Wärme in mich ein, und etwas in mir verband sich mit der uralten Magie. Ich schloss die Augen und holte tief Luft. Als ich langsam ausatmete, griff ich zu und zog die Magie aus dem Stein.

Mein Körper wurde starr und vibrierte vom ersten Ruck der gemischten Magie, und dann endete es abrupt, als ob die Macht mit einer unsichtbaren Wand kollidiert wäre. Ich versuchte, die Verbindung aufrechtzuerhalten, und Schweiß brach auf meiner Stirn aus.

„Jade?", fragte Kane, und seine Stimme klang eine Million Meilen entfernt.

Ich schüttelte den Kopf. Ich musste mich konzentrieren. Auch nur für einen Moment die Konzentration zu verlieren, bedeutete, dass die Verbindung unterbrochen würde. Irgendetwas sagte mir, wenn wir nicht ausbrechen würden, würden wir jahrelang hier drin sein. Chessandra war nicht dumm. Sie wusste, wenn jemand die Kontrolle über unser zukünftiges Kind hätte – das zweifellos über beträchtliche Macht verfügen würde –, wäre sie am Arsch. Das war unsere eine Chance. Und gemeinsam mussten wir es schaffen.

„Leg deine Hand auf meine!", befahl ich Kane.

Ich spürte seine Bewegung neben mir und dann die Berührung seiner Haut auf meinem Handrücken. „Zieh mit mir an der Magie."

„Auf drei?", fragte er.

Ich nickte und zählte. Als es soweit war, drängte eine Explosion seiner Magie nicht nur meine Hand, sondern auch meinen Unterarm gegen die Wand. Unsere Kraftströme vermischten sich, und der in die Wand eingebettete Zauber begann sich langsam zu bewegen.

Die Anstrengung war so groß, dass ich das Gefühl hatte, wir würden Felsbrocken bergauf schieben. Doch etwas bewegte sich, und als ich die Wand ansah, erkannte ich den schwachen Umriss der Tür.

„Es funktioniert", sagte ich.

Kane grunzte und verstärkte den Zug der Magie.

Ein Damm brach, und einfach so schoss die gesamte Magie, die sich im Stein angesammelt hatte, in meine Hand, meinen Arm hinauf und direkt in mein Herz.

Mein Körper verkrampfte sich, und ich verlor jegliche Kontrolle über meine Magie. Funken der Macht und Reste des Zaubers zerschmetterten mich. Ich sah nichts als den entsetzten Ausdruck auf Kanes Gesicht, als ich mich in die Luft erhob und einen halben Meter über dem Boden schwebte.

Die Krämpfe in meinen Muskeln verschwanden, und ich hing gelassen da, als wäre ich eine gute Fee, die gekommen war, um Kane einen Wunsch zu erfüllen.

„Was zum …?", fragte ich und sah mich um.

Kane starrte mich staunend an.

„Hey, Kane!" Ich griff nach ihm, doch meine Hand glitt direkt durch seinen Arm. „Du meine Güte." Ich starrte auf meine Hände und Arme. Sie sahen aus wie zuvor. Was war passiert?

Kanes überraschter Gesichtsausdruck verwandelte sich in Entschlossenheit. Er streckte eine Hand aus, um meine zu ergreifen, doch als wir es erneut versuchten, wischte seine Hand direkt durch mich hindurch.

„Jade!" Kane machte einen Schritt auf mich zu, beide Arme erhoben, und griff nach mir, doch er griff ins Leere. „Verdammt! Das ist schiefgegangen."

„Nicht ganz." Ich deutete mit der Hand auf die jetzt sichtbare Tür. „Zumindest wissen wir jetzt, wo sie ist."

Der betroffene Ausdruck auf seinem Gesicht verriet mir, dass ihm die dumme Tür völlig egal war. „Jade, du bist durchsichtig."

„Ach so?" Ich streckte meine Hände vor mir aus, doch für mich sahen sie normal aus. „Das sehe ich nicht."

„Nun, ich schon, und ich kann durch dich hindurchsehen." Ein Muskel an seiner Schläfe zuckte.

Ich schüttelte den Kopf, unwillig, die Implikationen dessen, was er sagte, in Erwägung zu ziehen. „Wo ist dein Dolch?"

Er nickte zur Seite. „Warum?"

„Hol ihn. Das ist passiert, als du die Magie in den Stein gebracht hast."

Kane zögerte für den Bruchteil einer Sekunde, dann hob er ihn auf und hielt die Klinge so, dass der Stein auf mich gerichtet war. Eine Welle der Ruhe erfasste ihn, und seine Augen wurden vor Konzentration fast schwarz.

Beim ersten Zug der Magie füllte Eis meine Adern und ließ mich frösteln. Mein ganzer Körper zitterte, und ich hatte das Gefühl, ich wollte aus meiner Haut kriechen. Ich konnte es kaum erwarten, bis die fremde Magie vertrieben war. Ich wand mich, unfähig stillzuhalten.

Alles tat weh. Ein dumpfer Schmerz erfüllte meine Brust und machte mir das Atmen schwer. Und dann traf mich ein stechender Schmerz in den Solarplexus. Ich keuchte. „Stopp!"

Kane ließ den Dolch sinken und trat auf mich zu, gerade als ich zu fallen begann. Ich landete zusammengekrümmt in seinen Armen, und die Erschöpfung hielt mich davon ab, auf eigenen Beinen zu stehen. „Ich schätze, ich bin wieder solide", sagte ich atemlos.

Seine Arme schlossen sich fester um mich. „Ja, weitgehend. Aber die Tür ist auch fast weg."

Weitgehend? Das war kein gutes Zeichen. Ich warf einen Blick auf meine Füße und bemerkte, dass sie tatsächlich auf dem Boden standen, doch ich spürte sie nicht. Direkt unter meinen Knien war ein Schimmer, und obwohl ich für mich selbst solide aussah, vermutete ich, dass meine Schienbeine und Füße immer noch Teil der „anderen Welt" waren.

„Was willst du tun?" Kanes Stimme drang durch meinen Dunst.

Ich riss meinen Kopf hoch. „Wegen meiner Füße?"

„Und der Tür. Was auch immer wir tun, um dich zurückzubringen, wird sie wieder verschwinden lassen."

Ich warf einen Blick auf den kaum sichtbaren Umriss in der Wand. Wut fraß mich aus den Tiefen meiner Seele auf. Sie war roh und nachtragend und voller Hass, den ich vor langer Zeit begraben hatte. Ich war keine Schutzbefohlene des Engelreiches. Sie müssten verdammt viel härter arbeiten, um mich einzusperren.

„Entlade die Magie an der Tür", sagte ich und wand mich aus seinem Griff. Ein Kraftschub schoss aus meinen Zehen, als ich mich wieder in die Luft erhob. Feurige Magie strömte aus meinen Fingerspitzen und sprengte die Nähte der Tür. Es knisterte, und ein Ring aus magischem Feuer erwachte um den Rahmen.

Kane drehte sich um und entfesselte die im Stein seines Dolches gespeicherte Kraft. Sein roter Magiestrom kollidierte mit meinen Flammen. Es war wie eine Explosion deren Flammen sich ihren Weg die Tür hinauf leckten und das Holz tieforange färbten, als das Feuer bis in die Mitte vordrang und von innen nach außen brannte.

„Es funktioniert", sagte Kane.

Intensive Magie strömte aus meinen Fingerspitzen, als ich mich daran erinnerte, wie ich mehr als zwei Monate an diesem Ort gefangen gewesen war. Wie die Engel immer alles manipulierten, wie sie glaubten, sie hätten das Recht dazu.

Ich entfesselte jedes letzte bisschen Wut und Frustration auf die Tür, bis sie unter meiner Kraft zu ächzen schien. Dann dehnte sich das Holz wie in Zeitlupe aus, bis es platzte und die Explosion uns beide zurückschleuderte.

Schwelende Holzsplitter flogen an meinem Gesicht vorbei, als ich auf den Beistelltisch aufschlug. Schmerz durchzuckte meinen Rücken und nahm mir die Luft.

Kane stöhnte etwa anderthalb Meter von mir entfernt. Er lag ausgestreckt am Boden, sein Arm in einem seltsamen Winkel verdreht.

Ich setzte mich auf, rieb mir die Augen und versuchte, meine verschwommene Sicht zu klären.

„Beeilt euch!", rief eine unbekannte Stimme. „Bevor sie kommen."

Ich blinzelte erneut. Ein in Jeans gekleideter männlicher Engel stand in der Tür. Er hatte kupferrotes Haar und konnte keinen Tag älter als zwanzig sein. „Wer bist du?"

„Ich bin derjenige, der euch hier rausholen wird. Kommt. Die Wachen werden jeden Moment hier sein."

Ich rappelte mich auf, in meinem Kopf drehte sich alles, doch dann nahm ich erleichtert eine Welle von Kanes leicht rauchigem, frischem Regenduft wahr. Er legte seinen Arm um meine Taille. Ich drückte mich an ihn, brauchte seinen Trost, zog mich aber ein wenig zurück, als seine Haut meine mit ihrer Hitze fast versengte. Ich blickte auf und sah, dass er mit den Zähnen knirschte. „Du bist verletzt."

„Ist nicht schlimm. Lass uns verschwinden."

Wir eilten zur Tür. Angst packte mich. Der Engel stand auf der anderen Seite, und ich war mir sicher, dass es eine unsichtbare Barriere geben würde. Wenn ich den Schutzzauber gewirkt hätte, hätte ich genau das getan. Ich streckte zaghaft eine Hand aus. Gerade als meine Finger auf Höhe der Schwelle waren, schoss ein scharfer Schmerz durch meinen Arm. Ich riss meine Hand zurück.

„Am besten springt ihr schnell durch, um es hinter euch zu bringen."

Kane ließ mich los und presste seinen verletzten Arm an seinen Körper.

Verdammt! Durch den Zauber zu springen würde höllisch weh tun.

„Lass uns gehen." Kane gab mir einen kleinen Stoß, und ich zuckte zusammen. Ein unsichtbarer Schraubstock zerquetschte mich von allen Seiten, und ein Schrei blieb mir im Hals stecken, als ich die Barriere in den Flur überquerte. Ich stürzte gegen die gegenüberliegende Wand und bemühte mich verzweifelt, nicht direkt vor den Füßen des Engels zusammenzubrechen.

Kane folgte mir und landete mit viel mehr Leichtigkeit und

Anmut als ich. Doch seine verzerrte Miene verriet mir, dass es auch für ihn nicht angenehm gewesen war.

„Hier entlang." Der Engel verschwand den Flur hinunter, ohne auf unsere Antwort zu warten.

Kane und ich warfen einander Blicke zu, dann folgten wir mit einem lautlosen Nicken.

Wir bogen um eine Ecke, und plötzlich wirbelte und verschob sich die Welt und warf uns in eine verpixelte Realität, fast so, als würden wir durch das Flimmern eines Fernsehers rasen.

Meine Füße berührten die Erde, fanden Halt, und ich brauchte einen Moment, um wieder zu Atem zu kommen. Kane kauerte neben mir, den Dolch mit dem unverletzten Arm ausgestreckt, bereit zum Kampf.

„Hier gibt es nichts, was Sie angreifen könnten, Mr. Rouquette", sagte der Engel sanft.

Ich sah mich um. Wir standen am Ufer des Mississippi, das French Quarter auf der einen Seite, der Fluss auf der anderen. Nur waren außer uns keine Menschen hier. Und die Welt war karg. Kein Leben. Keine Farbe. Keine Energie. Es war genau wie in der leeren Welt, in der Mati vor ein paar Monaten gefangen gewesen war.

„Warum hier?", fragte ich vorwurfsvoll. Hatten wir ein Gefängnis gegen ein anderes getauscht? Mati hatte nicht fliehen können. Ich hätte sofort versuchen können, in unsere Welt zurückzuspringen, doch ich brauchte Antworten. Wer war dieser Engel, und warum hatte er uns geholfen?

Ich nahm mir einen Moment Zeit, um ihn mir genau anzusehen. Er war groß, fast so groß wie Kane. Doch er war schlaksig, noch nicht in seine Gestalt hineingewachsen. Er hatte dunkle, fast schwarze Augen und widerspenstiges Haar, das sich über seinen Ohren lockte. Wenn er kein Engel

DEANNA CHASE

gewesen wäre, hätte ich ihn vielleicht für einen Surfertypen gehalten.

Kane richtete sich langsam auf und warf dem Engel einen Blick zu.

„Weil die anderen Engel euch nicht hierher folgen können", antwortete der Engel auf meine Frage.

„Und du kommst hierher, weil …?", fragte ich.

Er zuckte mit den Schultern. „Das ist meine Gabe. Ich kann von einer Welt zur anderen springen. Und seit Chessandras Schwester hier war und befreit wurde, kann ich auch hierher und zurück springen. Ich weiß nicht warum. Doch es schien der sicherste Ort zum Reden zu sein."

Ich verschränkte meine Arme vor meiner Brust. „Worüber?"

Der Engel ließ seinen Blick über uns schweifen, als versuchte er, uns einzuschätzen. Eine nervöse Energie strömte von ihm aus, doch wenn ich kein Empath gewesen wäre, hätte ich es nie bemerkt. Er wirkte so ruhig und kühl, wie man nur in Gegenwart einer weißen Hexe und eines Dämonenjägers sein konnte. Das war beeindruckend, wenn man bedachte, dass jeder von uns ihn wahrscheinlich mit einer auf den Rücken gefesselten Hand hätte überwältigen können.

Er machte zwei Schritte und wandte sich dem Fluss zu. „Wenn bekannt wird, dass ich euch auf irgendeine Weise helfe, werde ich strengstens bestraft. Ich brauche euer Wort, dass ihr mein Vertrauen nicht enttäuschen werdet."

Ich öffnete den Mund, um zuzustimmen, doch Kane sagte: „Nicht, bis du uns sagst, wer du bist und warum wir dir vertrauen sollten."

Der Engel drehte sich um und starrte Kane direkt an. „Ich bin der Assistent des Hohen Engels. Ich bin in Vieles eingeweiht. Ich habe Informationen, von denen ich glaube, dass ihr sie wollt. Aber wenn ihr mir nicht versprecht, dass ihr nicht nur mein Vertrauen wahren, sondern mich auch vor ihrem möglichen Zorn schützen werdet, gehe ich jetzt, und ihr werdet mich nie wieder sehen."

Kane sah mich an. Interesse und Begeisterung tanzten in seinen Augen. Ich nickte, sicher, dass er dasselbe in meinem Gesichtsausdruck sah. Das war unsere Chance. Diejenige, die wir brauchten, um auf den Grund zu gehen, was auch immer Chessandra trieb.

Ich ging auf ihn zu und streckte meine Hand aus. „Deal."

Er starrte auf meine Hand und schüttelte den Kopf. „Das ist kein Gentlemen's Agreement. Wenn wir weitermachen, wird der Zauber bindend."

Oh, verdammte nochmal … Ich wollte nicht an diesen Typen gebunden sein. Ich kannte ihn nicht einmal.

„Gut", sagte Kane.

Ich starrte ihn an.

Er zuckte mit den Schultern. „Er wird nicht darauf verzichten. Wenn das der Preis ist, dann soll es so sein."

„Wie kannst du dir sicher sein?"

„Seine Körpersprache." Kane ließ seinen Blick von Kopf bis Fuß über den Mann schweifen. „Mach einfach. Lies ihn. Sag mir, was du denkst."

Ich seufzte. „Du weißt, dass ich versuche, das nicht zu tun."

„Tu's", sagte der Engel. „Wenn es Vertrauen schafft, dann tu, was du tun musst."

Die Müdigkeit lastete schwer auf mir, und ich wollte mich nur hinsetzen, um mich auszuruhen. Ihn zu lesen würde meinem Energieniveau nicht zuträglich sein. Doch ich hatte wirklich keine andere Wahl, außer einfach zu gehen, doch ich konnte mir die Gelegenheit nicht entgehen lassen.

„Okay." Ich holte tief Luft und tastete vorsichtig nach der

Energie des Engels. Kalte Entschlossenheit und blanke Nerven trafen mich in Form einer Stahlwand, gefolgt von Wellen von Angst. Ich schloss die Augen und forschte tiefer, schickte meine Magie an ihren Barrieren vorbei und direkt in die Tiefen seiner Seele. Liebe, Gerechtigkeit und Angst schwirrten dort und erschufen die Art von Mann, der bereit war, alles aufs Spiel zu setzen für das, woran er glaubte.

Die Emotionen packten mich, rissen mich mit und brachten mich dazu, alles in meiner Macht Stehende tun zu wollen, um seiner Sache zu helfen. Ich zog mich zurück, der Schock, seine Energie zu verlieren, ließ mich taub zurück. „Ja", presste ich heraus, kaum in der Lage, vor lauter Intensität Worte zu bilden. „Wir gehen die Bindung ein."

Der Engel schenkte mir ein dankbares Lächeln, hob seine Arme und rief: *„Hexe, Incubus, Engel, einer von drei und drei von einem, möge die Allianz vollzogen sei!."*

Drei magische Blitze schossen aus dem Himmel und trafen jeden von uns gleichzeitig in den Nacken. Nur eine winzige Prise Unbehagen huschte über meine Haut, bevor sie verschwand, als wäre überhaupt nichts passiert.

Kane und ich standen nebeneinander und beobachteten den Engel.

Er starrte zurück, einen zufriedenen Ausdruck auf seinem Gesicht.

Eine seltsame Vorahnung regte sich in meinen Eingeweiden. Er war mit diesem Ergebnis viel zu zufrieden. Ich presste die Lippen aufeinander und fragte dann: „Wie heißt du?"

„Jasper." Sein Gesichtsausdruck wurde kalt, hart, wütend. „Und Avery, der vermisste Engel? Sie ist meine Verlobte."

KAPITEL SIEBEN

*I*ch verstand, und der junge Engel, der vor uns stand, tat mir leid. Avery war auf Befehl von Chessandra zu einer Zeit, in der es nicht sicher war, in die Schatten geschickt worden, und sie war verschwunden. Der Hohe Engel hatte Kane und mich damit beauftragt, sie zu finden, doch wir hatten nicht einmal Hinweise bekommen, also hatten wir kein Glück gehabt.

Lailah war nun auf der Jagd nach dem verlorenen Engel, doch trotz all ihrer Recherchen und Nachforschungen war sie nicht erfolgreicher. Wenn ich in Jaspers Schuhen gewesen wäre, hätte ich das Engelreich schon vor langer Zeit in die Luft gesprengt. Im übertragenen und wörtlichen Sinne.

„Das tut mir so leid", sagte ich, meine Stimme war sanft und voller Emotionen.

Er biss die Zähne zusammen und ein Muskel zuckte in seinem Hals. „Ihr werdet mir helfen, sie zu finden. Und dabei werden wir Chessandra zu Fall bringen."

Kane nickte. „Geht klar."

„Keine Frage", sagte ich. Ich hatte Lailah schon früher

meine Hilfe angeboten, doch bisher hatte sie gesagt, sie hätte nicht genug, um weiterzumachen, und das Einzige, was ihr einfiel, sei, in die Hölle einzubrechen. Doch ohne Zusicherungen oder auch nur eine Ahnung, wo Avery in der Unterwelt sein könnte, war das ein Selbstmordkommando. Mit Jasper an unserer Seite konnten wir möglicherweise nützlichere Informationen sammeln.

„Gut. Ich melde mich innerhalb von achtundvierzig Stunden wieder." Jasper wandte sich zum Gehen.

Ich streckte meine Hand aus. „Warte!"

Er hielt inne und sah mich an, seine schwarzen Augen durchbohrten mich.

Ich fand ihn interessant. Ein Enigma für das Engelreich. Die meisten Engel des Reiches lebten mit zielstrebiger Entschlossenheit und einem einzigen Ziel: Seelen auf jede erdenkliche Weise zu retten. Sie waren dabei so gut wie emotionslos. Doch es gab viele Emotionen, die diesen jungen Mann verzehrten. Er ertrank in Verlust, Sehnsucht und Rachedurst. Und seit der Bindung war alles an der Oberfläche, leicht zu lesen für mich. Wir waren jetzt miteinander verbunden, und es würde ihm schwerer fallen, seine wahren Gefühle zu verbergen.

„Warum bist du nicht früher zu uns gekommen?", fragte ich ehrlich neugierig.

„Ich hatte vorher nichts in der Hand."

Ich runzelte verwirrt die Stirn. „Wir hätten dir trotzdem geholfen."

„Auch ohne den Bindungszauber", sagte Kane in neutralem Ton.

Der Junge schüttelte den Kopf. „Da bin ich mir nicht sicher, und ich gehe kein Risiko ein. Jetzt seid ihr wegen des Zaubers gezwungen, mir zu helfen, egal was passiert, und ihr könnt nicht lügen wie alle anderen, die ich um Hilfe gebeten habe."

„Warte, was soll das heißen –?"

Jasper machte einen Schritt und verschwand aus der leeren Welt.

„Verdammt", murmelte Kane.

Das seltsame Gefühl kehrte zurück. Welche Art von Bindungszauber hatte er genau benutzt? Bindungszauber bedeuteten normalerweise, dass die Parteien magisch gebunden waren, um sich gegenseitig zu beschützen. Dieses Vertrauen konnte nicht verraten werden. Aber Zwang? Das war nicht üblich. Worauf hatten wir uns eingelassen?

Ich seufzte und begegnete Kanes besorgtem Blick. „Lass uns nach Hause gehen."

Er nickte und schloss seine Hand um meine.

Gemeinsam machten wir einen Schritt und fanden uns mitten in seinem Club wieder. Ein halbes Dutzend Gäste saßen auf den mit blauem Samt bezogenen Sitzen rund um die Bühne herum, während einer der Stammgäste zum neuesten Song von Meghan Trainor tanzte.

Charlie, die Clubmanagerin, blickte auf und erschrak, als sie uns sah. Sie kam auf uns zu und tippte im Gehen auf ihrem Handy herum.

Kane nickte in Richtung seines Büros und bedeutete ihr, uns dort zu treffen.

Sie beeilte sich und traf uns an der Tür. „Wo zum Teufel seid ihr zwei gewesen?"

Ich sah sie überrascht an, und bevor ich antworten konnte, zog mich Kane in die Privatsphäre seines Büros. Charlie folgte uns, ihr Mund starr und ihr Körper steif vor Anspannung.

„Also?", fragte sie und stand mit den Fäusten an ihrer Taille da.

Kane setzte sich auf seinen Stuhl hinter dem schweren Schreibtisch. Ich lehnte mich dagegen und nahm sein Bürotelefon, um Bea anzurufen. Während es klingelte, sagte ich: „Im Reich der Engel, wo wir uns mit Chessandra auseinandergesetzt haben."

„Zwei Wochen lang?"

Kane murmelte einen weiteren Fluch. Dieser verdammte Raum. Ich würde nie verstehen, wie so viel Zeit vergehen konnte, wenn es sich anfühlte wie Minuten.

Ich wiederholte Kanes Fluch, gerade als Bea antwortete.

„Jade?" Sie klang vorsichtig und hoffnungsvoll zugleich.

„Ja, ich bin's. Kane ist verletzt. Gebrochener Arm, nehme ich an. Kannst du uns treffen, um es dir anzusehen?"

„Wo seid ihr?"

„Im Club."

„Ich bin auf dem Weg", sagte sie und legte auf.

Charlie stand immer noch mitten im Raum, ihr Gesicht rot vor Wut. „Habt ihr eine Ahnung, was ihr uns angetan hat? Wir haben die Polizei gerufen. Lailah und Bea haben den gesamten Hexenrat auf die Suche nach euch geschickt. Und Pyper –"

Die Tür flog auf, und Pyper stürmte herein, ihr blau gesträhntes Haar flog hinter ihr her. „Heiliger Fick auf einem Thron aus Dildos. Ich erwarte eine Erklärung." Ohne darauf zu warten, dass wir etwas sagten, schlang sie ihre Arme in einer festen Umarmung um mich. „Tu mir das nie wieder an", sagte sie mir ins Ohr. Dann küsste sie mich auf die Wange und rannte zu Kane, ging neben ihm in die Hocke, während sie sich leise unterhielten.

Ich drehte mich um, und anstatt Charlie irgendetwas zu erklären, ging ich zu ihr hinüber und umarmte sie genauso, wie Pyper es gerade mit mir getan hatte. „Tut mir leid", flüsterte ich. „Wir würden euch nie absichtlich verlassen. Wir wurden gegen unseren Willen festgehalten."

Ihre Haltung entspannte sich, als sie in die Umarmung sank. „Himmel, wir haben uns Sorgen gemacht." Sie zog sich zurück und suchte mein Gesicht. „Geht's euch beiden gut?"

Ich nickte. „Bis auf Kanes Arm schon, denke ich."

„Uns geht's gut." Kane warf Charlie einen dankbaren Blick zu. „Danke. Ich bin sicher, du hast den Laden am Laufen gehalten."

„Mit Pyper", sagte sie. „Du weißt, dass sie sich um alles kümmern würde, selbst wenn sie auf ihrem Sterbebett wäre."

„Da hast du recht", stimmte Kane zu.

Ich ließ mich völlig erschöpft auf einem Stuhl nieder.

Charlie sah sich im Raum um, ihr Blick blieb zuerst bei mir hängen und wanderte dann zu Kane. Die warme Welle ihrer Erleichterung war so stark, dass sie mich fast erstickte. Sie ging zur Tür, und kurz bevor sie hinausging, drehte sie sich um und sagte: „Ihr habt keine Ahnung, wie froh ich bin, euch beide zu sehen."

Sie war mehr als besorgt gewesen. Mein Herz schmerzte angesichts dessen, was Chessandra unseren Freunden angetan hatte. Zwei Wochen waren wir weg gewesen. Verdammt. Kat würde auch nicht glücklich sein.

„Ich glaube, ich habe vielleicht eine Ahnung." Ich warf ihr ein hauchdünnes Lächeln zu.

Sie lachte leise. „Ich denke schon." Mit einem Nicken ging sie zurück in den Club.

Während Pyper und Kane sich unterhielten, griff ich zum Telefon und rief Kat an. Keine Antwort. Ich versuchte es bei Lucien und hinterließ am Ende eine Nachricht. Dasselbe bei Lailah. „Verdammt, wo sind alle?"

„Sie sind höchstwahrscheinlich beim Zirkel", sagte Pyper.

„Wozu?", fragte ich neugierig.

„Sie haben euch gesucht. Ohne Erfolg, möchte ich hinzufügen. Anscheinend ist das Reich der Engel undurchdringlich."

„Nicht einmal Lailah wusste es?" Wie konnte sie es nicht wissen?

Pyper schüttelte den Kopf, eine ihrer blauen Strähnen fiel ihr in die Augen. „Nein. Wenn doch, hat sie es niemandem erzählt. Aber ich glaube nicht, denn sie hat sich offensichtlich Sorgen gemacht."

„Verdammte Chessandra. Und Drake auch." Er war genauso schuld wie sie. Vielleicht mehr. War er nicht derjenige, der so darauf bedacht war, mich zu beschützen?

Ich klammerte mich an die Armlehne des Stuhls, Hass brodelte in meinem Magen. Sie waren beide viel zu weit gegangen. Zwei Wochen unseres Lebens in diesem Raum gestohlen, wo wir uns nichts zu Schulden haben kommen lassen. Uns wegzusperren, weil mich jemand verflucht hatte, war nicht akzeptabel.

„Wir sollten sie benachrichtigen. Sie müssen uns nicht mehr suchen." Ich stand auf, bereit, zum Zirkelkreis zu gehen.

„Mach dir keine Sorgen, Liebes", sagte Bea von der Tür aus. Ihr salongefärbtes kastanienbraunes Haar war zu einem tiefen Pferdeschwanz zurückgebunden, und sie trug ein langes, figurbetontes, schimmerndes Kleid mit rosa Perlen. Sie sah aus wie eine Ballkönigin. Wow. Wo war sie gewesen? „In ungefähr fünf Sekunden wirst du sowieso mit ihnen sprechen", fügte sie hinzu.

„Warum? Kommen sie hierher?"

„Nein. Du gehst zu ihnen." Sie schenkte mir ein geduldiges Lächeln, und dann begriff ich. Sie riefen mich.

Natürlich. Ich schüttelte den Kopf und versuchte, die

Spinnweben zu verscheuchen, als mein Körper anfing, von einer sanften Liebkosung der Magie zu prickeln.

Bea inspizierte bereits Kanes Arm. Er verzog vor Schmerz das Gesicht, als sie ihn bewegte. Ich hob eine Hand, um seine Aufmerksamkeit zu erregen, doch mein Arm war durchsichtig … schon wieder. Ich stieß ein Keuchen aus, dann verschwand ich im Äther.

Meine Welt tauchte in dunkle Grautöne, und Rauschen dröhnte in meinen Ohren. Chaos schien jetzt mein normaler Reisezustand zu sein. Als ich kurz darauf in der Mitte des Zirkelkreises auftauchte, war ich darum kaum beunruhigt.

Meine Augen passten sich an und anstatt der mondhellen Nacht, die ich erwartet hatte, befand ich mich in einer Farbblase. Der Boden des Kreises war elektrisch blau erleuchtet. Jenseits des Kreises war eine undurchsichtige grüne Folie, die die Bäume verdeckte, von denen ich wusste, dass sie dort waren. Aber am interessantesten war die Tatsache, dass Lailah von Spuren von Lavendel umgeben war, während alle Hexen rot gefärbt waren. Alle außer einer. Zoë war die einzige farblose Seele auf der Lichtung.

„Es funktioniert, singt weiter", hörte ich Lucien von seinem Platz am nördlichsten Punkt des Kreises rufen. Doch ich hatte nur Augen für Zoë.

Ihr Kopf war gesenkt, ihre Arme ausgestreckt und sie hielt andere Zirkelmitglieder an den Händen. Doch die einzige Magie, die von ihr ausging, war die Magie, die von den anderen Mitgliedern durch sie hindurchströmte. Sie zapfte ihre magische Quelle nicht an. Wieso nicht?

„Zoë?", sagte ich.

Der Kopf der Hexe schnellte hoch, und sie öffnete geschockt den Mund. „Wie hast du … äh, ich meine, du bist hier."

Ich neigte den Kopf. „Du hast mich nicht erwartet."

Es war keine Frage.

Ihr Mund bewegte sich, doch bevor sie etwas herausbringen konnte, rief Lucien: „Jade!"

Ich warf Zoë einen letzten Blick zu und drehte mich dann zu meinem Stellvertreter um. Lucien hatte das hellste rote Leuchten von allen, zweifellos weil er der stärkste war. Doch er wirkte auch abgespannt. Seine Müdigkeit überkam mich und brachte mich dazu, mich in die Mitte des Zirkelkreises zu setzen.

„Gott sei Dank", seufzte er.

Ich schlurfte in meinem durchsichtigen Zustand zu ihm hinüber.

„Wo bist du?", fragte er.

Wirklich berührt von seiner Sorge und wie hart er gearbeitet hatte, um uns zu finden, schenkte ich ihm ein kleines Lächeln. „Im Moment bin ich hier, aber mein physischer Körper ist in Kanes Büro. Wir sind gerade aus dem Engelreich entkommen."

Er sog scharf die Luft ein. „Entkommen?"

Ich nickte. „Darüber können wir später sprechen. Aber im Moment sind Kane und ich beide in Sicherheit."

Die Spannung in seinem Kiefer ließ nach, und das rote Licht wich einem beruhigenden Blau. „Gleich am Morgen? Kaffee?"

„Ja. Bei mir."

„Ich bin um acht da." Er ließ die Hände der beiden Hexen rechts und links von sich los, und als er es tat, verblasste die Farbe, und mein Geist kehrte in meinen Körper zurück. Das Blut schoss mir in den Kopf, und der Raum drehte sich.

Ich landete mitten in Kanes Büro auf dem Rücken. Sein Gesicht schwamm ins Blickfeld, seine Stirn war besorgt gerunzelt. Eine weiche, kühle Hand strich über meine Stirn. „Bea", sagte ich und erkannte ihren zarten Vanilleduft.

„Willkommen zurück." Ihr Südstaatenakzent entlockte mir ein Lächeln.

„Hast du Kanes Arm richten können?"

Sie kicherte. „Ja, Liebes. Er ist so gut wie neu."

Ich starrte in ihre haselnussbraunen Augen. „War er gebrochen?"

Sie schüttelte den Kopf. „Überdehnter Ellbogen. Ein bisschen Magie hat das schnell in Ordnung gebracht."

„Gut." Ich schloss die Augen, als Erschöpfung mich übermannte. „Kann ich jetzt nach Hause gehen?"

„Natürlich kannst du das", sagte sie herzlich. „Kane?"

Sein frischer Regenduft verdrängte alles, und ehe ich mich versah, lag ich in seinen Armen, an seine Brust geschmiegt. Ich war mir nicht sicher, ob ich ohnmächtig geworden war oder ob er uns durch die Schatten nach Hause brachte, doch im nächsten Moment standen wir vor der Haustür. Kane stützte mich mit einer Hand ab, während er mit der anderen versuchte, die Tür aufzuschließen.

Ich legte meine Hand auf seine am Türknauf. „Lass mich das machen."

Kane küsste mich auf den Kopf. „Ich war mir nicht sicher, ob du wach bist."

„Mir geht's gut." Ich richtete mich auf und straffte die Schultern, während ich einen magischen Blitz in das Schloss schickte. Ein leises Klicken ertönte, und die Tür schwang auf. Ich lehnte mich an Kane und flüsterte: „Bring mich ins Bett. Ich habe gehört, es ist mindestens zwei Wochen her."

KAPITEL ACHT

*K*ane trug mich in unser Schlafzimmer und stellte mich vorsichtig auf die Füße. Ich machte einen kurzen Stopp im Badezimmer, kam ein paar Minuten später heraus und kroch ins Bett.

Sobald mein Kopf das Kissen berührte, schloss ich die Augen und genoss den Trost meiner vertrauten Umgebung. Auch wenn es sich nicht so angefühlt hatte, als wären wir länger als ein paar Stunden weg gewesen, schien mein Körper zu wissen, dass dem nicht so war, als er mit der weichen Daunenauflage unserer Matratze verschmolz.

Das Geräusch von Kanes Schritten hallte auf dem Parkett wider, gefolgt vom leisen Klicken der Badezimmertür. Ich musste eingeschlafen sein, denn plötzlich war Kane zurück und stupste mich an. „Jade?"

„Hmm?"

Seine warmen Lippen strichen über meinen Hals, direkt unter meinem Ohr. „Bist du wach?"

Ich wandte ihm den Kopf zu und blinzelte. „Jetzt schon."

Lächelnd verteilte er weitere Küsse über mein Kinn.

Ich vergrub meine Finger in seinem kurzen dunklen Haar und genoss die Wärme seiner Lippen auf meiner Haut.

„Ich weiß nicht, warum –", seine Zunge fuhr über meinen Puls, „aber es fühlt sich an, als hätte ich dich seit Monaten nicht gehabt."

„Es ist das ... Oh."

Seine linke Hand wanderte auf meine Brust, und seine Finger drückten meine Brustwarze unter dem seidenen Nachthemd, das ich angezogen hatte, bevor ich ins Bett geschlüpft war. Er lachte leise über meine Reaktion. „Was hast du da gesagt?"

„Äh ... ich glaube –" Ich holte tief Luft, als er mit seiner Hand zwischen meinen Brüsten zu meinem Bauch und zum Rand meines Seidenhöschens fuhr, „– dass du vielleicht zu viel Kraft verbraucht hast."

„Könnte sein", sagte er leise und voller Verlangen.

Wir waren in der Nacht zuvor zusammen gewesen ... was nach hiesiger Zeitrechnung vor zwei Wochen an Silvester gewesen war. Und da Kane ein Incubus war, kam seine Magie von Sex ... und damit von mir. Für uns war die Zeit stehengeblieben, also hätte das kein Faktor für seine erschöpfte Kraft sein dürfen, doch die Menge an Magie, die er verbraucht hatte, könnte sicherlich zu seinem Hunger beigetragen haben.

Kanes fordernde Hände schoben das Nachthemd empor und setzten meine nackten Brüste der kühlen Luft aus. Er saugte an einer Brustwarze, während er die andere zwischen den Fingern rollte. Verlangen und Sehnsucht schossen durch mich und wanden sich tief in meinem Bauch. Mit jeder Bewegung wurde seine Berührung ungeduldiger, fordernder.

Ich drängte mich stöhnend an ihn. „Ich glaube nicht, dass ich warten kann."

Er presste seine Lippen auf meine, seine Zunge drang fordernd in meinen Mund ein. Sein vertrautes Gewicht, das auf mir ruhte, fachte mein Verlangen nach ihm nur an. Er war mein. Er schmeckte nach Minze und Mann und Verlangen. Wir waren beide kurz davor, die Kontrolle zu verlieren. Meine Hände fanden seine Boxershorts, und eine Sekunde später war er entblößt, seine Muskeln zuckten unter meiner Berührung. Ich wand mich aus meinem Höschen und öffnete mich ihm, als mir ein Gedanke so abrupt in den Kopf schoss, dass ich erstarrte und ihn wegstieß, weil ich mich aufsetzen musste.

Kane erstarrte. „Was ist los? Was ist passiert?"

„Der Fluch", flüsterte ich mit zitternder Stimme. „Wir dürfen das nicht tun."

Er runzelte die Stirn.

„Wenn ich schwanger werde –" Ich konnte den Gedanken nicht zu Ende denken. Ich wollte nicht darüber nachdenken, was passieren könnte.

Kane richtete sich neben mir auf und zog die Decke über uns. „Aber du nimmst immer noch die Pille, oder?"

Ich nickte, wich aber von ihm zurück, die Stimmung völlig zerstört. Die Erkenntnis unserer Situation hatte all mein Verlangen gelöscht. „Ich weiß nicht, ob der Fluch sich darauf auswirkt … oder, Gott, die Tatsache, dass wir in dem Raum waren, in dem die Zeit stillsteht. Was, wenn es ist, als hätte ich zwei Wochen die Pille nicht genommen? So ist es wahrscheinlich nicht, aber wir dürfen kein Risiko eingehen. So sehr ich auch ein Kind mit dir will, wir dürfen es einfach nicht."

Kane starrte mich einen Moment lang an, dann legte er seine Hand an meine Wange und beugte sich vor. „Es ist okay, Jade. Wir müssen das jetzt nicht tun. Nachdem wir den Fluch gebrochen haben, werden wir die Idee, eine Familie zu gründen, neu angehen."

Tränen füllten meine Augen, und ich war machtlos. Ich konnte sie nicht zurückzuhalten. Noch vor ein paar Tagen waren wir so gut wie bereit gewesen, mit dem Babymachen anzufangen, und jetzt saßen wir nackt im Bett, und ich hatte zu große Angst, um intim zu werden. „Tut mir leid. Ich weiß, dass es andere Möglichkeiten gibt, deine Kräfte wieder aufzufüllen, aber –"

Er legte seine Finger an meine Lippen. „Schhh. Wir können warten. Ich habe es nicht eilig."

„Ich liebe dich", flüsterte ich.

Er küsste mich zärtlich. „Ich weiß, hübsche Hexe."

ICH STAND IN MEINEM BADEZIMMER, trocknete mein Haar mit einem Handtuch und gab mir Mühe, den Nebel des Schlafs zu überwinden, der meinen Verstand trübte. In der Nacht zuvor hatte ich wie tot geschlafen und war zwanzig Minuten vor acht aufgewacht. Zwanzig Minuten, bevor Lucien und Kat eintreffen würden.

Es klopfte an der Tür, dann schob sich eine Hand herein, die einen Pappbecher vom Grind hielt. Ich erkannte den Ring aus Achat und Silber am Mittelfinger der Hand. Ich riss die Tür auf, lächelte Kat an und nahm den Becher.

„Chai-Tee für meine vermisste Freundin." Sie lächelte und blinzelte die Feuchtigkeit zurück, die in ihren Augen stand. Ihr leuchtendrotes, lockiges Haar fiel in willkürlichen Wellen um ihr Gesicht und machte ihre kantigen Züge weicher. Normalerweise verbrachte sie mehr Zeit damit, ihre Locken zu bändigen, doch es war offensichtlich, dass sie sich nicht viel

Mühe gegeben hatte, sich fertig zu machen. Nur, während sie hinreißend aussah, war ich mir ziemlich sicher, dass ich mit meinen schlaffen, rotblonden Haaren und den dunklen Ringen unter den grünen Augen wie eine Zombiebraut aussah.

„Danke." Ich stellte den Becher ab und schlang meine Arme um sie. Wir beide hielten uns für einen langen Moment fest. Und als wir uns voneinander lösten, wandte sie sich ab, um sich die Augen zu wischen.

Ich nahm meinen Chai und ging zurück ins Schlafzimmer, um ihr einen Moment zu geben. Wenn sie zwei Wochen lang verschwunden wäre, hätte ich den Verstand verloren. Kein Wunder, dass sie von Emotionen überwältigt wurde. Ich setzte mich aufs Bett und zog meine knallrosa-weiß gestreiften Socken an, bevor ich in meine Sneakers schlüpfte. Ich hatte schon dunkle Jeans und ein langärmliges T-Shirt an. Kein Make-up, und ich hatte einfach keine Lust, irgendwas mit meinen Haaren zu machen. Ich hatte nicht die Energie dazu.

Wenn es nach mir ginge, würde ich mich auf meinem Sofa zusammenrollen, Chai-Tee trinken und mir Cupcakes ins Gesicht stopfen. Gute Idee: ich sollte Kane ins Café schicken, um ein Dutzend Schokoladen-Frischkäse-Cupcakes zu holen.

Ich nahm mein Handy und schickte ihm eine SMS, obwohl ich wusste, dass er nebenan war, doch ich wollte es nicht vergessen.

Er schrieb sofort zurück. Kat hatte sie schon mitgebracht.

Ich stieß einen begeisterten Schrei aus und rannte ins Bad. „Cupcakes!"

Sie drehte sich um und grinste. „Ich dachte, du bräuchtest welche."

Ich nahm ihre Hand und zerrte sie aus dem Bad durch das Schlafzimmer und den ganzen Weg hinaus in die Küche, wo wir Kane und Lucien fanden, die sich bereits über die

Cupcakes hermachten. Mein Geisterhund Luke saß neben ihnen, und sein Sabber hinterließ unter dem Stuhl eine unsichtbare Pfütze. Du meine Güte. Den Göttern sei Dank war ich die Einzige, die ihn sehen konnte.

In der Schachtel, die Kat mitgebracht hatte, waren nur noch zwei Cupcakes übrig. Ich stellte meinen Chai auf die Theke und funkelte die beiden Männer an.

„Was?", sagte Kane, einen großen Bissen Cupcake im Mund.

Ich hob eine Augenbraue und richtete meinen Blick auf die fast leere Schachtel.

„Wir haben dir welche aufgehoben." Lucien wischte sich mit dem Handrücken über den Mund – wenig erfolgreich, denn die Schokoladenspuren an seinen Lippen waren immer noch zu sehen.

Kat lachte. „So vorhersehbar." Sie ging zum Kühlschrank und holte eine weitere weiße Schachtel heraus. „Darum habe ich noch eine Schachtel mitgebracht."

„Das ist mein Mädchen." Ich pflückte die Cupcakes aus der geöffneten Schachtel, ging zu Kat hinüber und reichte ihr einen. Dann warf ich einen Blick zurück zum Tisch. „Ich glaube, ihr habt genug."

„Wo kommen die denn her?", fragte Lucien und betrachtete die zweite Schachtel. „Du hattest nur eine, als wir den Laden verlassen haben."

Sie warf ihm einen kurzen Blick zu und zuckte mit den Schultern.

Lachend setzten wir uns zu zweit an den Tisch und achteten sorgfältig darauf, die neue Schachtel in unserer Nähe zu behalten.

Kanes Lippen zuckten.

Ich konnte nicht anders, als unter seinem Blick dahinzuschmelzen. Er wusste, dass ich mit ihm teilen würde.

Doch es machte Spaß zu beobachten, wie Lucien sich wand. Er und Kat waren noch nicht so lange zusammen wie Kane und ich. Das Teilen von Cupcakes schien etwas zu sein, das sie noch nicht ausgearbeitet hatten.

Lucien trank einen großen Schluck Kaffee und wandte seine Aufmerksamkeit mir zu. „Okay. Erzähl'. Was ist passiert?"

Ich berichtete schnell von unserer Zeit im Engelreich und endete mit: „Also haben wir jetzt einen Verbündeten. Ich muss Lailah so schnell wie möglich benachrichtigen, da Jasper anscheinend einige Hinweise hat, die uns helfen könnten, Avery zu finden. Oder zumindest herauszufinden, was mit ihr passiert ist."

Lucien schrieb ein paar Notizen in sein Notizbuch. Als er aufblickte, war sein Gesichtsausdruck besorgt. „Erzähl mir mehr über diese Bindung, die du mit Jasper hast."

Ich runzelte die Stirn. „Es war seltsam. Wir haben zugestimmt, weil wir dachten, es sei eine normale Bindung, weißt du, doch dann sind magische Blitze aus dem Nichts heruntergeschossen und haben uns alle in den Nacken getroffen. Es hat nicht wehgetan oder sowas, es hat mich nur überrascht."

„Dann sagte er, wir sind *gezwungen*, zu tun, was er sagt", fügte Kane mit einer großen Portion Ärger hinzu.

Luciens Gesichtsausdruck wurde wütend. „Ziemlich beschissen, sowas zu machen."

Ich zog beide Augenbrauen hoch. „Bedeutet das, dass wir buchstäblich gezwungen sind, zu tun, was er sagt?"

„Nein, er kann euch nicht dazu zwingen, etwas zu tun, was ihr nicht wirklich wollt, aber er hat sich an deine Macht gebunden und könnte dir vielleicht deine Magie entreißen. Das heißt, er könnte deine Energiequelle anzapfen, wenn es nötig ist, um einen Zauber zu vollenden … oder einen Fluch."

Mir lief ein Schauer über den Rücken. Jasper war vielleicht ein Engel, doch das bedeutete nicht, dass er ausschließlich gute Absichten hatte. Wenn er wütend genug auf Chessandra war, wer konnte schon wissen, was er versuchen würde? „Das können wir nicht ignorieren. Es ist zu gefährlich."

Lucien nickte. „Einverstanden. Du und Kane seid beide viel zu mächtig, um jemandem Zugang zu eurer Magie zu gewähren. Ich schlage vor, wir brechen den Bann so schnell wie möglich."

„Und wie geht das?" Es ärgerte mich, dass ich keine Ahnung hatte, wie man das tat. Ich war eher eine Hexe vom Typ „erst zaubern, dann recherchieren". Ich hatte die letzten paar Monate viel gelernt, doch ich hatte mich auf Zaubertränke und Heilkräuter konzentriert, auf dieselben Dinge, auf die sich meine Mutter und Bea spezialisiert hatten. Es war klar, dass ich Verteidigungs- und Umkehrzauber für dunkle Magie hätte auffrischen sollen.

Ich musste das zu einer Priorität machen, sobald wir die Gelegenheit dazu hatten.

„Ich kenne ein paar Zauber, aber ich bezweifle, dass sie stark genug sind", sagte Lucien und runzelte dann die Stirn. „Und wenn ich so darüber nachdenke, sind sie für Zauber, die von Hexen gewirkt wurden, nicht von Engeln. Ich glaube nicht, dass du ihn überhaupt brechen kannst, wenn du nicht seine Kooperation hast. Engelsmagie ist so knifflig."

„Mist. Natürlich ist sie das", sagte ich.

Lucien schrieb noch etwas in sein Buch. „Vielleicht ist es nicht, was wir denken. Wenn er wirklich nur Avery finden will, wird er sicher die Bindung lösen, sobald wir Antworten haben."

„Hoffentlich." Aber irgendwie war ich nicht überzeugt. Nichts war jemals so einfach.

„Jetzt –" Er blickte auf, „– erzähl' mir von Zoë. Was war letzte Nacht mit ihr los?"

„Also hast du es auch bemerkt?", fragte ich, biss herzhaft in meinen Cupcake, und fühlte mich besser, da ich zumindest den Anfang eines Plans hatte. Er hatte noch nichts damit zu tun, irgendetwas gegen den Fluch zu unternehmen, der mich immer noch plagte, doch darauf würde ich als Nächstes kommen.

„Die Tatsache, dass sie sie wie eine Mikrobe unter einem Mikroskop studiert hat? Ich denke, wir haben es alle bemerkt."

Ich stellte den Cupcake auf den Tisch. „Sie hat nicht wirklich teilgenommen. Jedenfalls nicht mit ihrer eigenen Magie."

Er runzelte die Stirn. „Was bedeutet das?"

„Sie wurde als Kanal für die anderen Hexen benutzt."

„Das ist unmöglich." Lucien klappte sein Notizbuch zu. „So hätten wir dich nicht rufen können. Alle Beteiligten müssen mitmachen, damit dieser Zauber funktioniert."

Ich zuckte mit den Schultern. „Ich sage dir nur, was ich gesehen habe. Ihr wart alle in magisches Licht gehüllt. Alle außer Zoë – Hexen in Rot, Lailah in Lavendel und Zoë in Nichts. Sie hat ihre Magie nicht aktiv eingesetzt, während ich da war. Vielleicht hat sie es getan, bevor ich aufgetaucht bin. Oder vielleicht konntet ihr mich rufen, weil ich in der Nähe war. Da waren wir schon in Kanes Club."

„Darüber sollten wir mit ihr reden. Wenn sie den Zauber fallen gelassen hätte, hätte er scheitern können." Lucien lehnte sich im Stuhl zurück und schüttelte den Kopf. „Sie passt sich nicht gut an, oder?"

„Zoë? Nicht so gut, wie wir gehofft hatten, nein. Aber ich bin mir nicht sicher, was ich deswegen unternehmen soll." Ich starrte auf den Pappbecher vor mir. Der größte Teil von Zoës

Geist war zusammen mit ihrer Seele gestohlen worden. Sie hatte eine neue Seele bekommen, doch was ihren Geist anging, gab es nichts anderes zu tun, als zu beten, dass er sich selbst heilen würde. Ich fragte mich oft, ob das bedeutete, dass sie irreparabel geschädigt war.

„Wahrscheinlich braucht sie nur Zeit", mutmaßte Lucien.

„Wahrscheinlich." Ich stand auf. „Ich werde Lailah anrufen. Je früher wir uns treffen können, desto besser."

Kane stand ebenfalls auf. „Braucht jemand noch mehr Kaffee?"

„Ja, bitte", sagte Lucien.

Kane und ich gingen in die Küche. Ich nahm mein Handy vom Ladegerät und wählte Lailahs Nummer, während Kane noch mehr Kaffee eingoss. Doch sobald er die Kanne wieder in die Maschine stellte, leuchtete der Stein an seinem Dolch, der an seinem Gürtel befestigt war, hellrot auf, was bedeutete, dass er gerufen wurde. Er drehte sich zu mir um. „Tut mir leid, Jade. Ich kann das nicht ignorieren."

„Ich weiß." Ich gab ihm einen Kuss. „Geh einem Dämon in den Arsch treten. Lucien und Kat können mich begleiten."

„Ja, das machen wir", mischte sich Kat vom Tisch aus ein.

„Danke", sagte Kane zu ihr, packte den Griff seines Dolches und trat durch die Schleier unserer Welt in die Schatten.

Kat stand auf und kam mit der Gebäckschachtel in der Hand zu mir in die Küche. „Bereit, selbst ein paar Arschtritte zu verteilen?"

Ich lachte. „Immer."

Sie zwinkerte und deutete auf die Gebäckschachtel. „Zur Stärkung."

„Ich mag, wie du denkst."

Lucien tauchte hinter uns auf. „Genau, was wir brauchen. Das Schokoladen-Cupcake-Duo, das gegen das Böse kämpft."

Meine Augen weiteten sich vor Begeisterung. „Das ist ein großartiger Teamname für Superhelden. Das lasse ich mir auf den Hintern tätowieren."

„Ich auch", sagte Kat und deutete auf ihre linke Pobacke. „Genau hier."

Lucien schüttelte in gespielter Verzweiflung den Kopf. „Kommt, wir haben zu tun."

„Ich glaube nicht, dass er amüsiert ist", flüsterte ich Kat zu.

„Oh, das ist er. Er will nur nicht, dass du weißt, wie sehr Tattoos ihn antörnen."

Als wir kicherten, stöhnte Lucien verzweifelt.

KAPITEL NEUN

KANE

*D*urch die Schatten zu wandeln war mir in Fleisch und Blut übergegangen. Seit jenem Tag, an dem ich in einen Incubus verwandelt worden war, und es kostete mich keinerlei Anstrengung, mich durch die Welten zu bewegen. Ich dachte einfach daran, wohin ich gehen wollte, und bewegte mich durch das Gewebe der Dimensionen. Oder in diesem Fall rief mich die Bruderschaft, und es war eher so, als würde ich hindurchgezogen.

Von einem Moment auf den anderen stand ich nicht mehr in meiner Küche, sondern hockte in etwas, das wie eine Art Lagerhaus aussah. Schwaches Licht fiel durch die Fenster hoch oben und warf lange Schatten auf die Kisten, die säuberlich an den Wänden gestapelt waren. Staubpartikel schwebten in der muffigen Luft. Seit Tagen, vielleicht Wochen, war niemand mehr hier gewesen. Ich hielt den glatten Griff meines Dolches in einer Hand, während ich mich im Dämmerlicht nach Dämonen umsah.

Das Bewusstsein, dass vier meiner dämonenjagenden Brüder in der Nähe waren, zerstreute jede Befürchtung, die ich ohne sie vielleicht empfunden hätte. Wo auch immer ich war, ich hatte Rückendeckung.

Ich blieb vollkommen still und wartete in dem eiskalten Raum. Es gab kein Geräusch, keine Bewegung, nur abgestandene Luft und nervöse Erwartung, wie sie kurz vor einem Kampf immer zu spüren war.

Dann hörte ich es, das schwache Zischen eines Dämons zu meiner Rechten. Ich drehte mich um und balancierte auf meinen Fußballen, während sich meine Muskeln vor Anspannung verkrampften. Ich spürte eher, als dass ich hörte, wie die anderen Dämonenjäger sich hinter mir bewegten. Und dann krachten ohne Vorwarnung alle Kisten an den Wänden auf den Betonboden.

Die Bruderschaft schwärmte aus, jeder von uns stürzte vorwärts, als weitere Kisten hinter uns barsten und scheinbar von allein durch das Lagerhaus flogen.

Adrenalin schoss durch meine Adern, als ich herumwirbelte und einen Dämon entdeckte. Seine leuchtend roten Augen glühten vor dem Hintergrund seiner knorrigen, olivgrünen Haut. Krallen von der Länge und Form von Steakmessern schnitten mit jedem Hieb durch die Luft.

Guter Gott, was für ein hässlicher Bastard. Und er roch nach Scheißhaus. „Schon mal was von Duschen gehört?", knurrte ich.

Als er knurrte, tropfte gelblicher Schleim von einem Fangzahn.

Enttäuscht schnaubte ich: „Sowas von Klischee. Verdammt, Mann. Hättest du dich nicht ein bisschen mehr anstrengen können? Niemand ist beeindruckt von diesem B-Movie-Auftritt."

Der Dämon hörte auf, ins Leere zu schlagen, und schloss sein Maul. Seine roten Augen durchbohrten mich wütend.

„Zeig mir, was du wirklich drauf hast", befahl ich.

Der Dämon schlug seine Klauen zusammen und wuchs dann zu einer größeren, breiteren Version von sich selbst, nur diesmal mit einem zusätzlichen Satz Reißzähne.

„Keine Vorstellungskraft", murmelte ich und verschwendete keine Zeit damit, einen meiner Wurfpfeile genau dorthin zu werfen, wo sein schwarzes Herz sein würde. Die vergiftete Klinge traf ihr Ziel mit erstaunlicher Genauigkeit und grub sich bis zum Griff ein.

Der Dämon erstarrte für eine Sekunde, blickte nach unten und riss dann den Pfeil aus seiner Brust. Aus der Wunde sickerte derselbe gelbliche Schleim, kein Blut war zu sehen. Interessant. Ein niederer Dämon, einer der dritten Garde. Sie waren hässlich, riesig und voll widerlichem Zeugs. Aber sie waren auch langsam, einfach gestrickt und leicht zu erledigen.

Ich könnte meinen Dolch werfen und ihn mit nur einem Schlag erledigen, doch dann würde ich keine Antworten bekommen. Also schnappte ich mir einen weiteren Pfeil und schleuderte ihn auf seinen Kopf. Der Pfeil landete seitlich in seinem Gesicht und ließ den Dämon vor empörter Wut brüllen.

„Wie nennen sie dich?", fragte ich ihn.

Seine Augen nahmen einen helleren Rotton an, als er mit den Armen in die Luft schlug und nicht wirklich zielte. Ich wich einen halben Schritt zurück und musterte ihn. Das war seltsam. Er war nicht auf Angriff aus. Nicht einmal ein bisschen. Alles, was er tat, war Lärm zu machen.

Ich warf einen schnellen Blick auf die Dämonenjäger hinter

mir. Die beiden, die ich sah, kämpften mit viel raffinierteren Dämonen. Einer von ihnen spie Feuer, während der andere etwas ausstieß, das wie giftiges Gas aussah. Gefährlich.

Doch Miles, ein älterer Jäger, kümmerte sich um das Gas, indem er das Gift mit seinem Dolch aufsaugte. Wenn das nicht mehr funktionieren sollte, säße er tief in der Scheiße. Gegen das Feuer wurde derzeit nichts unternommen, da Ashton zu beschäftigt damit war, auszuweichen und sicherzustellen, dass er sich nicht verbrannte.

Und was tat mein Dämon, während ich den Kampf beobachtete? Er setzte sich auf eine der wenigen nicht zerstörten Kisten und sabberte vor sich hin. Widerlich.

Ich atmete tief saubere Luft ein und ging zu dem Dämon hinüber, in der Erwartung, dass er in dem Moment angreifen würde, in dem er mich auf ihn zukommen sah. Doch das tat er nicht. Er verfolgte mich mit seinen Augen und atmete schwer. Ich runzelte die Stirn. Das ergab keinen Sinn. Er war außer Atem, hatte sich aber nicht einmal angestrengt. Warum sollte irgendjemand diesen nutzlosen Sack Sabber und Schleim in einen Kampf mit der Bruderschaft schicken?

„Warum bist du hier?", fragte ich.

Der Dämon neigte seinen Kopf zur Seite und musterte mich. Seine langen Klauen glänzten jetzt in dem schmalen Lichtstrahl, der ihn traf. Er hob eine, und bedeutete mir, dass ich näher kommen sollte.

Ich blieb stehen. Nur weil ich sicher war, dass ich ihn mit minimalem Aufwand ausschalten könnte, hieß das nicht, dass ich ein Idiot war.

Der Dämon kniff seine schrägen Augen zusammen und schwang dann seinen dicken Arm zur Seite auf einen Trümmerhaufen. Mit einer unerwartet schnellen Bewegung griff er nach unten und hob einen jungen Mann – nein …

Engel – am Hals hoch. Das schwache weiße Leuchten, das den Mann mit den weit aufgerissenen Augen umgab, deutete darauf hin, dass er tatsächlich ein Engel war. Das war etwas, das wir Dämonenjäger sehen konnten, wenn wir unsere Magie anzapften.

Die Klauen des Dämons schnitten in den Hals des Engels, und Blut sickerte zwischen seinen Fingern hervor.

Ich wurde wütend. Seine schnellen Bewegungen und gute Koordination bedeuteten, dass der Dämon die Gestalt eines der dritten Garde angenommen hatte und vorgab, ein leichteres Ziel zu sein, als er wirklich war. Es war eine Falle. Ich blieb vollkommen ruhig stehen und begegnete den jetzt neongrünen Augen des Dämons. „Was willst du von mir?"

„Deine Seele", schnaubte er und schüttelte seine Geisel. „Oder ich nehme diesem hier das Leben und dann nehme ich mir jeden vor, den du liebst, einschließlich deines zukünftigen Kindes."

Die Erwähnung meines Kindes schickte mir einen Schauder direkt ins Herz, während kalte Wut jede Faser meines Seins infiltrierte. Die Dämonen wussten offensichtlich von dem Fluch. Es war eine zu spezifische Provokation. Die Familie, die Jade und ich gründen wollten, wurde von allen Seiten bedroht. Ich musste etwas tun, irgendetwas, um die Botschaft klarzumachen, dass ich nicht zulassen würde, dass jemand meine Familie bedrohte.

Wenn der Engel nicht schlaff in seinem Griff gehangen hätte, hätte ich den Dämon bereits erledigt. Vielleicht mit bloßen Händen. Der Engel war noch nicht tot, doch wenn diese Wunden nicht schnell versorgt wurden, würde er es bald sein, der Menge Blut nach zu urteilen, die sein Hemd färbte.

Mist. Dieser Kampf war innerhalb einer Nanosekunde von Routine zu gequirlter Scheiße geworden. Wenn ein Engel getötet würde, wäre das eine Tragödie. Doch wenn bekannt würde, dass es in Anwesenheit der Bruderschaft passiert war, würden sich die Beziehungen sowohl der Dämonen als auch der Bruderschaft mit dem Hohen Engel noch weiter verschlechtern. Chessandra würde vor nichts Halt machen, um sich zu rächen, und der schwelende Krieg zwischen den Engeln und den Dämonen würde wahrscheinlich zu einem offenen Kampf werden. Dann wäre niemand sicher, und Unschuldige würden ins Kreuzfeuer geraten.

Und nachdem ich erfahren hatte, dass alle in einem offensichtlichen Streben nach Macht ein Interesse an meinem zukünftigen Kind hatten, hatte ich genug.

„Lass ihn los", sagte ich. „Dann kannst du einen sanktionierten Kampf um meine Seele haben."

Der Dämon knurrte und entblößte ein drittes Paar Reißzähne.

Ich starrte ihn mit angespanntem Kiefer an. „Lass die Geisel los oder vergiss den Kampf."

Eine winzige Stimme in meinem Hinterkopf flüsterte: *Was machst du? Du weißt schon, dass er nicht der einfältige Dämon ist, für den er sich ausgibt.* Doch ich ignorierte sie. Es war sowieso zu spät. Ich hatte den Kampf schon angeboten. Es gab kein Zurück. Außerdem wollte ich klarmachen, dass Kane Rouquette sich von niemandem etwas bieten lässt.

Purer Hunger breitete sich im Gesichtsausdruck des Dämons aus. Ein sanktionierter Kampf bedeutete, dass wir gegeneinander kämpften, und der Sieger hatte das Recht, das Schicksal des anderen zu bestimmen: sei es ein dauerhafter Aufenthalt in der Hölle, Arbeit als Informant oder Schlimmeres, wie der sofortige Tod. Ein sanktionierter Kampf wurde so gut wie nie angeboten. Und wenn ich mich nicht täuschte, würde ein Dämon, der einen Dämonenjäger brachte, einen, der der Ehemann der mächtigsten weißen Hexe im Süden war, ein Leben lang in der Gunst der Anführer der Hölle stehen.

„Deal." Der Dämon warf mir ein verzerrtes Lächeln zu und ließ den Engel auf den Betonboden fallen. Die Kreatur schimmerte und verwandelte sich in eine ledrige rote Gestalt, sein Kopf dick und voller spitzer Hörner. Die Art von Dämon, die nicht nur Jahrzehnte, sondern Jahrtausende alt waren. Es gab keinen Zweifel, dass er ein Dämon von epischen Ausmaßen war.

Doch es war mir egal. Adrenalin und reine Entschlossenheit hatten die Kontrolle übernommen. Dieser Dämon würde nie wieder über mein ungeborenes Kind sprechen, noch würde er einem Engel das Leben nehmen.

Lederkopf stieß ein lautes Gackern aus und breitete seine Arme weit aus. „Halt!"

Das Wort hallte durch das Lagerhaus und beendete sofort den Kampf.

„Eine Herausforderung wurde ausgesprochen. Ich, Malstord, zweiter nach Vallencino, wurde von dem Dämonenjäger Kane Rouquette zu einem sanktionierten Kampf herausgefordert. Ihr seid hiermit alle zu Zeugen berufen."

Ein geschocktes Raunen kam von den anderen Dämonenjägern, während die Dämonen Malstord begeistert zuschrien, er solle mich in Stücke reißen.

Ich blendete alles aus und konzentrierte mich auf Lederkopf. Er wirkte mehr als nur ein bisschen zuversichtlich. Gut. Das würde es leichter machen, seine Schwäche zu finden.

„Ich habe ein paar Bedingungen", sagte ich.

„Keine Bedingungen, Incubus. Die Herausforderung ist ausgesprochen. Ich habe akzeptiert. Das war's."

Ich ließ seinen trotzigen Blick nicht los. „Die Bedingungen wurden noch nicht festgelegt."

„Die Bedingungen sind, dass wir kämpfen. Entweder du stirbst oder du ergibst dich, und ich bringe dich als Opfergabe für meinen Herrn in die Hölle."

„Und meine Bedingung ist die: du lässt einen meiner Brüder den Engel wegbringen, damit er medizinisch versorgt wird, bevor wir kämpfen. Und zweitens, entweder wir kämpfen bis zum Tod oder wenn du dich ergibst, kehrst du in die Hölle zurück, wo du für den Rest deines Dämonendaseins eingesperrt bleibst." Weil ich nicht hundertprozentig sicher war, dass ich diesen Bastard töten könnte, jedoch wusste, dass ich beträchtlichen Schaden anrichten konnte, wäre es vielleicht mein einziger Ausweg, ihn zurück in die Hölle zu schicken, wo er seine Wunden lecken würde. Es war ein Wagnis, doch eines, das ich eingehen musste.

„Der Engel bleibt."

Ich hatte gewusst, dass er das sagen würde, doch ich musste verhandeln. „Dann wird einer meiner Brüder seine Wunden behandeln."

Malstord knurrte erneut und winkte dann mit einer großen Hand, um anzuzeigen, dass er einverstanden war.

Ethan eilte sofort an die Seite des Engels. Ich atmete etwas leichter. Ethan hatte eine medizinische Ausbildung und wusste, was er tat. Wenn der Engel zu retten war, war Ethan der Mann für den Job.

„Die Bedingungen sind festgelegt!", rief Malstord. „Niemand darf sich auf beiden Seiten einmischen. Wenn es jemand tut, ist sein Leben verwirkt."

Es gab lautstarken Protest von meiner Bruderschaft, doch ich hob die Hand. „Ich habe den Bedingungen zugestimmt. Ihr müsst dasselbe tun. Es gibt keine Wahl."

Sie murrten, stimmten aber schließlich zu.

Der Dämon sprang von seinem provisorischen Podest aus Kisten herunter und landete vor mir; seine Augen funkelten golden, und seine adlerähnlichen Klauen waren ausgestreckt und kampfbereit.

Ich streckte die Hand nach einem der anderen Jäger aus. Im nächsten Moment hatte ich nicht nur meinen Dolch, sondern auch noch einen zweiten. Ich nahm einen in jede Hand und umkreiste den Dämon.

Der Kampf konnte beginnen.

KAPITEL ZEHN

JADE

*D*ie schwache Vormittagssonne schien auf Lucien, Kat und mich herab, als wir auf der Türschwelle von Lailahs blassrosa Schrotflintenhaus standen. Sie wohnte drei Blocks von der Bourbon Street entfernt in einer ruhigeren Wohngegend des French Quarter. Rechts war eine türkisfarbene Hollywoodschaukel für zwei, die mit weißen Gänseblümchen bemalt war, die ein bisschen verwittert aussahen. Ich stellte mir vor, wie sie darin saß, die Füße hochgezogen, während sie an ihrem Tee nippte.

Ich sehnte mich nach einem Leben, das Zeit zum Schaukeln beinhaltete. Doch mit meinem Job im Café, dem Hexenzirkel und meiner Arbeit für den Hohen Engel war mein Leben eher ein Waten von einer Krise in die andere mit nur kurzen Pausen für Chai und Cupcakes. Ich wollte gar nicht an meine Glasperlenherstellung denken. Mein kleines Online-Geschäft hatte im letzten Jahr einen großen Schlag erlitten. Ich konnte mich glücklich schätzen, wenn ich einmal pro Woche in mein Studio kam.

Kane ging es nicht besser. Wenn er sich nicht um den Club kümmerte, kämpfte er gegen Dämonen oder beriet einige seiner Finanzplanungskunden.

Ich berührte die kleine Glasperle, die ich an einer Silberkette trug, und schwor mir im Geiste, mehr Zeit für Schaukeln und Perlenherstellung zu haben. Sobald wir mit dem Navigieren durch diese neueste Katastrophe fertig waren.

Lailahs Tür schwang auf, und sie stand auf der Schwelle ihres historischen Hauses und starrte uns an, gekleidet in eine verblichene olivfarbene Tarnhose und ein weißes T-Shirt. Es amüsierte mich, dass sie sich in solch tristen Farben kleidete, während ihr Haus ein kunterbunter Regenbogen war.

„Hallo, Sonnenschein", witzelte ich.

Sie zeigte mit dem Finger auf mich und stieß mich fast in die Brust. „Ich kann's nicht fassen. Ich musste von Lucien hören, dass du zurück bist. Ein Anruf wäre nett gewesen, meinst du nicht? Wenn man bedenkt, dass ich die letzten zwei Wochen mit nichts anderem als der Suche nach dir beschäftigt war."

Ich runzelte die Stirn. „Hast du nicht auf dein Handy geschaut?"

Sie verdrehte die Augen. „Natürlich habe ich das. Glaubst du, ich bin ein Idiot?"

„Nein. Das hätte ich nie gedacht." Ich zermarterte mir den Kopf. Ich hatte versucht, mich bei ihr zu melden, oder? Ja. Das hatte ich. „Ich habe dich gestern Abend angerufen. Von Pypers Handy. Gleich, nachdem ich Kat eine Nachricht hinterlassen hatte."

Sie senkte langsam ihre Hand und runzelte die Stirn, während sie ihr Handy aus der Tasche holte. Sie hielt es hoch, um nachzusehen. In den letzten vierundzwanzig Stunden gab es keine Anrufe von Pypers Telefon.

„Das ist seltsam. Vielleicht habe ich mich verwählt." Aber das konnte nicht sein. Ich erinnerte mich, ihre Stimme auf der Voicemail gehört zu haben.

Lailah schloss die Augen, holte tief Luft und steckte ihr Handy wieder in die Tasche. „Wahrscheinlich. Tut mir leid. Es waren zwei stressige Wochen."

Ich legte meine Hand auf ihren Arm. „Tut mir leid."

Sie riss die Augen auf. „Das sollte es. Ich habe dir gesagt, du sollst nicht zu Chessandra gehen, bis ich mit ihr gesprochen habe. Jetzt stehst du nicht nur auf ihrer Most-Wanted-Liste, sondern hast mich auch auf die schwarze Liste gebracht. Ich kann dir nicht helfen, wenn ich keine Kontakte habe. Ich kann niemandem helfen. Die Suche nach Avery ist so gut wie aussichtslos. Es ist zu viel Zeit vergangen. Was weiß ich, vielleicht ist sie schon ein Dämon."

Sie wirbelte herum, und ihr langes blondes Haar flog hinter ihr her, als sie zurück in ihr Haus stürmte.

„Na, das lief gut", sagte Kat.

Ich sah sie über meine Schulter an und warf ihr einen irritierten Blick zu.

„Tut mir leid." Sie verzog das Gesicht. „Ich versuche nur, die Stimmung aufzuhellen. Eindeutig zu früh."

Lucien schmunzelte und trat an uns beiden vorbei in Lailahs Haus. „Sie wird darüber hinwegkommen. Besonders, wenn sie die Neuigkeiten gehört hat."

„Welche Neuigkeiten?", rief Lailah aus dem Haus, Ungeduld in ihrer Stimme.

Lucien grinste. „Siehst du?"

„Kommt rein und erzählt, was los ist." Ihre Ungeduld verwandelte sich in Verzweiflung.

Meine Stimmung hellte sich auf. „Das ist die Lailah, die ich kenne und liebe."

Kat kicherte, während Lucien uns in ihr kleines Haus führte. Lailahs Wohnzimmer war eine Explosion von Farben. Es gab einen rosa Hochflorteppich und eine kirschrote Couch mit gelben und tiefroten Kissen. An den Wänden hingen Gemälde, die das French Quarter darstellten, in verschiedenen Blau-, Türkis- und Grüntönen.

Lailah saß am Ende ihrer Couch und trommelte mit den Fingern auf die Armlehne.

„Wow", sagte Kat und sah sich um. „Dein Haus ist umwerfend." Sie blieb stehen und betrachtete Lailah. „Ich hätte nie gedacht, dass du Farben so liebst."

Sie zuckte mit den Schultern. „In meiner Branche ist es nicht gut, wenn man auffällt. Also tue ich mein Bestes, mich einzufügen. Zu Hause kann ich ich selbst sein."

Ich sah mich um. „Wo ist Zoë?" Die neue Hexe war bei Lailah untergekommen, während sie sich an ihre neue Seele und ihre neuen Fähigkeiten gewöhnte.

„Sie ist im Laden. Bea gibt ihr Unterricht."

Gut. Das bedeutete, dass Bea sie im Auge behielt. Sie würde wissen, ob die junge Hexe Probleme hatte.

„Setzt euch." Lailah stand auf. „Ich gehe Tee holen."

„Kaffee?", fragte Kat hoffnungsvoll.

„Und Kaffee", sagte Lailah und verschwand.

Ich saß auf einem roten Sessel gegenüber der Couch und schloss meine Augen, während ich wartete und versuchte, nicht an Kane zu denken und wogegen er in diesem Moment womöglich kämpfte. Er kam kaum mit einem Kratzer zurück, doch das hielt mich nicht davon ab, mir Sorgen um ihn zu machen. Beim Gedanken an Kane bahnte sich ein quälender Faden der Angst seinen Weg in mein Unterbewusstsein, und meine Augen flogen auf. Schmerz schoss durch meinen Unterleib, und ich keuchte, als mir die Luft wegblieb.

„Jade? Was ist?" Lucien kam zu mir, seine Berührung vibrierte vor Magie, die nur darauf wartete, entfesselt zu werden. „Was ist passiert?"

Ich schüttelte den Kopf. „Ich weiß nicht ... oh." Ich presste meine Hände auf den Bauch und beugte mich vor, um mich nicht zu übergeben.

„Ihr ist übel", sagte Kat. „Wir müssen sie ins Bad bringen."

„Nein. Ich glaube nicht, dass ich das kann –" Ich atmete flach und kurz und versuchte, mich durch den Schmerz zu kämpfen. War das der Fluch? Vergiftete mich die schwarze Magie?

„Hier." Jemand stellte einen weißen Eimer auf meinen Schoß. „Nur für den Fall."

Ich blickte zu Lailah auf. Zahllose Fragen schossen mir durch den Kopf, doch nur eine interessierte mich. *Hat das mit meinem zukünftigen Kind zu tun?*

„Nimm das." Lailah gab mir drei grüne Kapseln. „Sie werden den Schmerz und deine Angst betäuben."

Ohne zu zögern steckte ich die Pillen in den Mund und spülte sie mit dem angebotenen Wasser herunter. Es dauerte nur einen Moment, bis der Schmerz nachließ, obwohl ein dumpfes Gefühl zurückblieb, als hätte jemand mir einen Schlag versetzt.

„Besser?", fragte Lailah.

Ich nickte. „Danke. Beas Kräuter?"

Sie schüttelte den Kopf. „Nein. Die habe ich von deiner Mom. Ich habe mich mit Heilkräutern beschäftigt, und sie war so freundlich, mir welche zum Anbauen zu schicken."

„Du denkst daran, dich daran zu versuchen?"

„Ja." Sie schenkte mir ein schüchternes Lächeln – ein sehr

untypisches Lächeln für die Lailah, die ich kannte. „Wenn Bea in den Ruhestand geht, möchte ich ihren Laden übernehmen. Doch ich will nicht einfach alles kopieren, was sie getan hat. Ich möchte es verstehen und dem Ganzen meinen eigenen Stempel aufdrücken."

„Das ist großartig, Lailah", sagte Lucien und setzte sich wieder auf die Couch.

„Auf jeden Fall", fügte Kat hinzu.

„Danke." Sie verschwand wieder in ihrer Küche und kehrte mit dem Tablett mit Tee und einer Tasse Kaffee für Kat zurück. Sie stellte es auf ihren kunstvoll geschnitzten Couchtisch und setzte sich in den rosa gestreiften Sessel neben mir. „Gut. Genug über mich." Lailah drehte sich zu mir um. „Willst du erklären, was das war?"

„Ich glaube nicht, dass ich das kann." Ich trank einen Schluck Tee und lehnte mich völlig erschöpft zurück. „Ich habe einfach dagesessen, als es sich angefühlt hat, als würde ich angegriffen – als hätte jemand mir einen Schlag in die Magengrube versetzt."

Sie tauschte einen Blick mit Lucien aus.

Ich verkniff mir einen Seufzer. Das taten sie immer, wenn etwas Seltsames vor sich ging, das sie mir nicht sagen wollten. „Was? Raus damit."

Lucien hob die Hände. „Das könnte der Fluch sein. Dein Körper könnte versuchen, ihn abzuwehren."

Mein Herz sackte auf meine Füße.

„Oder ein Echo", fügte Lailah hinzu. „Etwas, das dir passiert ist, und an das du dich nicht erinnerst."

„Du meinst, als wollte mein Unterbewusstsein versuchen, mir was zu sagen?"

„Ja", nickte sie. „Oder es könnte eine Vision sein. Etwas, das in der Zukunft passieren könnte."

Ich stand auf wackeligen Beinen auf.

„Wo gehst du hin?", fragte Lailah.

„Ich weiß nicht. Ich … Kacke auf Toast. Das *darf* nicht passieren." Kat warf mir einen mitleidigen Blick zu, und ich verlor fast den Verstand. „Schau mich nicht so an. Meine Güte."

„Tut mir leid", sagte Kat.

Ich ließ mich zurück in den Sessel fallen, zu frustriert, um etwas anderes zu tun.

„Okay, entspann dich einfach", sagte Lailah. „Wahrscheinlich ist es der Fluch. Sobald wir herausgefunden haben, wie wir ihn loswerden, wird es dir wieder gut gehen."

„Und wie machen wir das? Wir haben keine Ahnung, wer mich damit belegt hat."

„Wir wissen, dass es ein Engel war, und das ist ein Anfang. Nun, warum erzählst du mir nicht genau, was im Engelreich passiert ist?"

„Was weißt du schon?" Ich betastete die Paspeln des Sessels.

„Wenig. Als ihr verschwunden seid, bin ich ins Reich der Engel gestürmt, um mit Chessa zu sprechen, doch sie wollte mich nicht sehen. Und als ich darauf bestand, hat sie mich zurück auf die Erde gezaubert und mich bis auf Weiteres aus dem Reich verbannt."

„Was für ein Miststück", sagte ich ohne jede Hitze. Ich war mehr als empört über das, was der Hohe Engel tat.

„Ja, schon." Lailah zuckte mit den Schultern und goss sich eine Tasse Tee ein. „Aber ich will unbedingt hören, was passiert ist."

Ich lehnte mich zurück und erklärte, wie mein eigener Vater darauf bestanden hatte, dass wir in dem Raum, in dem die Zeit stillstand, blieben, und dass es sich angefühlt hatte, als wären wir nur wenige Minuten dort gewesen, bevor uns die Flucht gelungen war, vermutlich mit der Hilfe von Jasper.

„Jasper ist Chessandras Assistent?" Lailahs Augenbrauen schossen in die Höhe. „Du machst Witze."

Ich schüttelte den Kopf. „Nein. Das ist, was er gesagt hat. Warum?"

Sie kaute auf ihrer Unterlippe. „Nun, sie ist normalerweise sehr wählerisch. Ich habe auch nie erlebt, dass sie einen männlichen Assistenten wählt, da sie sie dazu zwingt, alles zu tun, einschließlich ihr beim Anziehen zu helfen. Das ist höchst ungewöhnlich."

„Glaubst du, er lügt?"

„Wahrscheinlich nicht."

Lucien fügte hinzu: „Das wäre zu leicht nachzuprüfen. Ich werde das jetzt tun." Er stand auf, holte sein Handy aus der Tasche und verschwand damit in die Küche.

„Wen ruft er an?", fragte ich.

„Chessas Büro, nehme ich an", sagte Lailah.

„Er kann das?" Wieso wusste ich das nicht?

„Nur durch den Hexenrat. Dort hat er Verbindungen." Lailah erhob sich von ihrem Stuhl, durchquerte den Raum und kramte ein Notizbuch hervor. „Was hat Jasper noch gesagt?"

„Er glaubt, dass Chessa nichts Gutes im Schilde führt, und möchte unser Informant sein, mit der Zusage, dass wir ihm helfen, Avery zu finden. Sie ist seine Verlobte."

Lailahs Augen leuchteten, als sie etwas aufschrieb. „Weißt du, was das bedeutet?"

Ich schüttelte den Kopf.

„Wir haben gerade unsere erste Spur bekommen."

KAPITEL ELF

KANE

$\mathcal{M}$alstord stürzte vorwärts und schlug wild um sich. Ich sprang zurück, dankbar, als er aus dem Gleichgewicht geriet und mir kopfüber direkt in den Weg stolperte. Mit einem schnellen Stoß schlug ich zu und hinterließ einen tiefen Schnitt über seinem Brustkorb.

Er stieß ein lautes Gebrüll aus, das durch das Lagerhaus hallte.

„Ist das alles, was du hast, Kratergesicht?", spottete ich.

Grünes Feuer tanzte in seinen Augen, als er mich umkreiste. Dann balancierte er auf seinen Fußballen und ließ einen Arm vorschnellen. Seine Klauen schnitten durch mein Hemd und die Haut darunter. Ich spürte es kaum angesichts des Adrenalins, das mich antrieb, und drehte mich, um ihn mit einem meiner Dolche knapp über der Hüfte zu erwischen.

Trotz des erlittenen Schlags drehte sich der Dämon mit mir und klammerte sich mit seiner Kralle an meinen Unterarm, riss meinen Arm hinter mich und versuchte zweifellos, ihn entweder zu brechen oder mich auf die Knie zu zwingen. Doch anstatt mich zu wehren, ging ich mit und warf uns beide zu Boden. Gliedmaßen flogen, und wir beide bekamen eine Reihe von Schlägen ab.

Als ich mich weit genug von ihm entfernt hatte, um wieder auf die Beine zu kommen, strömte Blut in mein linkes Auge, und Schmerzen hämmerten in meinem rechten Knie. Ich hatte keine Zeit, mich zu erholen.

Der Dämon kam auf mich zu, die Arme ausgebreitet, als er nach meinem Hals hieb. Ich täuschte nach links, duckte mich und gab ihm alles, was ich hatte, mit beiden Dolchen direkt in seinen Bauch.

Seine Augen weiteten sich, und er erstarrte.

Ich hielt die Dolche fest, und während ich ihm direkt in die Augen starrte, sagte ich: „Gift aus der Quelle, mach diesem Dämon ein Ende, rette ihn vor der Hölle."

Magie schoss von den Steinen meiner Dolche in die Klingen, die immer noch in Malstord steckten.

„Nein!" Sein entsetzter Schrei übertönte das Gebrüll der Zuschauer.

Als seine Krallen sich in meine Schultern gruben, krümmte ich mich, stieß die Dolche noch weiter hinein und drehte mich um. Die scharfen Krallen gruben sich so tief in meine Schultern, dass ich sicher war, dass er einen Knochen getroffen hatte. Wir waren mehr in einen Willenskampf als in einen der Stärke verwickelt. Jeder von uns hatte den anderen aufgespießt. Es war nur eine Frage des Abwartens, wer von uns zuerst aufgeben würde.

„Verdammter Incubus", knurrte er, und noch mehr gelber Schleim sprudelte über seine Lippen. „Du hast keine Ahnung, was du gerade getan hast."

„Ich denke schon", sagte ich durch den Schmerz hindurch und versuchte, gegen den Nebel anzukämpfen, der mir den Verstand vernebelte. Wenn ich jetzt ohnmächtig würde, wäre ich erledigt. Ich würde Jade nie wiedersehen. Es würde nie eine Familie geben.

Meine Entschlossenheit wuchs. Ich würde nicht zulassen, dass dies das Ende war. „Gib auf, Dämon. Das kannst du nicht gewinnen. Die Magie zieht dich schon runter. Wenn du dich jetzt ergibst, wirst du heilen. Warte länger, und du wirst zu Staub."

Blut, so dunkel, dass es fast schwarz war, vermischte sich mit dem Schleim auf den Lippen des Dämons. Er spannte sich an, spuckte mir die widerliche Mischung direkt ins Gesicht und ließ mich los.

Ich hatte die abrupte Bewegung nicht erwartet und zuckte zurück, als seine Flüssigkeiten über meine Stirn liefen. Vor Ekel schaudernd stolperte ich und kam gerade rechtzeitig wieder auf die Beine, damit der Dämon mir meine Taten zurückzahlen konnte, indem er mir eine seiner Krallen in den Bauch rammte. Feuer schoss durch meinen Oberkörper, Schweiß lief mir übers Gesicht und brannte in meinen Augen. Quälende Schmerzen verschlangen mich, als ein kollektives Keuchen um uns herum aufstieg. Ich war aufgespießt, konnte mich nicht bewegen oder gar atmen.

Der Dämon bewegte sich ein paar Zentimeter weiter und flüsterte: „Du hast diese Runde vielleicht gewonnen, aber sei versichert, wenn du überlebst, werde ich auf die eine oder andere Weise einen Weg aus der Hölle finden. Und wenn ich das tue, bist du tot."

Er ließ mich mit einem frustrierten Heulen los, machte einen Schritt zurück und verschwand zurück in die Hölle, in die er gehörte.

Ich umklammerte meine Mitte. Mein warmes Blut sickerte zwischen meinen Fingern hindurch, und ich sank auf die Knie, ohne den heftigen Aufprall auf dem Betonboden zu bemerken.

Chaos brach um mich herum aus, doch ich hörte nichts, als weißes Rauschen meine Ohren erfüllte und meine Sicht auf eine Person verengte – den Engel. Er lehnte an der Wand und starrte mich mit neugierigen Augen an. Ethan hatte ihn gerettet.

ICH HÖRTE das leise Summen der Maschinen, als ich verzweifelt versuchte, aufzuwachen. Meine verwirrte Welt war dunkel, von Lichtblitzen durchzuckt und voller nicht identifizierbarer Empfindungen.

„Kane?"

Ich hörte meinen Namen, konnte aber nicht registrieren, wer sprach.

Jade? Das Wort wollte nicht über meine Lippen kommen.

„Mr. Rouquette? Wissen Sie, wo Sie sind?"

Diese Stimme. Sie war tief. Gehörte jemandem, den ich kannte.

„Blinzeln Sie, wenn Sie mich hören können."

Ich spürte, wie meine Augenlider seinem Befehl folgten, und meine Sicht wurde klarer. Die Umrisse eines Mannes ganz in Weiß schwebten über mir.

„Er ist wach!", rief dieselbe Stimme, doch sie kam nicht von dem Mann, der neben mir stand.

„Ja, aber er ist noch nicht über den Berg. Ich werde ihn wieder sedieren, seinen Körper ein bisschen mehr heilen lassen, bevor wir ihn von den Medikamenten entwöhnen."

„Aber wir müssen –"

Meine Welt verschwand wieder einmal im tiefen Schlummer des Nichts.

JADE

„Ich fange mit einem Krabbenküchlein an, dann die Garnelen mit Maisgrütze und eine Cola light." Lailah reichte dem Kellner ihre Speisekarte.

„Für mich dasselbe", sagte ich und klappte die Speisekarte zu. Es war kurz nach sechs, und wir waren in der Crescent City Brewery und versuchten, alles zu tun, um mich von all dem Mist abzulenken, der gerade in unserem Leben vor sich ging.

„Ich dachte, du würdest die Ente nehmen." Lailah riss ein Stück Brot ab und steckte es sich in den Mund.

Ich zuckte mit den Schultern. „Das zu entscheiden ist zu viel der Anstrengung."

Ihre Lippen verzogen sich zu einem kleinen, ironischen Lächeln. „Es ist scheiße, immer im Mittelpunkt des Kampfes zwischen Gut und Böse zu stehen, nicht wahr?"

„Ja." Ich nahm mein Wasserglas und wünschte mir verzweifelt, ich hätte Wein anstatt Cola bestellt. „Nur diesmal habe ich keine Ahnung, wer auf welcher Seite steht."

Sie stieß ihr Wasserglas an meins. „Wo du recht hast, hast du recht, Schwester."

Lailah hatte mich unter dem Vorwand, über Zoë reden zu wollen, zum Essen eingeladen, doch ich wusste, dass sie insgeheim versuchte, mich von dem Fluch und der Tatsache abzulenken, dass Kane stundenlang verschwunden war und sich immer noch nicht gemeldet hatte. Es war nicht unbedingt ungewöhnlich, dass er nicht anrief, wenn er auf einer Mission war. Und ich war es weitgehend gewohnt. Nur konnte ich den nagenden Zweifel nicht loswerden, dass etwas nicht stimmte.

„Maximus würde sich melden, wenn was passiert wäre", sagte Lailah und lehnte sich auf ihren Ellbogen vor.

„Ich bin sicher, das würde er. Ich … Mann, ich weiß nicht. Es fühlt sich an, als würde etwas ganz und gar nicht stimmen. Ich weiß nicht, wie ich es erklären soll."

Ihr Gesichtsausdruck änderte sich von leicht amüsiert zu besorgt, und Sorge strahlte von ihr aus und streifte meine Haut.

Als ich ihre Miene sah, lief mir ein kleiner Schauer über den Rücken. „Was?"

Sie schüttelte den Kopf. „Ich weiß nicht. Nicht wirklich. Aber ich habe gelernt, diese Gefühle nicht zu ignorieren."

Ich stieß einen tiefen Seufzer aus und verzog das Gesicht angesichts des Schmerzes, der immer noch meinen Unterleib plagte. „Ja. Ich auch. Wenn wir hier fertig sind, rufe ich Maximus an, einfach nur, um mich zu beruhigen."

„Kann nicht schaden."

„Abgesehen davon, dass Kane sich darüber ärgert, dass ich nicht einmal zwölf Stunden durchhalten kann, ohne nach ihm zu fragen." Ich strich eine dicke Butterschicht auf mein Brot und kümmerte mich nicht im Geringsten darum, wie viele Kalorien ich zu mir nahm.

Lailah hob eine Augenbraue. „Das ist aber viel Butter."

Ich fixierte sie mit einem trotzigen Blick. „Und?"

Sie hielt beide Hände hoch und lachte. „Nichts. Gar nichts."

Ich nickte, während ich kaute. Oh ja. Ich hatte Anspruch auf eine kleine Buttertherapie. „Erzähl mir von Zoë."

Lailah lehnte sich in ihrem Stuhl zurück und verschränkte die Arme vor der Brust. „Sie hat sich wirklich gut entwickelt.

Ich nehme sie in den Laden mit, und sie verbringt ihren Tag damit, entweder mir oder Bea bei verschiedenen Dingen zu helfen. Wir haben langsam angefangen, weißt du, sie hat Salbeibündel gewickelt und die Regale mit Kerzen aufgefüllt, solche Sachen. Aber zwischenzeitlich ist sie in der Lage, Absichtszauber mit großer Genauigkeit auszuführen. Ihr Spezialgebiet sind Metalle. Sie arbeitet an einer Linie von Halsketten, die sie *Dream Makers* nennt. Die Leute bestellen bei ihr, und sie spricht die Zauber nach Bedarf darüber. Alles, was der Käufer tun muss, ist, sie zu tragen und die Absicht auszusprechen, damit der Zauber funktioniert. Man muss aber meinen, was man sagt, sonst funktionieren die Ketten nicht."

„Das ist ziemlich toll. Wie wenn Menschen ihre Absichten kundtun? Die Halskette hilft, ihr Engagement für ihre Ziele zu bekräftigen?"

„Ganz genau. Wenn also jemand sagt, dass er innerhalb des nächsten Jahres Liebe finden und heiraten möchte, belegt Zoë eine ihrer Halsketten mit einem Zauber mit diesem bestimmten Ziel, und während der Käufer sie trägt, ist es wahrscheinlicher, dass er sich auf eine Weise verhält, die zum Ziel führt. Wenn jemand nach Liebe sucht, kann der Zauber helfen, denjenigen dazu zu bringen, offener gegenüber Menschen zu sein, mehr Einladungen zu Dates anzunehmen, den ersten Schritt zu wagen und so weiter."

„Das gefällt mir. Vielleicht sollte ich mir eine besorgen, die mich darin unterstützt, mich aus Ärger rauszuhalten."

Lailah lachte. „Ich habe gesagt, dass sie ziemlich gut ist, Wunder kann sie nicht wirken."

Ich runzelte die Stirn. „Ich verstehe immer noch nicht, warum sie nicht an dem Beschwörungszauber im Zirkelkreis mitgewirkt hat, aber vielleicht war sie einfach überwältigt oder hatte Angst, etwas falsch zu machen."

„Vielleicht." Lailah nickte dem Kellner zu, der unsere Getränke auf den Tisch stellte. „Ich werde morgen mit ihr darüber sprechen. Es könnte sowas wie die Chorsängerin sein, die zu unsicher ist, vor allen anderen zu singen, also bewegt sie nur die Lippen."

Ich hoffte, sie hatte recht. Denn wenn Zoë mich wirklich nicht finden wollte – nein. Ich würde nicht an jedem, den ich kannte, zweifeln, nur weil ein paar Leute schmutzig spielten. Stille breitete sich zwischen uns aus, als wir uns beide in unseren eigenen Gedanken verloren und erst unterbrochen wurden, als unser Essen kam.

Die Garnelen schwammen in der reichhaltigen Sauce, die einen Haufen Maisgrütze in der Mitte umgab.

„Das sieht fantastisch aus." Ich aß einen Bissen, und mein ganzer Körper entspannte sich.

„Das ist es immer." Lailah hob ihren vollen Löffel hoch, als wollte sie anstoßen. Da bemerkte ich den funkelnden blauen Saphir an ihrem linken Ringfinger.

„Lailah", sagte ich argwöhnisch. „Wo hast du diesen wunderschönen Ring her? Und vor allem, wer hat ihn dir gegeben?"

Sie holte tief Luft und verschluckte sich an ihrer Maisgrütze.

„Oh nein." Ich streckte die Hand aus und klopfte auf ihren Rücken, während sie sich die Lunge aus dem Leib hustete. Ihr Gesicht war so rot, dass es einer Treibhaustomate glich. „Hier." Ich reichte ihr mein volles Glas Wasser. „Trink einen Schluck."

Sie nahm es und trank es zur Hälfte aus, bevor sie wieder normal atmete.

„Okay?"

„Ja –" Sie räusperte sich. „Essen ist in die falsche Röhre geraten."

„Offensichtlich." Ich lachte und genoss es, ihr dabei zuzusehen, wie sie sich wand. Es war so selten, Lailah verletzlich zu sehen, ich konnte nicht anders.

Sie war sehr verschlossen, was ihr Privatleben anging, nachdem sie jahrelang immer eine On-/Off-Beziehung mit Philip gehabt hatte – einem Engel, der jemand anderen als Gefährtin hatte. Zugegeben, seine Gefährtin war zu dieser Zeit ein Dämon gewesen, also war es keine Betrugssituation, doch Philip war nie in der Lage gewesen, sich ganz auf Lailah einzulassen. Sie hatte letztes Jahr den Kontakt zu ihm abgebrochen, als Meri, seine Gefährtin, als Engel in unsere Welt zurückgekehrt war. Ich war mir nicht sicher, ob die beiden wieder zusammengekommen waren oder nicht, doch Lailah war das egal. Die Möglichkeit wäre immer da, und sie durfte sich nicht weiter von Philip verletzen lassen.

„Also?" Ich starrte auf den Ring. „Hast du einen neuen Mann in deinem Leben?"

Sie schüttelte den Kopf, als ihr Gesicht in einem noch tieferen Rotton brannte, falls das überhaupt möglich war.

„Philip?" Ich hörte die Ungläubigkeit in meiner Stimme und zuckte zusammen.

„Nein, nein. Ich habe seit Monaten nichts von ihm gehört." Sie nahm ihre Cola und nippte langsam daran.

Ich hob neugierig eine Augenbraue. „Doch nicht Jonathon?"

Sie verzog schuldbewusst das Gesicht, als sie ihr Glas abstellte. „Bitte denk' nicht, dass ich ein schrecklicher Mensch bin."

Mein neckender Humor war verschwunden. Wie lange hatte sie dieses Geheimnis für sich behalten? Schuldgefühle stiegen in mir auf und nagten an meinem Gewissen „Natürlich denke ich das nicht. Verdammt, hältst du mich wirklich für so voreingenommen?"

Sie warf einen Blick auf ihr Essen und kaute an ihrer Unterlippe. „Nein. Aber er war ziemlich schrecklich, als er hier war. Ich dachte, niemand wollte etwas mit ihm zu tun haben. Deshalb habe ich nichts gesagt."

Sie hatte natürlich recht. Das erste Mal, dass ich Reverend Jonathon Goodwin getroffen hatte, war auf einem Flug gewesen, als Kane und ich von Idaho nach Hause zurückgekehrt waren. Er war auf vielen Ebenen nervig gewesen – so nervig, dass er von den Air Marshals in Gewahrsam genommen worden war.

Man stelle sich meine Überraschung vor, als ich später erfahren habe, dass er ein Engel war, der eine Vendetta gegen Hexen im Allgemeinen und mich im Besonderen plante. Es war hauptsächlich Show gewesen, um Geld für seine Kirche zu sammeln, doch er war ziemlich fies gewesen.

Es stellte sich heraus, dass er erst in den Kirchendienst gegangen war, nachdem seine Gefährtin ihn am Altar zurückgelassen hatte. Das Seltsame bei den Engeln: Jeder von ihnen hatte im Gegensatz zu uns Nichtengeln einen Schicksalsgefährten. Und Goodwins Gefährtin war zufällig Lailah. Sie schwor, dass er ganz anders gewesen war, als sie als Teenager zusammen gewesen waren, dass er nicht einmal ansatzweise der Arsch gewesen war, der Goodwin heute war. Sie war einfach noch nicht bereit gewesen, diese Verpflichtung für die Ewigkeit einzugehen. Es hatte sie erdrückt.

Alles hatte sich jedoch für ihn geändert, nachdem der Rat der Engel entschieden hatte, dass er mehr Seelen schadete als half, und ihm verbot, den Kirchendienst fortzusetzen. Seitdem hatte ich nicht viel von ihm gesehen, doch Lailah scheinbar schon.

„Ich kann nicht sagen, dass er mein Lieblingsmensch war,

wenn man bedenkt, was passiert ist, doch ich nehme an, er musste sich ein bisschen umstellen", sagte ich.

Sie blickte zu mir auf, Hoffnung in den großen blauen Augen. Dann lachte sie. „Das kannst du wohl sagen. Er arbeitet in einer gemeinnützigen Notunterkunft, wo er Zugang zu den am stärksten gefährdeten Seelen hat. Dort leistet er gute Arbeit. Wirklich wichtige Arbeit." Sie senkte die Wimpern und sagte mit sanfter Stimme: „Er hat sich verändert, Jade. Er ist jemand geworden, auf den ich stolz sein kann."

Ich griff über den Tisch und drückte ihre Hand. „Das ist gut, Lailah. Ich freue mich wirklich für dich."

„Danke." Ein aufrichtiges Lächeln breitete sich auf ihrem Gesicht aus, und sie strahlte förmlich von innen heraus.

„Also, der Ring? Hast du Neuigkeiten?"

„Oh." Sie lachte. „Nein. Das war ein Weihnachtsgeschenk. In Anbetracht unserer gemeinsamen Geschichte gehen wir es langsam an."

Ich starrte auf den wunderschönen Saphir im Prinzessinnenschliff und fügte dann hinzu: „Das sehe ich."

Sie verdrehte die Augen und konzentrierte sich auf ihr Abendessen.

Wir waren fast fertig, als mein Handy klingelte. Ich warf einen Blick darauf und erwartete einen Anruf von Kane, doch die Rufnummer war unterdrückt. Ich runzelte die Stirn und nahm den Anruf an. „Hallo?"

„Jade?"

„Ja?"

„Ich bin's, Jasper. Ich stehe vor dem Restaurant. Wir müssen reden."

KAPITEL ZWÖLF

KANE

Grelles, fluoreszierendes Licht blendete mich und meine Augen tränten. Ich warf meine Hand über mein Gesicht und stöhnte, während ich mir größte Mühe gab, die Schmerzen überall in meinem Körper zu ignorieren. Himmel. Meine Schultern, mein linkes Bein und die Hüfte. Doch am schlimmsten war der Schmerz, der mir durch den Bauch schoss, jedes Mal, wenn ich auch nur flach einatmete. „Was zum …?", krächzte ich mit heiserer Stimme, der Gestank von Desinfektionsmittel brannte in meiner Nase. „Kann jemand das Licht ausschalten?"

„Willkommen zurück, Mr. Rouquette. Sie hatten einen ziemlich harten Tag."

Ich bewegte meinen Arm gerade genug, um den großen, dunklen Mann zu sehen, der etwas in eine Akte kritzelte. „Wer sind Sie?"

„Rhodes. Ich bin der Heiler."

Der Heiler trug einen weißen Laborkittel über seinem schwarzen T-Shirt und Jeans. Er war älter, mit grauem Haar, aber fit, als hätte er sein Leben lang regelmäßig im Fitnessstudio trainiert. Nur ich wusste, dass das nicht der Fall war, weil ich das Flüstern der Bruderschaftsverbindung spürte. Er war ein Dämonenjäger. Wahrscheinlich war er pensioniert, und verbrachte jetzt seine Tage auf der Krankenstation damit, verletzte Jäger wie mich wieder zusammenzuflicken.

„Wie lange –" Ich räusperte mich und versuchte, meine Worte zu entwirren.

„Hier. Trinken Sie das." Rhodes reichte mir einen Plastikbecher mit Trinkhalm.

Ich trank das Wasser und genoss die kühle Flüssigkeit auf meiner Zunge. Als der Trinkhalm ein gurgelndes Geräusch machte, nahm Rhodes den Becher und stellte ihn auf den Tisch.

„Wie lange bin ich schon hier?" Ich versuchte es noch einmal und sah mich in dem sterilen weißen Raum voller medizinischer Geräte um.

„Ungefähr vierzehn Stunden. Als Sie angekommen sind, waren Sie in ziemlich schlechter Verfassung."

Ich grunzte. Natürlich war ich das. Ich war ausgeweidet wie ein Schwein. „Und jetzt?"

„Sie werden es überleben. Aber die Narben werden Sie für den Rest Ihres Lebens tragen. Dämonennarben sind von Dauer."

Ich schloss die Augen und scherte mich nicht im Geringsten darum. Solange ich wieder bei Jade sein konnte – ich riss die Augen auf. „Ist meine Frau hier?"

Rhodes schüttelte den Kopf. „Nein. Diese Einrichtung steht Besuchern wie ihr nicht offen."

„Steht Hexen nicht offen, meinen Sie wohl", sagte ich

gereizt. Ekel überkam mich, und wenn ich nicht fast zu Tode geprügelt worden wäre, wäre ich sofort gegangen.

„Das ist nicht meine Entscheidung." Rhodes klappte die Akte zu. „Ich bin in einer Stunde wieder da, um zu sehen, ob sie mehr Schmerzmittel brauchen."

„Warten Sie! Wurde meine Frau benachrichtigt, dass ich hier bin?"

Der Heiler blieb an der Tür stehen und zuckte mit den Schultern. „Das bezweifle ich. Die Jäger, die Sie hergebracht haben, sind sofort wieder auf die nächste Mission gegangen."

„Ich brauche ein –"

Der Heiler ging, bevor ich den Satz beenden konnte.

„Arschloch!" Ich hatte keine Ahnung, wo meine Klamotten waren, geschweige denn mein Handy.

„Da ist ein Telefon an der Rezeption", sagte eine männliche Stimme aus einer Ecke des Raums.

Ich zuckte zusammen und versuchte, mich aufzurichten, doch der stechende Schmerz in meinem Bauch hinderte mich daran. „Heilige Scheiße."

Ich hörte das langsame Klicken von Schritten auf dem gekachelten Boden, kurz bevor er in Sicht kam. Es war der Engel, den der Dämon beinahe getötet hätte. „Du bist das", sagte ich.

„Ich bin das." Er saß auf dem Sessel neben meinem Krankenhausbett, sein dunkelblondes Haar stand in alle Richtungen. Er hatte einen tiefvioletten Ring um den Hals und war frisch genäht worden.

Ich musterte ihn. Er kam mir vage bekannt vor, und ich fragte mich, woher. Seine Kleidung war schmutzig, doch sie hatte definitiv Designerqualität. Er war jung, Ende Teenageralter oder Anfang zwanzig. Groß mit einer breiten Statur, die noch nicht ausgefüllt war. Und die Art, wie er dasaß, die Schultern gerade, ein Bein über ein Knie, sein Blick auf mich konzentriert, erweckte den Eindruck, dass er in einer privilegierten Umgebung aufgewachsen war. Selbstbewusst und souverän, obwohl ihm gerade erst der Hintern versohlt worden war.

Natürlich war ich derjenige, der in einem Krankenhausbett lag. So viel zum Thema Hintern versohlt bekommen. Zumindest war Malstord für den Rest seiner Tage magisch an die Hölle gebunden. Das war wenigstens etwas. „Wie heißt du?"

„Ezra."

„Ich freue mich, dich kennenzulernen, Ezra. Darf ich dir sagen, wie du bei den Dämonen in diesem Lagerhaus gelandet bist?"

Er wandte den Blick ab. Vielleicht nicht so souverän, wie ich gedacht hatte. Er räusperte sich. „Ich wurde vor ungefähr neun Monaten entführt und in die Hölle gebracht."

Heiliges … „Warum?"

Er richtete seinen stahlblauen Blick auf mich. „Ich bin der Sohn des Hohen Engels."

Dieses Mal biss ich die Zähne zusammen und setzte mich wirklich auf, damit ich ihn besser sehen konnte. Verdammt. Chessandra hatte einen Sohn? „Das kann nicht dein Ernst sein."

Er warf mir einen Blick zu und forderte mich fast heraus, an ihm zu zweifeln.

Es war derselbe „Leg-dich-nicht-mit-mir-an"-Blick, den Chessandra manchmal hatte. Doppelt verdammt. Deshalb kam er mir bekannt vor. War er Drakes Sohn? War dieser Junge Jades Halbbruder?

Jade.

Sie musste krank vor Sorge sein. Ich zog die Decke weg

und bemerkte, dass ich nur ein dünnes Krankenhausnachthemd trug. Doch es war mir egal. Ich musste ihr sagen, wo ich war.

Ich sah den Jungen an. „Hilf mir hoch, ja? Ich muss meine Frau anrufen."

Er saß einfach nur da und hielt seinen Blick auf mein Gesicht gerichtet.

„Was?"

„Du bist von meiner Offenbarung nicht beunruhigt? Niemand weiß, dass ich existiere. Du weißt das, oder?"

„Nein, ich bin nicht beunruhigt", log ich. Die Auswirkungen dessen, was es bedeuten könnte, waren enorm. „Doch ich bin überrascht, dass niemand weiß, dass es dich gibt. Warum?"

„Ich war eine Ungelegenheit für meine Mutter. Sie hat mich weggeschickt, und jetzt, nachdem sie sich Feinde gemacht hat, bin ich zum Druckmittel für die andere Seite geworden. Ich möchte etwas dagegen unternehmen."

Meine Füße berührten den kalten Fliesenboden. „Und was wäre das?"

„Sie erledigen. Und du wirst mir dabei helfen."

JADE

Ich ließ Lailah am Tisch zurück und eilte nach draußen auf den gepflasterten Bürgersteig, zitternd von der Kälte in der Nachtluft. Jasper lehnte unter einem flackernden Gaslicht an der Wand, eine nicht angezündete Zigarette hing aus seinem Mund. Er trug dunkle Jeans und ein schwarzes Henley, dazu eine Strickmütze, die sein widerspenstiges Haar zähmte.

Er entdeckte mich und nickte, um anzuzeigen, dass er in

Richtung Canal Street gehen wollte. Er hielt die Zigarette mit zwei Fingern und sagte: „Lass uns gehen."

Ich blieb stehen. „Warte. Ich bin beim Abendessen."

„Das ist vorbei. Wir müssen reden, und nicht hier."

Ich sträubte mich angesichts seiner aufdringlichen Forderung. „Ich werde Lailah nicht sitzenlassen. Du kannst entweder reinkommen und dich zu uns setzen, oder du kannst auf uns warten."

Er kniff die Augen zusammen, und ich hätte schwören können, dass ich einen Hauch von Wut unter seinem Ist-mir-scheißegal-Gehabe brodeln fühlte. Das Gefühl verschwand so schnell, wie es gekommen war, und er lehnte sich wieder an die Wand und steckte sich die Zigarette in den Mund. „Beeil dich. Ich habe nicht viel Zeit."

Aufdringlicher kleiner Bastard. Ich fing an zu bereuen, ein Bündnis mit ihm geschlossen zu haben. Doch er hatte Informationen, die wir brauchten. „Ich bin gleich zurück."

Gereizte Ungeduld wirbelte wie Gewitterwolken um ihn herum. Ich verkniff es mir, ihm den Mittelfinger zu zeigen, und verlieh mir im Geiste eine Medaille. Er war derjenige, der mein Abendessen ohne Vorwarnung gestört hatte. Er konnte ein paar Minuten warten, bis ich bezahlt hatte. Ich eilte zurück ins Restaurant, nur um festzustellen, dass Lailah sich bereits um die Rechnung gekümmert hatte und auf dem Weg zu mir nach draußen war.

„Danke", sagte ich. „Wieviel schulde ich dir?"

„Mach dir keine Sorgen. Beim nächsten Mal zahlst du einfach."

Ich lächelte und freute mich über unsere entspannte Freundschaft. Es ist noch nicht lange her, dass wir um keinen Preis der Welt gemeinsam zu Abend hätten essen wollen, geschweige denn, dass wir füreinander bezahlt hätten. Ich ging neben ihr her. „Er ist irgendwie ein Arsch. Nur, damit du vorgewarnt bist."

Sie sah mich an. „Ich wäre vielleicht auch ein Arsch, wenn meine Verlobte vermisst würde."

„Vielleicht. Aber nicht so. Du wirst sehen."

Auf der Decatur Street fanden wir einen leeren Bürgersteig vor. „Verdammt." Ich runzelte die Stirn. „Wo ist er?"

Lailah blickte die Straße auf und ab, dann ergriff sie meine Hand und deutete über die belebte Straße.

Jasper saß auf einer Zementbarriere zwischen dem Parkplatz und dem Bürgersteig, kaum sichtbar in der Dunkelheit. Ich schüttelte den Kopf und ging die Straße hinunter zum Zebrastreifen. „Was soll das?"

„Er will uns zeigen, wer das Sagen hat, nehme ich an." Sie schien sich nicht daran zu stören. Oder vielleicht hatte sie Mitgefühl mit ihm.

Ich nicht. Wenn Kane weg wäre, würde ich ihn mit allen Mitteln suchen. Dazu waren keine Spielchen nötig. Doch andererseits war ich eine weiße Hexe und Anführerin des Zirkels von New Orleans. Ich hatte viel mehr Ressourcen als dieser Junge. Mein Ärger über ihn schwand. Wie lange war Avery schon verschwunden? Drei, vier Monate? Doch egal wie lang, es war *zu* lang. Ich musste dem Jungen Verständnis entgegenbringen.

Als wir die Straße überquerten, peitschte mir der Wind des Mississippi die langen Haare ins Gesicht. Ich drehte sie zu einem Knoten hoch zusammen und verschränkte die Arme vor der Brust, um die Kälte abzuwehren. Als wir ungefähr drei Meter von Jasper entfernt waren, sprang er von der Betonmauer und ging in Richtung Canal Street, ohne uns Beachtung zu schenken.

„Er will sichergehen, dass uns niemand zusammen sieht.

Wenn ihn jemand bemerkt und Chessandra davon erfährt, will er sicher sein, dass niemand sieht, dass er mit uns geht oder mit uns spricht, damit er behaupten kann, wir seien nur zufällig in der Nähe gewesen", erklärte Lailah.

„Aber wir haben uns vor dem Restaurant unterhalten."

Sie zuckte eine Schulter. „Ich bin sicher, er hat seine Gründe."

Ich warf ihr einen Seitenblick zu. „Du bist sehr diplomatisch."

Sie lachte. „Ja, wahrscheinlich. Ich versuche, mein Urteil zurückzuhalten, bis ich mit ihm gesprochen habe. Chessandra ist ein echtes Miststück als Boss. Wahrscheinlich vertraut er niemandem. Ich schätze, ich bin bereit, ihm einen kleinen Vertrauensvorschuss zu geben."

Ich schämte mich ein bisschen. Sie hatte recht. Der Junge hatte jemanden verloren, der ihm wichtig war, und er musste für die Frau arbeiten, die für ihr Verschwinden verantwortlich war. Das war genug, um jemanden in den Wahnsinn zu treiben.

Wir folgten Jasper die North Peters Street hinunter und Bienville Street hinauf, wobei wir uns zwischen den Touristen hindurch schlängelten, bis er plötzlich ein altes Lagerhaus aus Ziegelsteinen betrat, das kürzlich in luxuriöse Eigentumswohnungen umgewandelt worden war. Lailah und ich schlenderten in das Foyer des Gebäudes und unterhielten uns, als würden wir die Welt um uns herum nicht wahrnehmen. Doch tatsächlich waren wir beide in höchster Alarmbereitschaft.

Lailah warf einen schnellen Blick auf die reich verzierte Tür rechts und dann wieder zu mir.

Ich hatte gehört, wie sie gerade zugefallen war. Wenn wir

hindurchgingen, hatte ich keinen Zweifel, dass Jasper dort auf uns warten würde.

Lailah sprach weiter über eine Handtasche, die sie im Coach Factory Outlet gesehen hatte und deren Kauf sie sich verkniffen hatte. So wie sie weiter und weiter sprach, hätte man meinen können, sie wäre vollkommen vernarrt in das Ding. Wenn ich bedachte, dass ich sie noch nie mit einer Designer-Handtasche gesehen hatte, musste ich daraus schließen, dass sie das alles spontan zusammensponn.

Beeindruckend.

Schließlich hielt sie inne, um Luft zu holen, und ich sagte: „Lass uns hochgehen. Ich zeige dir meine Sammlung."

Sie nickte, und ich rollte mit den Schultern, um etwas von meiner Anspannung loszuwerden. Dieses Undercover-Zeug war nichts für mich. Ich war eher jemand, der Stellung bezog und sich später mit den Folgen auseinandersetzte. Wahrscheinlich nicht immer die beste Vorgehensweise, aber bisher hatte es für mich ganz gut funktioniert.

In dem Moment, als wir das Treppenhaus betraten, zischte Jasper: „Hier lang." Dann rannte er die steile Holztreppe hinauf und nahm zwei Stufen auf einmal.

„Auf geht's", sagte ich zu Lailah.

Jasper lief auf dem vierstöckigen Aufstieg nicht ein einziges Mal langsamer, und als ich die Eigentumswohnung betrat, keuchte ich wie ein Raucher, der mindestens eine Packung am Tag verkonsumierte.

Lailah war kaum ins Schwitzen gekommen, und Jasper stand in der Nähe eines großen Fensters, die Zigarette wieder zwischen seinen Lippen.

„Rauchst du überhaupt, oder ist das nur so ein orales Ding?" Wenn er wirklich Raucher wäre, würde ich mich noch schlechter fühlen, denn im Ernst?

Er ignorierte meine Frage und legte einen Schalter um.

Ich erstarrte, mein Herz pochte, als ich auf den Anblick vor mir starrte.

„Whoa", staunte Lailah leise.

Eine ganze Wand hing voll mit Fotos, Grafiken, Notizen und Diagrammen. In der Mitte war ein Bild von Chessandra. An der Wand neben ihrem Foto hing eines ihrer Schwester Mati und das Datum, an dem sie versucht hatten, das Dämonenportal zu schließen, das Datum, an dem Avery verschwunden war, ein paar Memos, das Bild eines Dämons und eines kleinen Jungen mit blonden Haaren.

Ich drehte mich wieder zu Jasper um. „Wie lange recherchierst du schon?"

„Ich habe ungefähr eine Woche, nachdem Avery verschwunden ist, angefangen."

Lailah drehte sich um und nahm Blickkontakt mit ihm auf. „Weiß noch jemand, dass du das machst?"

Er schüttelte den Kopf.

„Warum?"

Ich bezweifelte stark, dass Lailah die Antwort auf ihre Frage nicht kannte. Wahrscheinlich wollte sie nur hören, dass er aussprach, was sie dachte.

Er stieß ein humorloses Lachen aus. „Weil niemand glauben will, dass der Hohe Engel korrupt ist. Oder dass sie der wahre Grund ist, warum Avery weg ist."

Lailah und ich tauschten einen Blick aus. Er hatte recht. Niemand wollte hören, dass sein Anführer so zwielichtig war wie ein Politiker aus New Orleans.

Wir drehten uns beide um und betrachteten wieder die Wand.

Lailah legte eine Hand auf das Foto von Avery. Dann wandte sie sich Jasper zu. „Ich glaube dir."

KAPITEL DREIZEHN

KANE

*D*urch den schwach beleuchteten Flur zu gehen, kostete mich alle Kraft. Ich hatte Ezras Offenbarung für den Moment verdrängt, um mich auf den Anruf zu konzentrieren. Wenn sie nicht wusste, wo ich war, wer konnte wissen, was Jade tun würde, um mich zu finden? Als wir an dem verlassenen Schreibtisch ankamen, hielt ich Ezras Arm so fest umklammert, dass ich überrascht war, dass er nicht vor Schmerz jammerte.

Ich lehnte mich gegen die Wand, weil ich sicher war, dass ich mich nicht hinsetzen konnte, knirschte vor Schmerzen mit den Zähnen und fragte: „Bist du okay, Mann?"

Ezra wischte sich den Schweiß von der Stirn. „Wenn ich einen Dämonenangriff überleben kann, kann ich es verdammt nochmal schaffen, dich ans Telefon zu bringen."

„Das ist gut. Tu mir einen Gefallen, ja? Wählst du diese Nummer für mich?" Das Telefon stand auf der anderen Seite des Schreibtisches. Ich würde nie rankommen, ohne meinem zusammengeflickten Unterleib noch mehr Schaden zuzufügen.

Ezra nahm den Hörer ab und wählte, während ich die Nummer diktierte.

Der Anruf ging direkt auf Voicemail. Ich unterdrückte einen Fluch und hinterließ ihr eine vage Nachricht, dass es mir gut ging und ich mich am nächsten Tag bei ihr melden würde.

Ezra legte auf und zog neugierig eine Augenbraue hoch.

„Ich will nicht, dass sie sich Sorgen macht. Ich werd's überleben."

Er warf mir einen zweifelnden Blick zu und half mir dann zurück in mein Zimmer. Als ich auf dem Bett zusammenbrach, schwitzte ich und war mehr als nur ein bisschen angepisst.

„Sieht so aus, als könntest du eine Stunde oder so mit einer Sexhexe gebrauchen", sagte Ezra in einem etwas höhnischen Ton.

Ich fixierte ihn mit einem harten Blick.

„Was? Bekommt ihr so nicht eure Macht? Du bist ein Incubus, oder? Und eine Sexhexe würde wahrscheinlich den Mist mit deinem Bauch in Ordnung bringen. Ich meine, Alter, die Tatsache, dass du überhaupt den Gang rauf und runter gelaufen bist, ist Hardcore. Aber es tut natürlich höllisch weh."

„Lass gut sein."

„Ich sag' ja nur."

„Ich sagte, lass gut sein", knurrte ich beinahe. Das Letzte, was ich wollte, war, daran zu denken, mit jemand anderem als Jade zusammen zu sein. Und wenn ich an sie dachte, nun, ich würde fast alles dafür geben, mich an sie zu kuscheln, während mein Körper sich selbst heilte.

„Tut mir leid." Ezra ließ sich wieder auf den Sessel sinken und beobachtete mich.

Ich wollte ihn rauswerfen. Den Heiler rufen und ihn um

mehr Schmerzmittel bitten. Denn das war Bullshit. Wenn Bea hier gewesen wäre, hätte sie mir ein schmerzlinderndes Kraut verabreicht, und ich würde wahrscheinlich morgen früh hier rausspazieren. Oder vielleicht traute ich ihr zu viel zu. Ich war gründlich ausgeweidet worden.

Doch so nervtötend Ezra auch war, er hatte Fragen zu beantworten.

„Erzähl mir von deiner Mutter. Warum denkst du, dass du sie erledigen musst?"

Seine braunen Augen blitzten vor Wut, als er aufstand und im Raum auf und ab ging. „Sie ist eine Verräterin. Hat Verbindungen zu Dämonen. Wenn es nach ihr ginge, wärt du und deine Frau jetzt in der Hölle eingesperrt."

Ich runzelte die Stirn. Chessandra war keine Heilige, aber was er sagte, fühlte sich falsch an. Sie hatte in der Vergangenheit sogar versucht, Portale zu schließen. „Diesen Eindruck hatte ich nie."

Er blieb stehen. „Sie ist nicht, wie sie vorgibt zu sein."

„Dann klär' mich auf. Sag mir, wie sie wirklich ist." Ich stützte mich auf den Kissen ab und ignorierte die immer stärker werdenden Stiche in meinen Eingeweiden. Welche Medikamente auch immer ich bekommen hatte, ihre Wirkung musste nachgelassen haben. Verdammt, wenn ich so viele Medikamente intus hatte, wie wäre es, wenn ich keine bekommen hätte? Ich schauderte beim Gedanken daran.

Er bewegte sich langsam zurück zu dem Stuhl neben meinem Bett und setzte sich; seine Ellbogen ruhten auf seinen Knien, während er sich nach vorn lehnte. „Weißt du, was es einem Kind antut, wenn man ihm sagt, dass es nicht erwünscht ist?"

„Ich denke, ich weiß vielleicht ein bisschen darüber." Meine Eltern waren nicht dafür gemacht, Kinder großzuziehen. Sie hatten auch nie so getan, als wären sie es. Tatsächlich hatte ich mehr als einmal von meiner selbstsüchtigen Mutter gehört, dass ich ein Fehler war. Das blieb nicht ohne Folgen für ein Kind. Und es war etwas, das sich so gut wie nicht reparieren ließ.

„Das bezweifle ich", sagte Ezra.

„Wie du willst." Ich sah keinen Grund, weiter darauf einzugehen. Wenn er glauben wollte, dass er das einzige Kind mit beschissenen Eltern war, nur zu. Ich war nicht sein verdammter Therapeut. Ich wollte nur wissen, was er über seine Mutter zu sagen hatte.

Ezra warf mir einen bösen Blick zu.

Den ignorierte ich auch und bemühte mich, ihn am Reden zu halten. „Bist du im Engelreich aufgewachsen?"

„Nein." Er presste das Wort heraus.

Das ergab einen Sinn. Wenn dem so gewesen wäre, würde wahrscheinlich jeder von ihm wissen. „Internat?"

Er schüttelte den Kopf, und seine Wut wuchs von Sekunde zu Sekunde. „Pflegefamilien. Im verdammten System, wenn du das glauben kannst."

Das war eine Überraschung und das gerade Gegenteil meiner früheren Einschätzung. Irgendwann hatte er jedoch eine privilegierte Lebensweise genossen, und vielleicht kam der größte Teil seiner Wut daher. Zu wissen, was er als Kind verpasst hatte. „Wo war dein Vater?"

Er zuckte mit den Schultern. „Hab' keinen."

„Du hast wirklich keinen oder weißt du nicht, wer er ist?"

„Beides." Ezra rieb sich die linke Schläfe, als wolle er Kopfschmerzen lindern.

Ich kam nicht über die Sache mit den Pflegefamilien hinweg. „Also sagst du, deine Mutter, der mächtigste und sicherlich wohlhabendste Engel im Engelreich, hat dich in das System gesteckt, anstatt dich selbst großzuziehen?"

„Das habe ich gesagt, Rouquette. Hörst du nicht zu?"

Meine Verärgerung wuchs. Ich hatte genug. Ich hatte seinen Arsch vor dem sicheren Tod gerettet. Ich brauchte seine Zickigkeit nicht. „Du hattest also eine beschissene Kindheit und deine Mutter ist … nicht einfach. Willkommen im Club. Krieg dich wieder ein. Such dir einen Therapeuten. Such dir ein Mädchen, in dem du dich verlieren kannst. Mach was anderes, als darüber zu jammern."

Er kniff seine hellbraunen Augen zusammen, und seine Lippen wurden zu einer dünnen Linie. „Du weißt nicht, wovon du redest."

Da war er. Der kalte Hass, von dem ich wusste, dass er unter seiner toughen Haltung lauerte. Von der Art, die, wenn sie angetippt wurde, jemandes wahres Gesicht offenbaren würde. „Ich höre."

„Meine Mutter wollte mich nicht einfach nicht, sie hat mich weggeworfen, mich zu *Irdischen* geschickt, die keine Ahnung hatten, dass ich ein Engel war. Sie waren nicht dafür gerüstet, mit irgendetwas Magischem fertigzuwerden. Als ich sechs Jahre alt war und gelernt habe, Vögel zu kontrollieren, indem ich einfach mit ihnen sprach, war das cool. Aber später, in der Schule, als ich Dinge über Menschen spüren konnte, ihre Auren sah und wusste, wenn sie litten, weißt du, was das mit einem Kind macht? Ich hatte keine Ahnung, was das alles bedeutet. Keine Ahnung, wie man damit umgeht."

Mein Ärger über ihn ließ nach. Seine Erfahrung klang ähnlich wie die von Jade, als sie ein Kind gewesen war und hatte lernen müssen, mit ihrer Empathengabe umzugehen. Wenigstens hatte sie in ihren prägenden Jahren ihre Mutter gehabt, die ihr dabei geholfen hatte. Wie schwer musste es gewesen sein, ein Kind zu sein und ohne jegliche Bewältigungsmechanismen dem enormen Leid in der Welt ausgesetzt zu sein?

„Und als ob das nicht genug wäre", fuhr er fort, „wurde ich ständig herumgeschoben. Korruption, Scheidung, Drogen. Ich war allem ausgesetzt. Ich lebe allein, seit ich sechzehn bin, und an dem Tag, als ich achtzehn wurde, habe ich mich auf die Suche nach ihr gemacht."

„Wie hast du sie gefunden?" Das schien bestenfalls schwierig. Chessandra verbrachte die meiste Zeit im Reich der Engel. Es war fast unmöglich, zu ihr zu kommen.

„Ich habe ihre Schwester aufgespürt."

„Mati?" Das würde reichen. Chessandras Familie lebte auf der anderen Seite des Flusses.

„Ja." Er stieß ein humorloses Lachen aus. „Stell dir meine Überraschung vor, als ich herausgefunden habe, dass meine Familie weniger als zehn Meilen entfernt lebt und den Lebensstil der Oberschicht führt, während ich die meiste Zeit in den Slums gelebt habe."

„Das ist Bullshit, Mann."

„Wem sagst du das?" Er schnaubte und zuckte zusammen, als er mit dem Kopf ruckte und eine der Nähte dehnte.

„Was ist passiert, nachdem du Chessandra aufgespürt hast?"

Seine Miene verfinsterte sich vor kalter Wut. „Sie hat mir Geld gegeben."

Das war an und für sich nichts Schlechtes. Aber ich konnte mir vorstellen, wie der Austausch abgelaufen war. „Schweigegeld?"

Er nickte. „Sie will nicht, dass irgendjemand weiß, dass ich existiere. Ich bin ihr dreckiges kleines Geheimnis."

Autsch. Ich hatte den Hohen Engel nie gemocht, doch das hätte ich nicht von ihr erwartet. Sie war rechtschaffen und der personifizierte Anstand. Vielleicht war das das Problem. Sie konnte es sich nicht leisten, dass jemand ihr Urteil in Frage stellte. Sowas von krank. „Und jetzt willst du sie bloßstellen? Ist es das, was du sagst?"

Er nickte. „Und ich möchte, dass du mir dabei hilfst."

Ich runzelte die Stirn. So beunruhigend es auch war, dass Chessandra ihr eigenes Kind verlassen hatte, es stand mir nicht zu, ihre Entscheidungen zu hinterfragen. Seinem Alter nach zu urteilen, musste sie ziemlich jung gewesen sein, als sie ihn bekommen hatte. Quasi ein Teenager. Es war nicht ausgeschlossen, dass sie geglaubt hatte, das Beste für ihn zu tun. „Ich bin mir nicht sicher, was genau du erreichen willst. Sie demütigen? Rache? Ist es das wert?"

Eine tödliche Ruhe hüllte ihn ein, als er mich mit einem kalten Blick durchbohrte. „Das ist kein kindischer Plan, um es einer schlechten Mutter heimzuzahlen. Ich will mein Geburtsrecht beanspruchen. Ich sollte eine Rolle im Reich spielen. Doch darüber hinaus ist sie für alle gefährlich. Die Engel. Die Hexen. Die Irdischen. Die Dinge, die ich in den letzten sechs Monaten erfahren habe … Sie ist gewissenlos."

Jetzt hatte er meine Aufmerksamkeit. Wir hatten schon vermutet, dass Chessandra schmutzige Geschäfte machte. Hatte dieser Junge die Antworten? „Du sagst, sie ist korrupt?"

„Ja." Er lehnte sich auf dem Sessel zurück und hielt sich an den Armlehnen fest. „Und ich werde sie auf die eine oder andere Weise zu Fall bringen. Was sie mir angetan hat, verblasst im Vergleich dazu. Bist du dabei?"

Ich dachte über seine Worte nach und fragte dann: „Hast du irgendwelche Beweise?"

Ein langsames, selbstzufriedenes Lächeln breitete sich auf seinen Lippen aus, als er ein Stück Papier aus der Tasche zog.

„Wie hört sich ein unterschriebener Vertrag mit einem Dämon an?"

Ich hob eine Augenbraue. „Vertrag wofür?"

Er reichte mir das Papier. „Lies."

Eine seltsame Mischung aus Sorge und Begeisterung überkam mich. Was auch immer in diesem Vertrag stand, ich war mir sicher, dass das der Katalysator war, der alles verändern würde. Es würde zu einem Kampf kommen, gut oder schlecht, nichts würde sein wie zuvor. Die einzige Frage war, könnten wir es überleben?

Ezra lehnte sich zurück und beobachtete mich.

Als ich das Dokument überflog, bemerkte ich, dass es fünf Jahre alt war. Ich blickte zu Ezra auf. Er nickte und bedeutete mir, dass ich weiterlesen sollte.

Ich senkte den Blick und überflog den ganzen juristischen Wortlaut des Vertrags, bis ich zum Zweck kam.

Ich, Chessandra Ballintine, der Hohe Engel des Engelreiches, gewähre dem Dämon Wes Lancaster hiermit formell eine vollumfängliche Begnadigung im Austausch für sein Schweigen bezüglich des fraglichen Vorfalls. Er wird von jeglichem Fehlverhalten freigesprochen, mit der Maßgabe, dass keine Partei jemals wieder über diesen Vorfall sprechen darf.

Als ich mit dem Finger über die beiden Unterschriften strich, spürte ich schwache Spuren von Magie. Das war in der Tat ein magisch bindender Vertrag.

„Welcher Vorfall?", fragte ich Ezra.

Er zuckte mit den Schultern. „Es wird nur mit einer Fallnummer Bezug darauf genommen. Wenn ich raten sollte, würde ich vermuten, dass man die in den Akten im Büro meiner guten alten Mutter finden kann. Doch mir wurde gesagt, dass es ein Angriff auf einen Menschen war, der gestorben ist, und dass dieser Dämon, Wes Lancaster, etwas über Chessandra weiß, wovon sie nicht will, dass es bekannt wird. Was ich gehört habe, ist, dass er Maßnahmen getroffen hat, dass jemand anderes das Geheimnis preisgeben würde, falls er sterben sollte. Also hat sie ihm sein Leben im Austausch für sein Schweigen angeboten."

Ich kniff die Augen zusammen. Die einzigen Wesen, die solche Aufzeichnungen haben sollten, waren die Engel, die Bruderschaft und die Hölle selbst. Man musste einen hohen Rang haben, um so etwas in die Hände zu bekommen. „Und woher weißt du das?"

Sein Lächeln verschwand. „Ich hatte letztes Jahr einen interessanten Besucher."

„Jemand, der Chessandras Geheimnis kennt?"

„Das könnte man so sagen." Er blinzelte und starrte mir dann in die Augen. „Wes Lancaster, der besagte Dämon selbst."

KAPITEL VIERZEHN

asper stieß einen langen Seufzer der Erleichterung aus. Und ich konnte es ihm nicht verübeln. Avery war seit Monaten vermisst, ohne dass irgendjemand ihm wirklich geholfen hätte, sie zu finden. Jetzt hatte er die Anführerin des Hexenzirkels von New Orleans und einen Engel auf seiner Seite.

Wenn ich die Situation aus seiner Warte betrachtete, konnte ich ihm nicht einmal den Bindungszauber vorwerfen. Ich mochte es nicht, doch zumindest verstand ich die Verzweiflung dahinter. Sogar die scheinbar verrückten Beweise der Verschwörungstheorie, die er an seine Wand gehängt hatte, schienen vernünftig. Was sollte er sonst tun?

Ich nahm mir Zeit, die verschiedenen Fotos und Fakten zu studieren, die er zusammengetragen hatte. Es gab ein paar Fotos von Chessandra, auf denen sie mit anderen

Ratsmitgliedern sprach – etwas, das sie regelmäßig tat – eine Telefonrechnung mit einer eingekreisten Nummer und einem Fragezeichen daneben, ein paar Notizen über Gespräche, die er mit ihr geführt hatte und die bedeutungslos schienen, und eine Zeitleiste mit Daten. All das war unbedeutend, und wenn man alles zusammenzählte, gab es keinen wesentlichen Ansatzpunkt.

Außer einem. Ich zeigte auf ein Stück Papier, auf dem stand *Letzter Aufenthaltsort: Lakeshore*. „Was ist das?"

Lailah warf einen Blick auf das Papier, dann drehten wir uns beide um und sahen Jasper erwartungsvoll an.

Verwirrt zog er die Augenbrauen zusammen. „Genau das, was da steht. Averys letzter bekannter Aufenthaltsort, bevor sie verschwunden ist."

„Ist das dieselbe Information, die Chessandra dir gegeben hat?", fragte ich Lailah.

Sie schüttelte den Kopf. „Nein. Mir wurde gesagt, sie sei in die Schatten gegangen und nie zurückgekehrt."

„Mir auch."

Jasper zog die gestrickte Mütze vom Kopf und fuhr sich frustriert mit der Hand durch sein wildes Haar, während er etwas von einer bösen Engelsschlampe murmelte. „Natürlich hat sie dir das gesagt. Sie wollte nicht, dass jemand erfährt, was sie getan hat. Sie konnte dich kaum in ihre schmutzigen Geschäfte einweihen, oder?"

„Du meinst, Avery war tatsächlich in Lakeshore, als sie verschwunden ist? Nicht in den Schatten?" Ich wollte Klarheit.

„Ja." Seine Stimme war angespannt. „Sie hat dort einen Dämon getroffen."

Lailah und ich schnappten beide nach Luft.

„Das kann nicht dein Ernst sein!", sagte Lailah mit großen Augen.

„Oh, ich meine es sehr ernst. Es war auch nicht das erste Mal. Im vergangenen Jahr hat Chessandra Avery einmal im Monat als Boten dorthin geschickt. Avery musste ein Paket dorthin bringen, immer an denselben Ort, in ihrem Auto warten, bis der Dämon es abgeholt hatte, und durfte erst wegfahren, wenn sie sicher war, dass er es bekommen hatte."

Heilige Grillen auf einem Cracker. Chessandra hatte es mit einem Dämon zu tun, und sie hatte ihre Assistentin geschickt, um die Drecksarbeit zu erledigen. Ich öffnete den Mund, um etwas zu sagen, schüttelte den Kopf und begegnete dann Lailahs Blick, nicht sicher, was ich sagen sollte. Das konnte nicht wahr sein.

„Bist du hundertprozentig sicher, dass der Kontakt ein Dämon war?", fragte Lailah und trat näher an die Wand.

Jasper schob die Hände in die Hosentaschen und ließ die Kette, die an seiner Gürtelschlaufe befestigt war, klirren. „Ja. Avery brach zusammen und erzählte mir davon. Sie hatte Angst, weil seltsame Dinge passiert sind. Doch sie hatte das Gefühl, nicht nein zu Chessandra sagen zu können."

„Warum?", sagte ich und zwang das Wort heraus. Wenn alles, was er sagte, wahr war, gab es keine Entschuldigung, die rechtfertigen würde, dass Chessandra einen Engel geschickt hatte, um einen Dämon zu treffen. Die gab es einfach nicht. Auch, wenn sie im Auto warten sollte. Es war zu gefährlich.

„Weil Chessandra gedroht hat, sie zu feuern, wenn sie es nicht tut. Sie hat gesagt, Erledigungen zu machen sei üblich, und wenn Avery sich der Aufgabe nicht gewachsen fühlte, könnte sie gerne gehen."

„Also hat sie sich entschieden, sich einem Dämon zu stellen, anstatt den Job aufzugeben?", fragte ich. Für mich wäre das eine einfache Entscheidung gewesen.

„Du verstehst nicht." Jasper ging in der Wohnung auf und

ab, das Geräusch seiner Schritte hallte vom Parkett wider. „Avery stammt aus einer armen Familie. Sie sind Bayou-Hexen. Sehr wenig Geld. Und sie hat eine jüngere Schwester mit gesundheitlichen Problemen. Von der Art, bei der Magie nicht hilft. Also hat sie ihnen den größten Teil ihres Geldes geschickt. Verwaltungsarbeit für den Hohen Engel wird wesentlich besser bezahlt als jeder andere Verwaltungsjob, den sie bekommen könnte. Außerdem hätte sie, selbst wenn sie nicht mit mir verlobt gewesen wäre, das Reich nicht verlassen, um es in dieser Welt zu versuchen. Kein Engel, der so eng mit dem Hohen Engel zusammenarbeitet, würde das tun. Es ist zu gefährlich. Wenn irgendjemand herausfinden würde, was sie weiß, wäre das katastrophal."

Familie. Meistens war sie es, die viele von uns in eine Zwickmühle brachte. Ich könnte nicht sagen, dass ich nie fragwürdige Entscheidungen getroffen hätte, wenn es darum ging, etwas für jemanden zu tun, den ich liebte.

Lailah hob ihre Augenbrauen und warf ihm einen Seitenblick zu. „Sieht so aus, als hätte es euch beiden nicht gerade an Geld gefehlt." Sie wedelte mit der Hand in der Luxuswohnung herum. „Wohnungen wie die hier sind nicht billig im French Quarter."

Er spannte sich an. „Nein. Ist sie nicht. Sie gehört einem Kumpel von mir, der im Ausland ist. Er hat mich gebeten, ein Auge darauf zu haben, da ich so viel Zeit damit verbracht habe, in dieser Welt nach Avery zu suchen. Und das tue ich nach wie vor."

Sie verschränkte die Arme vor der Brust und sah ihn an. „Das ist … praktisch."

„Himmel. Willst du seine Nummer?" Jasper zog seinen Geldbeutel heraus und fing an, einen kleinen Stapel Karten zu sortieren.

Ich streckte die Hand aus und unterbrach ihn, denn ich hasste es, dass unsere Standardreaktion für jede Erklärung Misstrauen war. Ich warf Lailah einen verärgerten Blick zu. „Er muss uns nichts beweisen."

Sie zuckte mit den Schultern, während Jasper den Geldbeutel zurück in seine Hosentasche schob.

„Okay, dann", sagte ich. „Basierend auf diesen neuen Informationen würde ich gerne in Lakeshore vorbeischauen. Jasper, kennst du die genaue Stelle, an der Avery den Dämon getroffen hat?"

Er nickte.

„Gut. Ich werde den Zirkel rufen. Wir machen das heute Abend."

ICH STARRTE auf mein Handy und wollte, dass Kane anrief. Als ich die übrigen Zirkelmitglieder kontaktieren wollte, war mir aufgefallen, dass mein Handy ausgeschaltet war. Und natürlich hatte Kane eine Nachricht hinterlassen. Ich war dankbar, von ihm zu hören, doch seine Stimme hatte heiser und erschöpft geklungen, als wäre er entweder krank oder hätte seit Tagen nicht geschlafen. Doch es war mehr als das. In seinem Ton lag eine Vorsicht, die meine Alarmglocken schrillen ließ. Es spielte keine Rolle, dass er behauptete, es ginge ihm gut; er hörte sich sicher nicht so an, und ich konnte die Sorge nicht verdrängen, die meinen Verstand vernebelte.

„Bist du bereit?", fragte Lailah.

Wir standen neben Kanes Lexus auf dem Parkplatz eines Parks am Ufer des Lake Pontchartrain. Der Wind hatte nachgelassen, doch es lag immer noch eine beißende

Winterkälte in der Luft, und ich wünschte, ich hätte daran gedacht, meinen Schal mitzunehmen.

„So bereit, wie ich es je sein werde." Ich nahm den Rucksack voller Kerzen und Kräuter, während Lailah das Salz und Beas Wahrheitstrank in der Hand hielt, nur für den Fall, dass wir ihn für etwas brauchten.

„Ich möchte es noch einmal bei Bea versuchen", sagte ich und wählte bereits ihre Nummer auf meinem Handy.

Es klingelte dreimal, dann nahm sie ab. „Jade?" Ihr Ton war gut gelaunt, und im Hintergrund schmetterte fröhliche Jazzmusik.

„Bea. Kannst du kurz reden?"

„Natürlich", schrie sie ins Telefon. „Gib mir einen Moment." Es raschelte, als würde sie ihre Hand über das Handy halten, und dann wurde alles still. „Bin wieder da. Was gibt's?"

„Nicht viel. Wir haben eine Spur zu Avery und versuchen eine Beschwörung. Ich wollte dich fragen, ob du dabei sein willst, aber es hört sich so an, als wärst du beschäftigt."

„Oh je. Also, ja. Ich bin die Gastgeberin einer Spendenaktion, aber ich denke, ich könnte kurz –"

„Vergiss es. Lailah und ich machen das schon", sagte ich schnell, obwohl sich mein Magen verknotete. Wir würden möglicherweise einen Dämon rufen, und das erschreckte mich zu Tode. Nicht so sehr um meinetwillen. Mit einem konnte ich umgehen. Ich hatte es schon getan, und ich würde es zweifellos wieder tun. Doch mit meinem Zirkel hier war es schwer, sich um ihretwillen keine Sorgen zu machen. Beim Umgang mit Dämonen wusste man nie, was einen erwartete. „Ich wollte dich nicht stören. Wir machen das schon. Genieß' deine Party. Ich melde mich morgen."

„Warte. Jade?"

„Ja?"

„Du kannst das, das weißt du. Aber wenn du mich aus irgendeinem Grund brauchst, schick mir eine SMS. Ich stelle das Handy auf Vibrieren, damit ich es spüre."

„Sicher", sagte ich, erleichtert zu wissen, dass sie da wäre, falls der schlimmste Fall eintreten sollte. „Danke."

„Ich meine es so. Zögere nicht, mir eine Nachricht zu schicken."

Ich kicherte über ihre ernste Stimme. „Ja, Mom. Ich schreibe dir eine SMS."

„Mach' das."

Ich steckte das Handy in die Tasche und holte tief Luft, nicht sicher, ob ich bereit dafür war.

„Ich nehme an sie kommt nicht", sagte Lailah und zog ihren Wollmantel fester um ihre schlanke Gestalt.

„Nein. Irgendeine Spendenaktion. Aber sie ist auf Abruf, falls wir sie brauchen."

Lailah nickte, und wir beide eilten über das Gras, um uns mit den anderen Zirkelmitgliedern zu treffen, die bereits eingetroffen waren.

Lucien stand im Anzug in der Mitte der Gruppe und versuchte erfolglos, Fragen zu beantworten.

Ich verzog das Gesicht. Ich hatte ihn von der Arbeit weggerufen. Er hatte eine Vernissage in der Galerie gehabt und war früh gegangen. Alle anderen trugen normale Freizeitkleidung. Ich hoffte nur, dass ich nicht auch ihre Pläne ruiniert hatte.

„Hört zu", sagte ich über das Getuschel hinweg. „Der Engel Avery wird seit Monaten vermisst. Wir haben erfahren, dass das hier ihr letzter bekannter Aufenthaltsort war, bevor sie verschwunden ist." Ich begegnete Jaspers Blick, als ich die

Informationen weitergab, die er uns zuvor gegeben hatte. „Es ist möglich, dass sie einen Dämon getroffen hat."

Leises Keuchen und Flüstern brach unter den Mitgliedern aus.

„Ich muss euch nicht sagen, dass das eine potenziell gefährliche Situation ist, da es hier dokumentierte Dämonenaktivitäten gegeben hat. Wenn einer auftaucht, ist das Wichtigste, dass ihr nicht in Panik geratet. Unterbrecht den Kreis nicht. Und unter keinen Umständen greift irgendjemand den Dämon in irgendeiner Weise an. Lasst Lucien und mich uns darum kümmern. Verstanden?"

Es folgte zustimmendes Murmeln, doch Anspannung lag in der Luft, und ich konnte nichts gegen das Gewicht tun, das sich auf meine Schultern legte, weil ich meinen Zirkel möglicherweise Dämonen aussetzte. Doch wir mussten es hier tun. Es war der letzte Ort, an dem Avery sich aufgehalten hatte, und der wahrscheinlichste Ort, an dem der Zauber wirken würde. Wenn alles nach Plan liefe, würde Avery in Geisterform auftauchen, und wir könnten Informationen darüber bekommen, was ihr zugestoßen war.

Ich nickte Lailah zu. Sie nickte zurück und bat ein paar der Mitglieder, ihr zu helfen, einen breiten Salzkreis zu streuen. Es war immer gefährlich, sich mit Dämonen einzulassen, doch da wir nicht in unserem Kreis waren, mussten wir einen machen, und zwar einen starken. Salz war die erste Verteidigungslinie.

Rosalee nahm die Kerzen und machte sich an die Arbeit, indem sie sie auf den Kreis stellte. Ihr Haar war zu einem Pferdeschwanz zurückgebunden, und sie trug Röhrenjeans zu einem engen Pullover mit V-Ausschnitt. Sie sah aus wie zwölf. Meine Nerven gingen mit mir durch. Verdammt. Ich musste mich beruhigen.

Ich entfernte mich von der Gruppe und ging zum Ufer, wo

das Wasser des Sees sanft gegen den künstlichen Strand schwappte. Ich konzentrierte mich auf das Geräusch und ließ mich davon beruhigen.

„Ich kann nicht glauben, dass endlich jemand etwas tut", flüsterte Jasper.

Ich zuckte zusammen, überrascht, dass er mir gefolgt war.

„Tut mir leid, wollte dich nicht erschrecken." Er schenkte mir ein schiefes Lächeln und schien aufrichtig dankbar zu sein.

Mein Herz pochte. Es kam nicht oft vor, dass mir jemand so nahekommen konnte, ohne dass ich es bemerkte. Ich war zu empfindlich gegenüber menschlichen Emotionen. Allerdings war Jasper ein Engel. Es war möglich, dass er seine vor mir versteckte. Doch in der Wohnung hatte er es nicht getan. Seine Frustration und sein Schmerz waren klar spürbar gewesen. War etwas anders an ihm? Mir? Oder war es dieser Ort?

Ich konnte es nicht sagen. Und ich wollte nicht versuchen, seine Gefühle zu lesen. Wenn er sie vor mir verheimlichte – wozu er jedes Recht hatte –, würde er mich als Eindringling spüren. Ich verdrängte die Gedanken. Meine Empathengabe war ohnehin eher eine Belastung. Ich sollte dankbar sein, dass ich ihn nicht spürte.

„Schon gut", sagte ich. „Ich bin vielleicht ein bisschen nervös, aber sobald wir anfangen, wird alles gut." Das war die Wahrheit. Wenn ich meine Macht benutzte, verblasste alles andere, und ich nahm nichts sonst wahr.

Er lächelte und warf einen kleinen Stein in den dunklen See.

Ich hörte das leise Klatschen, als er auf das Wasser traf, und da spürte ich sie. Eine andere Präsenz. Jemand ... nein, *etwas* anderes als die zwei Engel und die Gruppe von Hexen, die darauf warteten, den Zauber zu beginnen.

Ich wirbelte aufgeregt atmend herum.

Genau da, ungefähr zwei Schritte von Lailah entfernt, war eine Kreatur mit elektrisch-grünen Augen, die in der Dunkelheit leuchteten.

Ein Dämon. Einer war hier.

KAPITEL FÜNFZEHN

KANE

Zwei Sekunden, nachdem Ezra seine Bombe hatte platzen lassen, dass er den fraglichen Dämon getroffen hatte, kam der Heiler mit einer dunkelhaarigen, zierlichen Frau im Schlepptau herein.

„Wir müssen Sie bitten, draußen zu warten, Junge", sagte der Heiler und bedeutete Ezra zu gehen.

Er brummte etwas darüber, dass sie bessere Stühle im Flur brauchten, und schlurfte dann hinaus.

„In Ordnung, Mr. Rouquette. Das ist Heilerin Haymoore. Sie wird Sie so weit wiederherstellen, dass Sie gehen können."

Ich stieß einen Seufzer der Erleichterung aus. Zuhause wäre unendlich viel besser als dieser kahle Raum.

„Auf einer Skala von eins bis zehn, wie stark sind Ihre Schmerzen?", fragte Haymoore mit heiserer Stimme. Sie hatte eine kleine Stabtaschenlampe in der Hand und sah mich erwartungsvoll an.

„Sechs?"

Sie kicherte leise. „Tougher Typ, was? Mir scheint, da die Wirkung Ihrer Medikamente so gut wie abgeklungen ist und Sie herumgelaufen sind, sollten Sie näher an einer Acht oder Neun sein. Aber ich denke, wenn Sie Kraftreserven haben, ist es vielleicht nicht so schlimm."

Ich hatte gelogen. Meine Kraft war vollkommen erschöpft, und das Atmen fiel mir schwer. Doch ich hatte schon viel schlimmere Situationen überstanden. Eine Neun auf der Schmerzskala wäre also einen Schritt vom Tod entfernt. Was vielleicht zutreffender gewesen wäre.

„Also gut. Ich denke, wenn wir hier fertig sind, bekommen Sie vielleicht ein neues Verständnis dafür, wie schlimm es wirklich war."

Ich brauchte kein neues Verständnis. Wenn ich kein Incubus gewesen wäre, hätte ich das zweifellos nicht überlebt. „Machen Sie einfach Ihr Ding, Doc", sagte ich und schloss die Augen.

„Heilerin", korrigierte sie.

„Was immer Sie sagen."

Sie legte ihre warme Hand auf meine Stirn, und für einen Moment fühlte ich ein magisches Prickeln. Mein ganzer Körper entspannte sich, der Schmerz ließ nach, und dann wurde alles verschwommen, und meine Welt wurde schwarz.

ICH WACHTE AUF, benommen und mit mehr als ein bisschen Schmerzen. Die Art von Schmerzen, die man nach zu langem Liegen in der gleichen Position hatte. Ich bewegte mich in dem ungewohnten Bett, streckte meine Beine und seufzte genüsslich. Verdammt, das fühlte sich gut an. Und was noch wichtiger war, es gab kein Ziehen in meinem Bauch.

Die Heilerin hatte wirklich gezaubert. Ich sah mich in dem dunklen Raum um und versuchte, meine Umgebung auszumachen. Ich war nicht mehr dort, wo ich zuvor gewesen war, soviel war sicher. Ich lag nicht mehr im Krankenhausbett, umgeben von piepsenden Maschinen. Nein, das Bett war ein hochwertiges Queensize-Bett mit einer dicken, warmen Decke, und daneben stand etwas, das wie ein hölzerner Nachttisch mit einer Digitaluhr aussah. Vier Uhr morgens

Ich fragte mich, wie lange ich bewusstlos gewesen war. Sechs Stunden? Oder achtundzwanzig? Ich konnte es nicht sagen. Ich setzte mich auf, froh, dass ich nur ein paar steife Muskeln hatte, und schwang meine Füße aus dem Bett. Mein Krankenhausnachthemd war weg, ersetzt durch ein T-Shirt und eine Jogginghose.

Ein vages Unbehagen durchströmte mich bei dem Gedanken, mich nicht daran erinnern zu können, dass jemand mich umgezogen hatte. Doch ich verdrängte es aus meinem Kopf. Mein Körper war geheilt, und das war alles, was zählte. Außer vielleicht, nach Hause zu kommen. Wenn es sein musste, würde ich durch die Schatten wandeln, doch zuerst musste ich herausfinden, wo ich war und ob Ezra auch hier war.

Barfuß trat ich aus dem Zimmer in einen von Wandleuchten erhellten Flur. Mittelalterliche Gemälde, die Engel und Dämonen im Kampf darstellten, zierten die Wände. Lautlos schlich ich über das Parkett zum Ende des Flurs, wo ein Licht unter einer geschlossenen Tür hindurch schien.

Bevor ich anklopfen konnte, öffnete sie sich von selbst, und Maximus, der Anführer der Bruderschaft, blickte von seinem Schreibtisch auf. Er war ein großer, dunkelhaariger Mann mit einer starken Präsenz, selbst wenn er saß. Er lächelte. „Guten Morgen, Kane. Wie schön, dich wach zu sehen."

Ich räusperte mich. „Wie lange bin ich schon hier?"

Maximus drehte seinen Kopf zur Uhr und sagte: „Ein paar Stunden. Die Heiler haben dein Bett gebraucht. Also haben sie dich hierher gebracht."

Ich rieb die Stoppeln an meinem Kinn. „Ah, nein, was ich wirklich wissen will ist, wie lange ich bewusstlos war? Eine Nacht? Oder mehrere?"

„Oh, ich verstehe. Nur eine." Er stand auf und deutete auf einen bequem aussehenden Ledersessel. „Nimm Platz. Ich lasse Essen raufbringen."

„Danke." Mein Magen knurrte beim Gedanken an Essen. „Ich habe seit dem Frühstück gestern nichts mehr gegessen."

Er nickte. „Davon gehe ich aus." Nachdem er über das Bürotelefon genug Essen für die gesamte Bruderschaft bestellt hatte, setzte er sich wieder. „Wie ich höre, hast du gestern jemand Interessanten getroffen."

Meine Augenbrauen hoben sich. Sprach er über Ezra oder den Dämon? „Jemanden oder etwas?"

„Jemanden."

„Ja. Das habe ich. Irgendeine Ahnung, wo er ist?"

„In einem der anderen Gästezimmer."

Ich sah mich in dem von Büchern gesäumten Büro um und bemerkte die alten ledergebundenen Wälzer, Bronzestatuen und mehr Gemälde. Es war schöner und persönlicher als alle Räume, die ich in der Bruderschaft gesehen hatte, einschließlich Maximus' Büro dort. „Ist das dein Privathaus?"

Er nickte. „Ich habe nicht oft Gäste. Ich hoffe, die Unterkunft ist angemessen."

Ich schluckte ein Lachen herunter. „Angemessen? Das

könnte man so sagen. Viel besser als das Krankenhausbett, das ist sicher. Obwohl ich nicht viel davon gesehen habe."

„Ich würde dich herumführen, aber ich nehme an, dass du wahrscheinlich gerade anderes im Kopf hast."

Ich schüttelte den Kopf und fuhr dann mit einer Hand über mein Gesicht, unfähig, die Müdigkeit abzuschütteln, die mich plagte. Meine Verletzungen waren geheilt, doch es würde offensichtlich eine Weile dauern, bis ich wieder ganz fit war. „Vielleicht ein andermal, aber ich muss mit Ezra sprechen, bevor ich gehe."

Er beugte sich vor, die Ellbogen auf seinen Schreibtisch gestützt. „Es gibt viel zu besprechen, bevor du nach Hause gehst, aber zuerst Frühstück." Er deutete mit dem Kinn auf die Tür und sagte: „Stellen Sie das Tablett einfach auf meinen Schreibtisch, Victor. Danke."

Die Hände des alten Mannes zitterten, als er ein großes Tablett mit Tellern unter silbernen Servierglocken auf den Schreibtisch stellte. Ein anderer jüngerer Hausangestellter folgte ihm mit einem silbernen Tablett mit, wie ich annahm, Kaffee. Ich kannte Maximus nicht als Teetrinker.

Als sie gegangen waren, hob Maximus zwei der Glocken hoch. Unter einer war ein Omelett und dem anderen Armer Ritter. „Nimm dir, was du magst."

Ich wusste, dass ich das Omelett nehmen sollte, doch ich gab meinem Appetit nach und verschlang hungrig den Armen Ritter.

Als ich fertig war, deutete Maximus auf den anderen Teller. „Greif zu. Du brauchst die Kalorien, um nicht nur deine Kraft, sondern auch deine Magie wieder aufzutanken."

Seine Worte lösten zwei Gedanken aus. Mein Dolch und Jade. Beides würde meinen Kräften schneller helfen als Eier und Käse. Ich blickte auf meine nackten Füße und fing an, mich unwohl zu fühlen. Was war hier los? Ich frühstückte um vier Uhr morgens in Maximus' Büro, kaum bekleidet, während Maximus selbst perfekt gekleidet war und seine Bruderschaftsrobe, zwei Dolche an seiner Taille und ein Amulett trug.

Ich räusperte mich. „Entschuldige, wenn das nach deiner Gastfreundschaft eine unhöfliche Frage ist, aber warum haben mich die Heiler nicht einfach in einen der Schlafsäle der Bruderschaft gebracht?"

Verärgerung blitzte über Maximus' Gesicht, bevor er seine Gefühle verbergen konnte. Er zwang sich zu einem geduldigen Lächeln. „Ich dachte nach deiner Tortur wäre das hier bequemer."

Ich stand auf, bereit, direkt in die Schatten zu gehen. Er war nicht ehrlich. Ich konnte es an seiner Stimme hören und daran sehen, dass er meinem Blick nicht ganz begegnete. „Sag mir, was los ist, Maximus."

Mein Anführer erhob sich, seine Haltung angespannt, als wäre er bereit zum Kampf. „Setz dich, Rouquette. Wir haben Dinge zu besprechen."

Ich starrte ihn an und war mir sehr bewusst, dass ich keine Waffe hatte und wahrscheinlich nicht in der Lage sein würde, sein Büro durch die Schatten zu verlassen. Zweifellos hatte er Schutzzauber, und das war der Grund, warum ich hier war und nicht bei den anderen. Nach einem Moment streckte ich den Hals in einer Dominanzdemonstration und setzte mich wieder auf meinen Platz auf dem Ledersessel. Ich goss mir eine Tasse Kaffee ein und hob die Kanne, um ihm auch eine anzubieten, versuchte, höflich zu sein.

Er ließ sich auf seinem Stuhl nieder und nickte mir kurz zu. „Danke."

Keiner von uns sprach, während wir unseren jeweiligen

Kaffee tranken. Zu sagen, dass die Spannung in der Luft zum Schneiden dick war, wäre eine Untertreibung gewesen.

Schließlich stellte ich meine Tasse ab und blickte ihn erwartungsvoll an.

Da bemerkte ich die Müdigkeit in seinen Augen. Wie lange war er wach gewesen? Vierundzwanzig Stunden? „Dann lass uns reden", sagte ich und brach das Schweigen.

Maximus trank einen weiteren langen Schluck von seinem Kaffee, und ich hätte schwören können, dass er Zeit zu schinden versuchte. Wozu? Um mich dazu zu bringen, mich zu winden? Das würde nicht passieren. Vielleicht um seine Gedanken zu sammeln? Was auch immer es war, er hatte ungefähr fünf Sekunden Zeit, um anzufangen.

Und gerade, als ich wieder aufstehen wollte, sprach er. „Du hast gestern eine sanktionierte Herausforderung an einen sehr mächtigen Dämon ausgesprochen."

„Und?", fragte ich trotzig. Ich war Teil der Bruderschaft, und Maximus war unser Anführer, doch ich war immer noch ein erwachsener Mann, traf meine eigenen Entscheidungen, wenn es um Herausforderungen ging. Es gab keine Gesetze, die besagten, dass ich das nicht durfte.

„Du hast dir einen sehr mächtigen Feind gemacht."

Ich zuckte mit den Schultern. „Nicht mein Problem. Er sitzt in der Hölle fest, und ich habe nicht vor, dort zu sein."

Maximus schlug abrupt mit der Faust auf seinen Schreibtisch und stand auf, lehnte sich zu mir vor, während sein ganzer Körper vibrierte. „Das ist dein Problem. Genauso, wie es mein Problem ist und das aller anderen Jäger im Orden. Verstehst du nicht? In deinem Bestreben, etwas zu beweisen, hast du eine Situation geschaffen, die zu einem Krieg ausarten könnte. Malstord wird nicht tatenlos zusehen und seine Verbannung in die Hölle hinnehmen. Alle seine Diener werden hinter dir her sein, und wir werden deswegen ins Kreuzfeuer geraten."

Wut explodierte bei seinem Ausbruch in meiner Brust, und ich sprang auf, unwillig, mich im Sitzen von ihm runterputzen zu lasen. „Und wie genau unterscheidet sich das von dem, was wir an jedem anderen Tag tun? Wir sind Dämonenjäger. Dämonen tauchen ständig auf, und wir kämpfen gegen sie. Entweder vernichten wir sie oder schicken sie dorthin zurück, wo sie hergekommen sind. Ich tue das bereitwillig, um Teil von etwas zu sein, das größer ist als ich selbst. Aber wenn es meine Familie bedroht, wird es persönlich. Bei meiner gestrigen Herausforderung ging es darum, zu schützen, was mir gehört. Genauer gesagt Jade und unsere Zukunft."

Verwirrt runzelte er die Stirn. „Wovon redest du? Was hat Malstord mit deiner Frau zu tun?"

Ich holte tief Luft und atmete wieder aus, um meine Frustration zu beruhigen. Maximus anzuschreien würde nichts ändern. Auch wenn ich mich besser fühlen würde, wenn ich ihm sagen könnte, dass er zu Malstord in die Hölle fahren sollte. „Jade wurde mit einem schwarzen Zauber belegt, der Anspruch auf unser zukünftiges Kind erhebt. Anscheinend kommt der Fluch von einem Engel, aber Malstord wusste davon. Ich habe das Gefühl, dass er den Engel, der sie verflucht hat, entweder kontrolliert oder mit ihm zusammenarbeitet. Und ich sage dir noch einmal, Maximus, niemand legt sich mit meiner Familie an. Niemand."

„Verdammt nochmal … Guter Gott." Maximus kam hinter seinem Schreibtisch hervor und ging in seinem Büro auf und ab. „Dein Kind?"

Ich nickte und ballte meine Hände zu Fäusten, um nichts zu schlagen. Besonders Maximus.

Er blieb abrupt stehen und drehte sich zu mir um. „Ich

muss dir nicht sagen, wie wahrscheinlich es ist, dass ihr beide ein extrem mächtiges Kind haben werdet und was es bedeuten würde, wenn ein Dämon es kontrollieren würde."

Mord. Ja, der Gedanke ging mir tatsächlich durch den Kopf. Wenn ich ihm jetzt das Genick brechen würde, würde mich irgendeine Jury der Welt verurteilen? Er sprach über die Implikationen von Machtdynamik, anstatt entsetzt darüber zu sein, dass jemand im Grunde schon Pläne zur Entführung meines noch nicht einmal existierenden Kindes geschmiedet hatte. Mein Körper pulsierte vor Hass. Wann war Maximus zu einem berechnenden Bastard geworden?

Er benahm sich genau wie Chessandra. Er dachte an das übergeordnete Wohl anstatt an ein unschuldiges Kind. Ich brauchte all meine Willenskraft, um zu sagen: „Ich bin mir dessen bewusst, aber ich mache mir viel mehr Sorgen um die Sicherheit und das Wohlergehen meiner Familie als um irgendetwas anderes."

Maximus' Gesichtsausdruck war entsetzt, dann trat er einen Schritt zurück, während er zu Boden blickte. War das Bedauern? Scham? Doch dann blickte er wieder auf, und seine Miene war neutral, ohne jegliches Mitgefühl. „Natürlich tust du das. Ich würde nichts anderes erwarten."

Das war's. Ich war fertig. Schluss damit, dass von mir erwartet wurde, dass ich alles, was ich hatte, für die Sache opferte. Schluss mit Maximus und seinem herablassenden Ton. Er und Chessandra konnten mir den Buckel runterrutschen. „Entschuldige mich. Ich denke, ich werde jetzt gehen."

Maximus nahm einen Dolch aus seinem Gürtel und schoss einen magischen Strahl auf die Tür, sodass der Rahmen vor Magie funkelte. „Nicht, bis wir mit diesem Gespräch fertig sind."

Ich trat einen Schritt auf ihn zu, meine Fäuste noch immer geballt. „Du bist ein verdammter Bastard."

Er bewegte sich und richtete seinen Dolch auf mich. „Noch einen Schritt, und du findest dich am Boden wieder."

Das Bedürfnis, ihn mit meinen bloßen Händen zu zerreißen, war da und durchströmte mich mit unvorstellbarer Kraft. Aber ich wusste es besser. Wenn ich ihn angriff, selbst wenn ich den Kampf gewinnen würde – was angesichts seines Vorteils höchst unwahrscheinlich war –, würde das nicht gut für mich enden. Ich musste durchatmen und meine Möglichkeiten neu bewerten.

Es blieb nichts anderes übrig, als ihn anzuhören. Ich trat zurück, rollte mit den Schultern und tat, was ich konnte, um mich zu beruhigen. „Ich finde es interessant, dass du denkst, du musst mich unbewaffnet lassen, um ein Gespräch zu führen."

Er ignorierte meine Bemerkung und setzte sich wieder auf seinen Stuhl, die Schultern straff und die Füße auf den Boden gepflanzt. Sehr förmlich. „Nun dann. Wie ich über den Dämon gesagt habe, den du herausgefordert hast."

„Ja."

„Obwohl ich immer noch der Meinung bin, dass das eine schlechte Idee war, weiß ich zu schätzen, dass du es geschafft hast, ihn davon abzuhalten, einen Engel zu töten. Das wird uns bei unseren Beziehungen zum Rat der Engel helfen."

Ich sagte nichts. Ich scherte mich nicht mehr um Chessandra und ihresgleichen. Meine einzige Sorge war Jade.

„Doch es wird die Dämonenangriffe verstärken. Und du wirst ein Ziel sein."

„Und wenn schon."

Er kniff die Augen zusammen und schüttelte den Kopf. „Du hast keine Ahnung, was das bedeutet."

„Ich denke doch. Ich denke auch, dass es sowieso passieren würde, weil meine Frau schon ein Ziel ist. Wenn ich du wäre, würde ich das als neue Realität akzeptieren und dann ein bisschen Schlaf nachholen, weil du den offensichtlich brauchst." Ich winkte zur Tür. „Kann ich jetzt nach meiner Frau sehen? Es war eine lange Nacht."

Er schnippte mit den Fingern. Der Zauber verschwand.

Ich drehte mich um und ging zur Tür.

„Rouquette?"

„Ja?", sagte ich, ohne mich umzudrehen.

„Nimm den Engel mit."

Natürlich würde er das verlangen. Die Beziehung der Bruderschaft zu den Engeln war angespannt. Er würde niemanden hier haben wollen, der versuchen könnte, etwas zu melden, was wir taten. Schade, dass Maximus sich als solcher Arsch erwiesen hatte. Ich war nie dazu gekommen, ihm zu erzählen, was ich über Ezra erfahren hatte. Wenn er es wüsste, würde Maximus den Jungen nicht aus den Augen lassen. Er würde ihn irgendwie benutzen.

Zu spät. Ezra würde sowieso nicht mit seinesgleichen arbeiten.

„Gut", sagte ich, als wäre es eine große Zumutung, und als ich sein Büro verließ, ließ ich die Tür hinter mir zuschlagen.

KAPITEL SECHZEHN

„*D*ämon! Zurück!" Ich rannte direkt auf meine Freunde zu. Lailah musste den Dämon hinter sich gespürt haben, denn sie drehte sich fast genau zur gleichen Zeit um, als ich zu rennen begonnen hatte. Durch ihre schnelle Bewegung spritzte Salz aus dem offenen Behälter in ihrer Hand. Der bläulich-graue Dämon sprang zurück, brüllte und rieb sich die Augen, während er sich vor Schmerz wand.

„Gut gezielt!", rief ich, als ich zu ihr kam.

Sie ließ den Salzbehälter fallen, denn so nützlich es auch war, einen Kreis zu bilden, in einem Kampf bewirkte es nichts anderes, als jemanden vorübergehend zu blenden. Magie sammelte sich in ihren Handflächen, bevor der Dämon sich erholen konnte, und sie fing an, eine Kugel aus Magie nach der anderen auf ihn zu werfen.

Er sprang und taumelte und versuchte, aus ihrer Schusslinie zu kommen, doch sie traf ihn fast jedes Mal, was dazu führte, dass seine Haut von den elektrischen Blitzen der Magie, die sie in seine Richtung schleuderte, zischte.

Gut – sie beschäftigte ihn.

Ich sprintete an Luciens Seite. „Ich werde Lailah helfen. Hol du alle anderen in einen Kreis um uns herum. Schnell. Belegt das Salz mit einem Zauber, wenn ihr könnt, aber wenn ihr es nicht schafft, macht euch keine Sorgen. Vereine die Macht aller, und was auch immer ihr tut, brecht den Kreis nicht.

„Geht klar." Er rannte los, um das Salz zu holen, und rief dabei den anderen Befehle zu.

Ich bewegte mich so, dass der Dämon zwischen mir und Lailah war, und schloss mich ihrem Angriff an. Als mein erster Strahl ihn traf, drehte er sich zu mir um, sein Mund war zu einem stillen Protest geöffnet. Sein Körper verkrampfte sich unter meinem Angriff, und ein großes Stück blauer, lederiger Haut löste sich von seinem Hals und hinterließ eine nässende Wunde. Widerlich.

Lailah war unbeeindruckt und unerbittlich mit ihren magischen Bomben. Ich passte mich ihrem zielstrebigen Fokus an, leitete rohe Kraft in ihn und beabsichtigte, ihn, wenn irgend möglich, bei lebendigem Leibe zu verbrennen. Ich ging kein Risiko ein. Nicht nach dem, was ich in der Vergangenheit von Dämonen gesehen hatte.

Nur hatte er seine Hände ausgestreckt und es geschafft, eine Art Barriere zu bilden, um zu verhindern, dass der Großteil unserer Magie seine faltige Haut weiter verbrannte.

Er war eher klein für einen Dämon, hatte keine Reißzähne, einen überproportional großen Kopf, große Ohren und trug moderne Kleidung, Jeans und ein T-Shirt. Versuchte er, sich anzupassen? Normalerweise nahmen Dämonen eine Art menschlich aussehender Gestalt an, es sei denn, sie waren wirklich alt und interessierten sich nicht für solche Dinge.

Dieser hier hatte entweder versagt oder scherte sich nicht darum.

Ich spürte es in dem Moment, als der Kreis geschlossen wurde und eine magische Barriere um uns herum errichtete. Es gab meinem Vertrauen, dass dieser Dämon niemandem schaden würde, einen Schub. Dass wir ihn entweder töten oder ihn so schnell in die Hölle zurückschicken würden, dass ihm der Kopf schwirrte.

Dann unterbrach Lailah plötzlich ihren magischen Angriff und starrte den regungslosen Dämon an. Sie hob ihre Hand und bedeutete mir, ebenfalls aufzuhören.

„Hast du sie noch alle?", rief ich.

Sie schüttelte den Kopf. „Er wehrt sich nicht. Ich will wissen warum."

Natürlich tat er das nicht. Er war zu sehr damit beschäftigt, zu verhindern, dass mein Strom ihn verletzte. Doch bei näherer Betrachtung tat er es mit einer Hand. Nichts hinderte ihn daran, ein paar Flüche in unsere Richtung zu werfen.

Ich runzelte die Stirn, beendete meinen Angriff und stand vollkommen still, bereit anzugreifen, wenn er auch nur einen Muskel bewegte.

„Warum bist du hier?", fragte Lailah.

Der Dämon blickte zur Seite und drehte sich langsam innerhalb des Kreises, wobei er alle Mitglieder des Zirkels einmal ansah. Dann begegnete er Lailahs eindringlichem Blick. „Ich wurde mit einer Nachricht geschickt."

„Und die wäre? Ihr braucht mehr unschuldige Seelen für eure Sammlung?" Lailah verspottete ihn praktisch.

Er schnaubte zurück und musterte den Kreis mit einem bösen Grinsen. „Wenn sich jemand freiwillig melden möchte, bin ich nur zu gerne bereit."

Ich funkelte ihn an und bemerkte, dass unsere Magie kaum

eine Wirkung auf ihn gehabt hatte. Nicht ein einziger Brandfleck auf seiner Kleidung, und sein Hals war bereits verheilt.

„Sprich", blaffte Lailah.

Der Dämon rollte seinen großen Kopf und richtete seine Aufmerksamkeit auf mich. „Ich bin wegen deines Incubus hier."

Schock lähmte mich, und ich stand da und sagte nichts, während ich versuchte zu verarbeiten, was er gerade gesagt hatte.

„Warum?", rief Lailah, deren Magie sich bereits wieder in ihren Händen sammelte.

„Er weiß warum. Sag ihm, dass wir kommen." Der Dämon wirbelte herum, wurde zu einem Strudel und löste sich dann in Luft auf.

Ich atmete tief ein und versuchte, ruhig zu bleiben.

Lailah eilte zu mir herüber und legte ihre Hand auf meinen Arm. „Geht's dir gut?"

Ich nickte abwesend.

„Bist du sicher?"

Ich starrte an ihr vorbei dorthin, wo der Dämon gestanden hatte. „Warum ist er hergekommen, um uns das zu sagen?"

Sie schüttelte den Kopf. „Ich weiß nicht."

„Kane ist ein Dämonenjäger, immer hinter Dämonen her. Ich verstehe nicht, was jetzt anders ist."

Der Ausdruck auf ihrem Gesicht verwandelte sich in Mitgefühl. Ich stellte Fragen, die sie unmöglich beantworten konnte, doch ich musste sie für meine eigene geistige Gesundheit aussprechen. Ja, Kane war ein Dämonenjäger, doch es war nicht so, als gäbe es Dämonen, die es speziell auf ihn abgesehen hatten. Er kämpfte nur gegen diejenigen, die in unsere Stadt eindrangen. Doch etwas musste passiert sein. Ich musste mit ihm reden. Ich zog mein Handy aus der Hosentasche und wählte seine Nummer.

Bevor es überhaupt klingeln konnte, nahm Lailah mir das Handy ab. „Nicht jetzt. Wir haben eine Beschwörung zu erledigen. Schon vergessen?"

Ich blickte im Kreis zu all den Hexen, die uns aufmerksam beobachteten, und nahm das Handy zurück. „Ich muss ihn warnen."

„Ja, ok. Aber wenn wir das wollen, sollten wir uns beeilen. Wer weiß, wann dieser Dämon beschließt, zurückzukommen?"

Sie hatte natürlich recht. Ich drehte mich um und begegnete Jaspers Blick aus weit aufgerissenen Augen. Er war noch nie in einer Schlacht gewesen. Das war offensichtlich. Und er war immer noch verschont geblieben – sehr zum Glück für ihn. Doch der Dämon, der hier gewesen war, hatte furchteinflößend genug ausgesehen, um jedem Angst zu machen. Anstatt anzurufen, schrieb ich vorsichtshalber eine kurze SMS an Kane, dass er sich vor Dämonen in Acht nehmen sollte, die auf der Suche nach ihm waren, und drückte auf „Senden".

„Okay. Lass uns das erledigen."

„Alle zurück in den Kreis!", befahl Lucien. „Schnell."

Lailah und Rosalee eilten herum und reichten allen Zirkelmitgliedern Kerzen. Dann, als ich meinen Platz am nördlichsten Punkt des Kreises einnahm, führte Lailah Jasper in die Mitte, wo die beiden als Katalysator für die Verbindung mit Avery wirken würden.

„Bereit?", fragte ich alle.

Ein gedämpftes zustimmendes Murmeln schlug mir entgegen.

„Gut." Ich hob die Arme zu meinen Seiten und ergriff die Hände der Hexen neben mir. Als unsere Hände sich berührten, schoss Sorge durch mich hindurch. Als ich das letzte Mal einen Gruppenzauber gewirkt hatte, war die Magie nach hinten losgegangen und hatte mir einen Schlag in die Magengrube versetzt. Würde das wieder passieren? Oder war es eine einmalige Sache gewesen? Es gab nur einen Weg, das herauszufinden. Ich schluckte meine nervöse Energie herunter, zwang mich, mich zu konzentrieren und sagte: „Das sollte schnell gehen. Ich bitte euch nur, die Verbindung nicht zu unterbrechen, bis ich etwas anderes sage."

Alle nickten.

„Danke." Ich schloss die Augen, atmete tief die kühle Luft ein, die vom See kam, verdrängte alles andere aus meinem Kopf und rief: „Von Luft, Feuer, Erde und Meer, höre unseren Ruf und nimm ihn an!"

Ein magischer Funke schoss durch jede der Hexen direkt in mich hinein. Ich war voll davon, platzte fast vor ihrer gebündelten Kraft, kein Schmerz zu spüren. Es war berauschend. Die Art von Magie, die ein schwächeres Wesen verderben konnte. Die Wahrheit war, dass ich die Beschwörung wahrscheinlich ganz allein machen konnte. Ich wollte nicht, und es wäre nicht angenehm, doch ich könnte. Diese Weise war körperlich viel sicherer, aber mental herausfordernder.

Ich ließ die Hand der Hexe zu meiner Rechten los und hob dann meine Hand, um alle Kerzen auf einmal schweben zu lassen. *„Brennt."*

Die Kerzenflammen erwachten zum Leben und erhellten die Gesichter meiner Zirkelhexen auf unheimliche Weise.

„Mit Feuer, Wind, Erde und Luft rufen wir, der Zirkel von New Orleans, den Engel Avery an, uns das letzte Mal zu zeigen, als du an diesen heiligen Ufern gewandelt bist."

Der Seestrand war nicht gerade geheiligt, doch der

Salzkreis und unsere kombinierte Magie hatten ihn in einen brauchbaren Raum verwandelt.

„Singt mit mir", sagte ich. „Ruft aus Feuer, Wind, Erde und Luft den Engel Avery."

Die Zirkelmitglieder sangen, lauter und lauter, bis ich schließlich auf eine Stelle ein paar Schritte von Jasper entfernt zeigte und sagte: „Das ist genug."

Alle starrten auf die Stelle, um die Umrisse der hübschen jungen Frau zu beobachten, die ich nur als Chessandras Assistentin kannte. Sie stand neben einem Auto und sah sich abwechselnd um und auf die Uhr. Es war offensichtlich, dass sie uns nicht gesehen hatte. Sogar in Geisterform sollte sie es tun. Etwas stimmte nicht.

Als sie dann in Richtung Seeufer lief, traf es mich wie ein Schlag – der Zauber hatte nicht ganz so gewirkt, wie ich es geplant hatte. Anstatt Averys Geist zu beschwören, hatten wir die Erinnerung an ihre Begegnung mit dem Dämon bekommen.

Jasper stieß ein angestrengtes Keuchen aus, als er auf das Echo seiner Freundin starrte, die er seit Monaten nicht gesehen hatte.

Sie hatte langes, dunkles Haar, einen zierlichen Körperbau und große Rehaugen. Mein Hass auf Chessandra wuchs nur noch. Der Engel sah aus, als könnte sie kaum ein Kaffeetablett mit mehreren Tassen tragen, von mit bösen Kreaturen der Unterwelt fertigzuwerden ganz zu schweigen. Ich war mir sicher, dass sie fähiger war als meine Einschätzung; sie wirkte einfach so zart, so zerbrechlich. Als ob ein Dämon sie in zwei Teile reißen könnte.

Es machte mich nur entschlossener, sie zu finden.

Sie trug ein kleines Päckchen, und die Entschlossenheit in

ihrem Schritt überraschte mich. Sie wusste, dass sie einem Dämon begegnen würde, nicht wahr?

Ob sie es tat oder nicht, sie besaß definitiv eine gute Portion Selbstvertrauen. Oder war das Naivität? Sie so unberührt von der Möglichkeit zu sehen, einem Dämon zu begegnen, war erschreckend.

Ich knirschte mit den Zähnen und beobachtete, wie Avery zum Rand des Sees ging und einen Kiesel hineinwarf. Sobald er ins Wasser fiel, materialisierte sich ein Dämon aus dem Nichts.

Sie lächelte und ging auf den adretten, sehr menschenähnlichen Dämon zu, der einen hellgrauen Anzug trug. Er war entspannt, eine Hand in seiner Tasche und hielt ihr die andere einladend entgegen. Das Einzige, was verriet, dass er ein Dämon war, waren seine Augen. Sie waren genauso grün wie die des Dämons von vorhin. Nicht gerade furchteinflößend.

Die beiden standen beieinander und redeten eine gefühlte Ewigkeit lang miteinander. Doch es mussten höchstens ein paar Minuten gewesen sein. Dann beugte sich Avery vor und gab ihm einen Kuss auf die Wange.

Ein Kuss? Heiliger Strohsack. Auch wenn es völlig platonisch blieb, sie hatte trotzdem einen Dämon geküsst. Ich sah zu Jasper hinüber. Er stand wie erstarrt da, seine Miene von Schock und Entsetzen verzerrt, als er sie mit offenem Mund anstarrte.

Ich wandte meine Aufmerksamkeit wieder Avery zu, als sich der gut gekleidete Dämon in einen roten, ledrigen Riesen verwandelte. Er stieß ein lautes Knurren aus. Oder war das ein Miau? Schwer zu sagen. Der Dämon hatte einen seltsamen Ausdruck auf seinem Gesicht. Ich konnte nicht sagen, ob er glücklich oder irritiert war.

Avery hob zaghaft eine Hand zum Gesicht des Dämons und berührte den eingefallenen Bereich seiner Wange. Die Geste war so zärtlich. Es wäre bewegend gewesen, wenn ich nicht gewusst hätte, dass er ein Dämon ist. Ein wahrer Die-Schöne-und-das-Biest-Moment.

„Avery! Was tust du?", rief Jasper aus der Mitte unseres Kreises. Ich hörte Lailah etwas flüstern, doch ich konnte es nicht verstehen. Mein Herz brach für ihn. Hier zu stehen und das zu sehen, wissend, dass er nichts tun konnte, musste Folter sein.

Der Dämon blickte auf Avery hinab. Er stieß etwas aus, das ich für ein frustriertes Stöhnen hielt, und nahm sie mit einer schnellen Bewegung in die Arme. Sie schien in dem Moment erstarrt zu sein, ihre Augen waren vor Angst weit aufgerissen. Dann setzte Panik ein, und sie fing an, mit Armen und Beinen um sich zu schlagen und zu treten, während sie um ihre Freiheit kämpfte.

„Du Hurensohn!", schrie Jasper. „Lass sie los!"

Ich wollte auch schreien, etwas tun, um sie zu retten, doch wir sahen nur ein Echo. Sie war nicht wirklich da, und der Dämon auch nicht.

Der Dämon senkte seinen Kopf, sodass sie auf Augenhöhe waren. Avery war regungslos, die Fäuste geballt, bereit zuzuschlagen, während sie zusah, wie er sie musterte. Sein Gesichtsausdruck wurde weicher, und für einen Moment dachte ich, er würde sie absetzen, doch dann tat sich im Sand eine feurige Grube auf.

Avery riss den Mund weit auf und stieß zweifellos einen entsetzten Schrei aus, als der Dämon hineinsprang und beide im Abgrund der Hölle verschwanden.

KAPITEL SIEBZEHN

JADE

„*N*ein!", schrie Jasper und rannte in den Kreis. Er sank genau an der Stelle auf die Knie, von der Avery verschwunden war.

Schweigen erfüllte die Luft. Niemand bewegte sich, alle waren zu fassungslos, um irgendetwas zu tun.

„Warum?" Jasper hämmerte mit seinen Fäusten auf die Erde, herzzerreißender Kummer ging von ihm aus. Seine Emotionen füllten den Kreis und bedrängten mich von allen Seiten. Tränen stiegen in meine Augen, als ich mich bemühte, meine Barrieren zu errichten, um ihn auszuschließen. Doch es half nichts. Die Wucht seines Schmerzes war zu groß, um ihm entkommen zu können.

Ich trat ein paar Schritte zurück, distanzierte mich von ihm und versuchte, auch nur ein bisschen bei Verstand zu bleiben. Doch meine Bemühungen waren erfolglos, und egal, was ich tat, ich war in seiner Trauer gefangen.

Lailah bewegte sich auf ihn zu, gleißendes Licht schimmerte um sie herum. Als sie ihn erreichte, legte sie einen Arm um ihn und wiegte ihn durch den Schmerz. Mit ihrer Hilfe wurde die Intensität seiner emotionalen Energie gelindert, und ich konnte leichter atmen. Den Göttern sei Dank, dass sie hier war, sonst hätte ich direkt neben Jasper geschluchzt.

Ich holte tief Luft und drehte mich um, um die Zirkelmitglieder anzusprechen. „Okay, ich denke, das reicht für heute Abend. Danke, dass ihr gekommen seid. Ich weiß es zu schätzen."

Die meisten antworteten mit stummem Nicken und machten sich dann auf den Weg zurück zu den Autos. Alle, außer Rosalee. Sie stand auf dem Kreis und beobachtete Jasper mit steifer Haltung. Wut und bittere Enttäuschung verzehrten sie und stiegen in Form von rotem Rauch auf.

„Rosalee?" Ich ging zu ihr, achtete aber darauf, genug Abstand zu halten. Die rohen Emotionen waren zu viel für mich. „Bist du okay?"

Sie drehte sich zu mir um, Feuer loderte in ihren dunklen Augen. „Nein. Nicht einmal annähernd. Wir müssen sie herbeirufen. Avery, meine ich. Wir können sie nicht in der Hölle lassen."

„Ja, das werden wir. Aber jetzt können wir es nicht. Und schon gar nicht hier. Es ist zu gefährlich. Das müssen wir in unserem Kreis machen, das weißt du."

„Aber sie könnte jeden Moment fallen." Rosalee klammerte sich an meinen Arm, ihre wilde Entschlossenheit strömte in mich hinein und rang mit meinem gesunden Menschenverstand.

Ich zog mich zurück und bemühte mich, mich nicht von ihrer Intensität überwältigen zu lassen. Wenn ich könnte, würde ich Avery sofort herbeirufen. Sie war ein Engel. Wenn Engel in der Hölle gefangen waren, dauerte es normalerweise nicht lange, bis ihre Seelen verdorben waren und sie zu Dämonen wurden. Wenn sie dieses Schicksal bereits erlitten hätte, würden wir alle in Gefahr bringen. Ich war mir bereits sehr bewusst, dass das, was vorhin mit dem Dämon passiert war, nicht normal war. Überhaupt nicht. Es war klar, dass er nur hier gewesen war, um eine Nachricht zu überbringen. Wenn er gewollt hätte, hätte er erheblichen Schaden anrichten können.

Vor langer Zeit hatte meine eigene Mutter versucht, einen Engel vor dem Sturz zu retten, indem sie sie aus der Hölle gerufen hatte. Leider war ihre Freundin Meri bereits gefallen gewesen. Das Ergebnis war, dass an diesem Tag zwei weitere Hexen zusammen mit meiner Mutter entführt worden und fünfzehn Jahre lang verschollen geblieben waren. Es war für mich undenkbar, meinen Zirkel einem solchen Risiko auszusetzen. Das würde ich unter keinen Umständen tun. Es mussten Vorkehrungen getroffen werden.

„Ich verspreche dir, dass wir morgen die Beschwörung durchführen. So oder so. Wir holen Bea und Kane und alle anderen, die wir brauchen, dazu, um sie sicher zurückzubringen. Doch du musst auf das Schlimmste vorbereitet sein. Wenn sie schon gefallen ist, können wir ihr nicht helfen."

Rosalee starrte auf ihre Füße. Frustration ersetzte die rechtschaffene Wut, die sie überwältigt hatte. „Morgen. Wann?"

„Ich bin mir nicht sicher, aber wahrscheinlich nachts. Der Mond hilft." Ich ergriff ihre Hand und drückte sie kurz, gerade genug, um sie wissen zu lassen, dass ich verstanden hatte.

Sie blickte auf und begegnete meinem Blick direkt. „Avery

ist meine Freundin. Was immer ich tun kann, um sie zurückzubringen, werde ich tun."

„Ich verstehe", sagte ich und blinzelte die Tränen in meinen Augen zurück.

Dann nickte sie und ging ohne ein weiteres Wort.

Müdigkeit überkam mich, als ich ihr hinterherblickte. In den letzten zwei Tagen war viel passiert. Ich wollte nur nach Hause, Kane finden und eine Woche schlafen.

Der größte Teil des Zirkels war bereits gegangen, bestrebt, von allem, was mit Dämonen zu tun hatte, ganz schnell wegzukommen. Die Einzigen, die übrig blieben, waren Lucien, Lailah und Jasper.

Lucien sammelte die Kerzen ein, während Lailah ihr Bestes tat, um Jasper zu beruhigen. Ich zögerte und ging dann zu Lucien, dankbar, dass ich etwas tun konnte.

„Wir müssen Avery morgen rufen", sagte ich zu ihm.

Er nickte. „Das dachte ich mir schon."

„Du darfst Kat nichts davon sagen."

Er richtete sich auf, seine Lippen verzogen. „Du weißt, dass das nicht funktionieren wird. Das tut es nie."

Angst setzte sich in meiner Magengrube fest. „Du hast recht. Aber sie wird dabei sein wollen, wenn sie es weiß. Und so ungern ich es auch sage, sie ist ein Schwachpunkt für uns beide. Wenn ein Dämon auftaucht, ist nicht nur sie gefährdet, sondern auch wir. Du und ich, wir wissen beide, dass wir bei allem, was wir tun, Kompromisse eingehen werden, um sie zu schützen."

Kat hatte keine Magie. Wenn es um Kämpfe mit Dämonen ging, war sie vor allem deshalb eine Belastung, weil sie benutzt werden konnte, um mich und Lucien zu manipulieren.

„Glaubst du nicht, dass Ehrlichkeit besser funktionieren könnte?", fragte er.

Ich warf ihm einen Blick zu. „Und wie hat das in der Vergangenheit für dich funktioniert?"

„Beschissen."

„Ganz genau." Schuldgefühle setzten sich in meinem Bauch fest, und ich wurde weicher. „Hör zu, ich verlange nicht, dass du lügst. Vielleicht sagst du ihr einfach nicht genau, was wir vorhaben?"

Sein zweifelnder Gesichtsausdruck trug nicht zu meiner Beruhigung bei.

„Okay, gut. Sag' es ihr, wenn du musst, aber sag' ihr auch, dass ich ihr verbiete, uns diesmal zu begleiten."

Lucien schnaubte, und ich wusste, dass er sicher war, dass das kein Kampf war, den einer von uns gewinnen würde. Wir waren Kat zu wichtig. Es war höchst unwahrscheinlich, dass sie herumsitzen und darauf warten würde, herauszufinden, was passiert war.

„Tu einfach, was du kannst."

Er nickte. „Was immer du sagst, Boss." Er hielt die Schachtel mit Kerzen in der Hand, winkte und ging dann zu seinem Jeep.

Lailah hatte einen Arm um Jaspers Schultern gelegt und führte ihn zu Kanes Auto.

Ich stand am Ufer, starrte auf den riesigen See hinaus und fühlte mich klein und unbedeutend vor der tintenschwarzen Dunkelheit. Und ganz allein. Es war Zeit, nach Hause zu gehen. Kane zu finden. Und mich in seine Arme zu verkriechen und zu beten, dass die Ereignisse der letzten zwei Tage kein Vorzeichen für das kommende Jahr waren.

KANE

Ich stapfte von Maximus' Büro den Flur entlang und riss dabei Türen auf. Sein Privathaus schien mehr Schlafzimmer zu haben als Summer House, das Plantagenhaus meiner Familie in Cypress Settlement. Für einen einzelnen Mann war die Größe dieses Hauses ein bisschen lächerlich.

Schlecht gelaunt griff ich nach dem Türknauf des Raumes am Ende des Flurs, doch die Tür schwang auf, und da war Ezra, sein Gesicht ein Bild der Verwirrung.

„Was ist los?", fragte er.

„Wir verschwinden hier." Ich bedeutete ihm, mir zu folgen, doch er stand nur da und blinzelte. „Was?", blaffte ich.

„Wo sind wir?"

„Im Haus meines Anführers. Und wir sind nicht mehr willkommen." Ich drehte mich um und stürmte, ohne auf ihn zu warten, zurück in den Raum, in dem ich aufgewacht war. Drinnen suchte ich überall nach meinem Dolch, konnte ihn jedoch nirgends finden. „Verdammt."

„Probleme?", fragte Ezra und klang viel wacher.

„Nein. Lass uns gehen."

Er folgte mir zur Treppe, hinunter in den ersten Stock und hinaus in den Garten. Das feuchte Gras war kühl an meinen nackten Füßen und erinnerte mich daran, dass ich nicht einmal Schuhe hatte, was mich wieder anpisste. Mich meiner Sachen und meines Dolches zu berauben, war Maximus' Art, mir zu zeigen, wer der Boss war. Meine Kleider oder meine Schuhe oder sogar mein Handy interessierten mich wenig. Der Dolch jedoch, das war etwas ganz anderes.

Ich musste einen Weg finden, einen anderen zu bekommen. Schnell. Sie wurden zugewiesen, also würde es schwierig sein, doch vielleicht konnte ich mir einen aus dem Arsenal der

Bruderschaft ausleihen. Ich blickte nach links zum Haupthaus und überlegte. Doch dann schüttelte ich den Kopf. Jetzt war nicht die Zeit dazu. Das würde noch ein paar Stunden fest verschlossen sein.

„Wohin gehen wir?", fragte Ezra und eilte neben mir her, während wir zum Tor gingen.

„Nach Hause."

Er sah sich um. „Du wohnst hier in der Nähe?"

„Nein." In dem Moment, als wir die Grundstücksgrenze des Anwesens der Bruderschaft überquerten, streckte ich dem Engel meine Hand entgegen. „Nimm meine Hand."

Er starrte sie an.

„Ich bin ein Schattenwandler. Nimm meinen Arm, wenn du dich damit wohler fühlst. So kommt man am schnellsten zu einer Dusche und einer warmen Mahlzeit."

Im nächsten Moment legte Ezra seine Hand um mein Handgelenk und stellte die Verbindung her, die wir brauchten. Mit einem Schritt wich die Welt einem verschwommenen grauen Nebel. Das Gefühl dauerte nur einen Augenblick, dann trafen meine Füße auf festen Boden, und die Welt kam wieder in den Fokus.

Ezra jedoch stolperte und fiel bei der Landung auf ein Knie.

„Alles in Ordnung, Mann?", fragte ich und zog ihn mit einer Hand hoch.

„Ja." Er rappelte sich schnell auf und schüttelte mich ab. „Alles okay."

Ich ging die Treppe zu meinem Haus hinauf, blieb aber mitten im Schritt stehen und blickte zu Ezra zurück. „Kommst du?"

Er schüttelte den Kopf und ging die Straße hinunter.

„Hey!", rief ich. „Wir müssen noch über deinen Besuch von diesem Dämon sprechen."

„Ich melde mich", sagte er, ohne sich umzusehen.

Ich dachte kurz daran, ihn aufzuhalten, ihn zu zwingen, ins Haus zu kommen, um das Gespräch zu Ende zu führen, doch die Müdigkeit, die mich plagte, und der Wunsch, mit Jade allein zu sein, waren viel zu groß. Chessandra und ihr Dämonenbullshit konnten warten.

Ich stieg die letzten beiden Stufen zur Veranda hinauf und fluchte, als mir klar wurde, dass ich keinen Hausschlüssel hatte. Alle meine persönlichen Gegenstände waren irgendwo auf dem Anwesen der Bruderschaft. Ich griff nach der Tür, da sie nicht abgeschlossen gewesen war, doch bevor sich meine Finger um das glatte Metall schließen konnten, schwang die Tür auf, und Jade stand mit einem strahlenden Lächeln auf ihrem Gesicht auf der Schwelle.

„Da bist du ja!", rief sie und stürzte sich auf mich.

Ich fing sie auf und konnte mich gerade rechtzeitig fangen, um nicht von der Veranda zu stolpern. Sie schlang ihre Beine um meine Taille, und als sich unsere Lippen trafen, trug ich sie zurück ins Haus und trat die Tür hinter uns zu.

KAPITEL ACHTZEHN

ane trug mich direkt ins Schlafzimmer, ohne einen Moment irgendwo Halt zu machen. Sein Mund war auf mir und verschlang mich mit gierigen, eindringlichen Forderungen. Eine Hitzewelle zischte zwischen uns, als ich seiner Leidenschaft mit meiner eigenen begegnete, biss, schmeckte und ihn als Meinen beanspruchte. Mein ganzer Körper summte vor Verlangen, während ich gleichzeitig mit ihm verschmolz.

Er blieb mitten in unserem Zimmer stehen, drehte sich um und setzte sich auf das Bett, während ich mich auf ihm niederließ. Das Verlangen in seinem Gesicht nahm mir den Atem. Es war roh und kraftvoll und berührte mich tief in meiner Seele.

„Kane", flüsterte ich.

Er begegnete meinem Blick nur für einen Moment und

legte dann seine Arme fester um mich, küsste mich langsam und bewusst, nahm sich Zeit, um die Liebe auszukosten, die uns beide verzehrte.

Ich vergrub eine Hand in seinem dicken Haar, legte die andere an seine Wange und zog mich atemlos zurück. „Hey, du."

Seine Lippen zuckten zu einem geisterhaften Lächeln. „Hey."

Ich küsste ihn auf den Mundwinkel und flüsterte: „Wo warst du?"

Seine tiefschokoladenbraunen Augen verdunkelten sich, und das Lächeln verschwand. „Ein Kampf mit Dämonen und eine Meinungsverschiedenheit mit Maximus. Viel Mist." Er hob die Hand, strich mit seinen Fingern durch mein Haar und sah mich an. „Tut mir leid, dass ich so lange weg war."

Ich schüttelte den Kopf. „Du hattest einen Job zu erledigen."

„Ja", sagte er knapp, und ich spürte seinen Groll. Weil wir so verbunden waren, spannten wir uns beide an. Es war fast unmöglich für mich, seine Gefühle auszublenden. Er musste gespürt haben, wie ich mich versteifte, denn er holte bewusst Luft und atmete langsam wieder aus. „Tut mir leid", sagte er noch einmal. „Es gibt Dinge, die du wissen musst, aber im Moment will ich nur dich."

Die Zärtlichkeit in seiner Stimme ließ mich wieder dahinschmelzen. Und die Art, wie sich seine Finger in meine Taille gruben, als ob er nie wieder loslassen wollte, sagte mir, dass er mich in diesem Moment wirklich brauchte. Nicht nur körperlich, sondern emotional.

„Schon gut. Ich muss dir auch was sagen."

Er nickte knapp und streichelte dann mit seinen Fingern meinen Hals hinunter, was eine Gänsehaut über meine Haut jagte. „Du bist so schön."

Ich kicherte. „Um fünf Uhr morgens, nachdem ich die ganze Nacht wach gelegen habe? Unwahrscheinlich."

Als ich nach dem Anruf am See nach Hause gekommen war und gesehen hatte, dass Kane immer noch nicht da war und dass er nicht angerufen hatte, hatte ich mich ins Bett gelegt, an die Decke gestarrt und mir das Schlimmste vorgestellt. Da ich nicht einschlafen konnte, war ich aufgestanden und hatte mir eine Tasse heiße Schokolade gemacht, nur um etwas zu tun. Die volle Tasse stand immer noch auf dem Nachttisch.

„Du bist immer schön, doch im Moment bist du mit deinen zerzausten Haaren und den strahlenden Augen das Schönste, was ich je gesehen habe." Er strich mit der anderen Hand über meinen nackten Arm zu meiner Schulter und dann mit zwei Fingern über mein Schlüsselbein.

Seine zärtliche Berührung jagte einen köstlichen Schauer über meine Haut, und ich bog meinen Kopf zur Seite, gab ihm vollen Zugang, bereit, wie ein Kätzchen zu schnurren. „Das fühlt sich unglaublich an."

„Ja? Und was ist damit?" Er beugte sich vor, saugte meine Unterlippe zwischen seine Zähne und knabberte daran.

„Mmm", stöhnte ich, Hitze schoss in meine Mitte. Ich drängte mich an ihn und lächelte, als ich spürte, wie er unter mir hart wurde. Wir waren noch nicht einmal vierundzwanzig Stunden getrennt gewesen, doch es war so viel passiert, dass es sich wie Tage anfühlte.

„Ich brauche dich, Jade", sagte Kane, seine Stimme ein heiseres Flüstern. Eine Hand bewegte sich zu meinem Oberschenkel, seine Finger gruben sich in mein Fleisch. Dann lehnte er sich zurück und starrte mich mit gequälter Miene an. „Ich werde mich nicht beherrschen können."

Diese köstliche Hitze breitete sich überall aus und entzündete meinen ganzen Körper. Gott, ich wollte ihn. Wild und am Rande der Vernunft, verloren in der Magie, die uns verband. Doch die Realität brach um mich herum zusammen. Der Fluch. Mein Verstand kämpfte mit dem Wunsch meines Körpers, alles um uns herum zu ignorieren. Ihm alles zu geben, wovon ich wusste, dass er es brauchte. Ich holte tief Luft und löste mich aus dem Nebel der Lust. „Im Moment ist das das Letzte, was ich will –"

Er stand abrupt auf, hätte mich fast zu Boden gestoßen, doch er fing mich gerade noch rechtzeitig auf und hielt mich auf Armeslänge von sich entfernt. „Sag das jetzt nicht zu mir."

Ich schluckte die sexuelle Frustration hinunter, die mich aufzufressen drohte, und sagte mit sanfter Stimme: „Wenn du mich hättest ausreden lassen, hätte ich gesagt, dass wir andere Dinge tun können. Dinge, die nicht zu einer Schwangerschaft führen."

„Bist du sicher?" Sein Blick suchte meinen. Wir wussten beide, dass der Vorschlag nicht ideal war. Magie floss leichter und kontrollierter zwischen uns, wenn wir uns voll und ganz dem Akt der Liebe hingaben, doch das war kaum ein Opfer. Ich wollte ihn auf jede erdenkliche Weise.

„Ich bin mir sicher", sagte ich mit sehnsüchtiger Stimme. „Ich will dich, deine Hände, deine Lippen, deinen Mund überall."

Der angespannte Ausdruck auf seinem Gesicht verschwand und wurde durch sinnliche Entschlossenheit ersetzt, die mich aus seinen leicht zusammengekniffenen Augen anstrahlte. Er ließ mich los. „Zeig es mir, Jade. Wo willst du meine Zunge zuerst haben?"

Seine Worte berührten diese Ursprünglichkeit tief in mir und ließen alles prickeln. Mein Verstand schaltete ab, und alles, was ich sah, war mein schöner Kane, der ungeduldig vor Verlangen vor mir stand.

Mein Mund wurde trocken, und meine Brustwarzen zogen sich zusammen.

Er machte einen Schritt auf mich zu und strich mit seinem Daumen über meine Wange und flüsterte: „Ich warte."

Ich lächelte, mein Herz drückte von der Liebe, die mich anstrahlte. Und dann bückte ich mich und zog mein viel zu großes T-Shirt aus, sodass ich völlig nackt vor ihm stand. Ich trat einen Schritt zurück und strich mit meinen Fingern über meine Hüfte und nach oben bis zu meiner Brust. Wenn er wissen wollte, was ich brauchte, konnte er eine Demonstration bekommen.

Mit meinem Daumen und Zeigefinger drückte ich meine bereits erigierte Brustwarze. Köstlicher Schmerz durchströmte mich bis in mein Innerstes, und ich stöhnte leise.

Intensives Verlangen schoss von Kane aus direkt in mich hinein und entzündete ein so heftiges Feuer in mir, dass ich das Gefühl hatte, bei lebendigem Leibe zu brennen. Jeder Nerv war so empfindlich, dass ich befürchtete, eine Berührung könnte mich aus der Fassung bringen.

„Sag es mir, Jade", schnurrte Kane. „Was soll ich dir tun?"

Immer noch meine Brustwarze zwickend, senkte ich den Blick. „Ich will, dass du hier mit deinen Zähnen über mich kratzt, bis ich mich winde."

Seine Augen konzentrierten sich auf meine Brust, als er zusah, wie ich sie zwischen meinen Fingern rollte.

„Und dann will ich, dass du mich beißt."

„Oh, Gott im –" Kane hob seinen hitzigen Blick und machte einen halben Schritt auf mich zu, hielt dann aber inne. Er ballte seine Hand zur Faust und sagte: „Und dann?"

Verdammt, er hatte die Kontrolle. Okay, verstanden. Ich legte meine andere Hand flach auf meinen Bauch und tastete mich langsam nach unten.

Sein Atem ging schneller.

Meine Finger wanderten um meine Mitte herum und streichelten die Innenseite meines Oberschenkels. „Ich will da geküsst werden."

„Genau da?"

Ich schüttelte meinen Kopf und bewegte meine Hand nach oben, bis ein Finger meine feuchte Hitze fand. Meine Muskeln zitterten unter meiner Berührung, und als ich mir vorstellte, dass er übernehmen würde, entfleuchte ein Stöhnen meinen geöffneten Lippen.

„Sag es, Jade", flüsterte Kane.

„Ich will deine Zunge hier spüren."

Er kam näher, sein heißer Körper streifte meinen. Die harten Linien seiner Muskeln jagten Wellen unendlicher Sehnsucht durch meinen ganzen Körper, und ich kämpfte darum, mich nicht an ihn zu biegen. „Und wenn ich damit fertig bin, dich mit meinem Mund kommen zu lassen? Was dann, Liebes?"

Ich griff an seinen Hosenbund und ließ meine Hand in seine Hose gleiten, berührte seine dicke Länge. Ich legte meine Finger um ihn und streichelte seine samtige Erektion. „Dann –" Ich verteilte Küsse seinen Hals empor und hielt inne, um mit meiner Zunge über seinen schnell schlagenden Puls zu streichen. „Dann, Kane, bist du dran. Ich werde dich tief in meinen Mund nehmen, dich mit meiner Zunge quälen und dich deinen eigenen Namen vergessen lassen."

Sein Schaft zitterte unter meiner Berührung, sein Atem kam stoßweise und heiß gegen meine Haut.

„Das heißt, wenn du so lange durchhalten kannst", neckte ich ihn.

Er knurrte leise, als er mich packte und mich aufs Bett

warf. Er war über mir, sein Knie zwischen meinen Schenkeln, ich vollkommen nackt, während er noch vollständig angezogen war.

Ich fühlte mich auf die bestmögliche Weise sündig, bereit dafür, mich von ihm verschlingen, mich besitzen zu lassen. Mich intensiv fühlen zu lassen, tief in meiner Seele zu wissen, dass ich ihm gehörte und nur ihm.

Er senkte seinen Mund, hielt Zentimeter über meinem inne und flüsterte: „Ich werde dir genau zeigen, wie sehr ein Mann dich lieben kann."

Schauer liefen über meinen Körper, und ich zitterte unter ihm.

Er knabberte an meiner Unterlippe und zog sich dann zurück. „Kalt?"

Ich lächelte und schüttelte den Kopf.

„Dachte ich mir." Dann senkte er den Kopf zu meinem Hals und wanderte zu meiner Brust.

Ich holte scharf Luft und erwartete seinen nächsten Schritt.

Er lachte gegen meine Haut und ergriff meine Brüste, wiegte sie in seinen Händen, bevor er meinen Körper hinunterglitt, abwechselnd mit seiner Zunge schnippte und an meiner empfindlichen Haut knabberte. „Du stehst in Flammen", sagte er hungrig, und bevor ich antworten konnte, schloss er seine Zähne um eine Brustwarze, während er seine Finger benutzte, um die andere zu zwicken. Lust und süßer Schmerz vermischten sich, und ich wand mich, presste mich gegen seinen Mund und verlangte, dass er mir mehr gab.

Er tat es, indem er fester zubiss.

Und in diesem Moment erwachte meine Magie zum Leben und stellte die Verbindung zu Kane her. Überall, wo er mich berührte, blitzte Magie zwischen uns und jagte kleine Schocks über meine Haut. Es war ein Gefühl, wie ich es noch nie erlebt hatte. Zart und doch ein Hauch von Macht. Eine Macht, die uns beide verzehren konnte, wenn ich es zuließ.

„Da ist es", sagte Kane heiser, als er mit seiner Hand über meine Brust streichelte und diese Funken über uns beide schickte. Sein lusterfüllter Blick begegnete meinem, und ich hätte schwören können, die Magie in seinem erhitzten Blick tanzen zu sehen.

„Küss mich", verlangte ich.

Er zögerte nicht. Seine Lippen beanspruchten meine, und wir verschlangen einander, Hände überall. Und ehe ich mich versah, arbeitete er sich meinen Körper hinunter, hatte seinen Mund auf meinem Hügel. Seine erste Berührung ließ mich mit den Hüften zucken und um mehr betteln.

Er hob den Kopf und starrte mir in die Augen. „Während ich dich quäle, will ich, dass du dir vorstellst, wie ich mich in dir vergrabe und dich mit jedem einzelnen Stoß für mich beanspruche."

„Oh Gott", sagte ich und schloss die Augen gegen den Sturm, der in mir tobte.

„Stell dir vor, ich nehme dich hart und schnell und tief."

„Kane", flehte ich, mein Körper verkrampfte sich fast, nur von seinen Worten. „Bitte!"

„Du gehörst mir, Jade." Er senkte den Kopf, leckte, saugte und schmeckte. Alles pulsierte. Ich ertrank in Empfindungen, verlor mich, als ich mich vollkommen auflöste und sich meine Magie unkontrolliert in Form winziger Lichtblitze um uns herum entlud. Und dann drang er mit seinen Fingern in mich ein und stieß zu, um sein Versprechen einzulösen, mich hart und tief zu nehmen.

Mein Körper spannte sich an, und ich schrie, als Wellen der

Ekstase mich durchfuhren und mich schlaff und vollkommen zufrieden zurückließen.

Ich lag da, wachsweich und biegsam, als er sich neu positionierte und seinen Kopf auf meinen Bauch legte. „Du bist wunderschön, wenn du kommst."

Ich konnte mein zufriedenes Lächeln nicht unterdrücken und fühlte, wie die Röte in meine Wangen stieg. „Und du bist umwerfend, wenn du mich kommen lässt."

Seine Hand schloss sich fester um meinen Oberschenkel, und in diesem Moment erwachte ich aus dem Nebel nach dem Orgasmus und spürte, wie die berauschende sexuelle Spannung immer noch von ihm ausging. Er konnte sich kaum beherrschen, wurde fast verrückt.

„Kane?", fragte ich.

„Ja, Liebes?", murmelte er zwischen heißen Küssen auf meine Hüfte.

„Du bist dran."

Er hielt inne und blickte zu mir auf, Hunger in seinem Gesichtsausdruck.

Ich setzte mich auf und machte eine Lockbewegung mit dem Finger.

Kanes Augen leuchteten, als er sich aufrichtete und sich vor mir aufs Bett kniete. Er strich mit einer Hand über meinen nackten Arm, und die Hitze seiner Berührung entzündete etwas Urtümliches in mir.

Ich griff nach seinem T-Shirt und zog es ihm unsanft aus, wobei wir den Blickkontakt für einen kurzen Moment unterbrachen. Da waren so viele Emotionen, die so viel mehr zeigten als nur sein körperliches Verlangen. Liebe, Vertrauen, Verletzlichkeit. Mein Herz schwoll an.

Doch als seine Hände nach mir griffen und wieder meine

Haut berührten, schlug sein Verlangen erneut in mich ein, und ich ließ mich mitreißen. Ich griff nach seiner Hose und schob sie über seine Hüften hinunter.

Er warf sie schnell weg und rollte sich dann mit dem Rücken aufs Bett und nahm mich mit. Ich lag auf ihm und küsste ihn mit all der Leidenschaft, die zwischen uns pulsierte.

„Jade", sagte Kane mit erstickter Stimme. „Du musst mich berühren."

Ein diabolisches Lächeln umspielte meine Lippen, als ich mit meiner Hand an seiner Seite hinunterfuhr und meine Finger um seinen pulsierenden Schaft legte. „So?"

„Gott, ja." Er schloss die Augen und drückte seinen Kopf zurück in das Kissen, während er mir sein Becken entgegen bog. Die Muskeln in seinem Hals spannten sich an, so verzweifelt versuchte er, sich zu beherrschen. Wie er so lange durchgehalten hatte, war mir ein Rätsel.

„Entspann dich." Ich verteilte schnelle, heiße Küsse auf seiner Brust und wanderte tiefer und tiefer, bis ich die wütenden roten Narben auf seinem Bauch bemerkte. Ich hielt abrupt inne und riss meinen Kopf hoch. „Kane?"

„Alles ist gut, Liebes. Ich erkläre es später."

„Aber –"

Er streckte die Hand aus und streichelte meine Wange. „Ehrlich. Es geht mir gut. Alles, was ich jetzt brauche, bist du."

Er zog mich hoch, sodass ich rittlings auf ihm saß, und küsste mich. Gierig. Seine Hände waren überall, an meinen Brüsten, meinen Schenkeln, meinem Po. „Du fühlst dich einfach so verdammt gut an. Perfekt in jeder Hinsicht."

Die Rauheit in seiner Stimme, die Art, wie sein Körper vor körperlichem Verlangen pulsierte und die Art, wie er sich in meinen Armen anfühlte, reichten aus, um die Sorge aus meinem Kopf zu verdrängen. Er war sehr lebendig und ganz mein.

Meine Macht blühte wieder auf und verschlang uns beide, als ich ihn küsste, meine Zunge über seine strich. Ich schlang meine Arme fester um ihn, musste seinen harten Körper an meinem spüren. Da fing er an zu zittern, fast unfähig, sich länger zurückzuhalten.

Ich unterbrach den Kuss, schob ihn zurück aufs Bett und bewegte mich langsam an ihm hinunter, meine Augen auf seine gerichtet. Ich legte meine Hand noch einmal um seinen Schaft und sagte: „Sag mir, was du brauchst."

„Dich", knurrte er. „Deinen Mund. Liebe mich, bis ich so hart komme, dass ich mich nicht mehr an meinen eigenen Namen erinnern kann."

Verdammt, das war heiß. Seine Worte schürten das Feuer, das bereits in mir brannte. Ich senkte den Kopf und kostete zuerst nur seine Kuppe.

„Ja." Er vergrub eine Hand in meinem Haar und packte es, während er sich mit der anderen an das Bettlaken klammerte.

Zufrieden mit seiner Reaktion bewegte ich meine Hand an die Basis seiner Erektion und nahm ihn tiefer in mich auf, spürte, wie er noch härter wurde.

Magie pulsierte um uns herum, seine Erregung entzog sie mir. Ich gab bereitwillig und bewegte meinen Mund über ihn, zuerst langsam, dann immer schneller, bis sein Atem abgehackt und meine Magie mit einer fast schmerzhaften Intensität pulsierte.

Ich nahm ihn noch tiefer auf und streichelte ihn gleichzeitig. Sein Körper spannte sich an, kurz bevor seine Hüften widerwillig nach oben stießen, und er sich mit einem lauten Stöhnen in mich ergoss. Ich hatte ihn kaum losgelassen und geschluckt, als Magie aus meiner Brust schoss und mit solcher Kraft in ihn strömte, dass wir beide von der Intensität bewegungsunfähig waren.

Es war erschreckend und erstaunlich zugleich. Die Macht berauschend, aber gefährlich. Und keiner von uns konnte sie kontrollieren.

KAPITEL NEUNZEHN

KANE

E s war noch früh, kurz nach sieben, doch ich war hellwach und beobachtete meine nackte Frau, die fest neben mir schlief. Ich sollte meine Hände bei mir behalten, doch ich konnte dem Drang nicht widerstehen, ihre Porzellanhaut zu streicheln. Auf meinen Ellbogen gestützt ließ ich meine Finger träge über die weiche Kurve ihrer Hüfte gleiten.

„Das ist schön", murmelte sie mit verschlafener Stimme.

Ich drückte ihr einen zärtlichen Kuss auf die Schulter. Ein magischer Funke prickelte dort, wo meine Lippen auf ihre Haut trafen, und sie lachte.

„Scheint, als wärst du wieder aufgeladen", sagte sie, ohne die Augen zu öffnen.

„Dank dir."

Sie seufzte und schmiegte ihren Kopf in das Kissen, als der Schlaf sie bereits wieder einfing.

Es gab wenig Hoffnung, dass ich mehr Schlaf bekommen würde. Nach dem magisch induzierten Schlaf des Heilers und der rohen Kraft, die Jade auf mich übertragen hatte, hatte ich mehr Energie, als dass ich wusste, was ich damit anfangen sollte.

Ich wartete, bis ich sah, wie sich Jades Brust in einem stetigen Rhythmus hob und senkte, dann stand ich auf und ging duschen. Ich verbrachte lange Zeit damit, unter dem Wasserstrahl zu stehen und zu versuchen, mir über meinen nächsten Zug klarzuwerden. Zurück zur Bruderschaft, um meinen Dolch zu finden? Mich an einen meiner Brüder wenden und ihn bitten, danach zu suchen, oder mir zu helfen, einen neuen zu finden? Wenn ich selbst hinging, konnte ich nach dem Vertrag sehen, den Ezra mir gezeigt hatte. Nachsehen, ob die Bruderschaft Informationen zu Chessas Transaktion hatte.

Das würde ich tun. Wenn sie schmutzige Geschäfte mit Dämonen machte, musste die magische Gemeinschaft davon erfahren. Ganz zu schweigen davon, dass ich nicht zögern würde, alles zu verwenden, was ich fand, um Jade und mich von der Fuchtel des Hohen Engels zu befreien. Für sie zu arbeiten war zu gefährlich geworden. Uns im Reich der Engel einzusperren hatte eine Grenze überschritten.

Mir war klar, dass es keine Garantie dafür gab, dass ich etwas finden würde, doch ich musste suchen. Zumindest würde es wahrscheinlich ein paar Hintergrundinformationen zu Wes Lancaster geben. Vielleicht ein Hinweis darauf, warum Chessandra mit ihm zu tun hatte.

Als ich schließlich nur mit einem Handtuch um die Hüften aus dem Bad kam, schien die Morgensonne durch das Fenster. Die Sonnenstrahlen fielen auf Jade und ihre perfekten nackten Brüste. Allein ihr Anblick flutete mich mit Verlangen, und unfähig, mich zu beherrschen, kroch ich aufs Bett, beugte mich über sie und drückte einen Kuss auf ihre sinnlichen Lippen.

Ich fühlte ihr Lächeln, und dann küsste sie mich zurück, während sie ihre Hände gegen meine Brust drückte.

„Guten Morgen", flüsterte ich und ignorierte den Anflug von Schuldgefühlen, dass ich sie wieder aufgeweckt hatte.

„Hmm." Sie ließ eine Hand über meinen Nacken gleiten und zog mich herunter, schmeckte mich, als hätte sie mich seit Tagen nicht probiert. Meine Muskeln spannten sich unter ihrer Berührung an, und ich spürte, wie ich hart wurde und nach ihr schmerzte.

Gott, ich wollte sie. Aber selbst wenn wir Liebe machen könnten, wäre es das Letzte, was wir tun sollten, nachdem wir zuvor Macht übertragen hatten. Gemessen daran, wie viel Magie ich im Moment hatte, war ich bereit zu wetten, dass sie ihre Reserven vollständig aufgebraucht hatte. Sie war fast unmittelbar danach eingeschlafen, also war es wahrscheinlich, dass sie das volle Ausmaß dessen, was wir getan hatten, nicht begriffen hatte. Es noch weiter gehen zu lassen, bevor sie ihre Grenzen kannte, wäre fahrlässig.

Mit einem Stöhnen rollte ich zur Seite und ließ mich neben ihr aufs Bett fallen.

„Hey, wo willst du hin?", fragte sie und schmiegte sich an mich.

„Nirgendwohin. Ich bin hier." Ich küsste sanft ihre Schläfe und strich mit meinen Fingern durch ihr Haar.

„Aber ich dachte –" Sie fuhr mit ihren Fingerspitzen über meine Brustmuskeln.

„Ich weiß. Aber es ist keine gute Idee. Nicht jetzt."

Sie öffnete die Augen und stützte sich auf einen Ellbogen. „Du lehnst das Angebot von Sex ab?"

Ich lachte über den Unglauben in ihrem Ton. „Nicht weil

ich keinen will, glaub mir." Ich schloss meine Hand um ihre. „Wenn du nicht aufhörst, mich so zu berühren, verliere ich die Beherrschung."

Sie runzelte die Stirn. „Ist es der Fluch?" Sie warf mir ein kleines, sexy Lächeln zu. „Ich dachte, wir hätten schon bewiesen, dass es mehr als einen Weg gibt, es zu tun."

„Nicht der Fluch." Ich hob ihre Finger an meine Lippen und küsste sie. „Es ist das." Ich strich über ihr Handgelenk und ihren Unterarm und hinterließ überall, wo ich sie berührte, eine schimmernde magische Spur.

Ihr stockte der Atem, und ihr Gesichtsausdruck wurde ernst, als sie sich auf eine nicht angezündete Kerze konzentrierte, die auf der Kommode gegenüber stand. Nach einem Moment seufzte sie und stöhnte. „Verdammt."

„Deine Magie funktioniert nicht?"

„Nein. Ich kann sie unter meinem Brustbein flattern fühlen, aber ich kann sie nicht rufen."

Verdammt. Das hatte ich befürchtet. „Tut mir leid, Liebes. Ich wollte nicht so viel nehmen."

Sie schüttelte den Kopf. „Das hast du nicht. Ich meine, das waren wir. Wir waren beide außer Kontrolle, und außerdem hätte ich es dir sowieso bereitwillig gegeben. Es hat sich angefühlt, als hättest du es gebraucht."

„Da hast du dich nicht getäuscht." Während ich immer noch ihre Hand hielt, bewegte ich sie zu meinem Bauch und strich ihre Finger über die Narben, die ich dank Malstord dort hatte.

Sie setzte sich auf, ihre Augen konzentriert zusammengekniffen.

Ich hielt vollkommen still und wartete darauf, dass sie verarbeitete, was sie sah.

Sie drehte sich zu mir um, Überraschung leuchtete in ihren Augen. „Sie sind geheilt."

Ich nickte. Ihre magische Explosion war stark genug gewesen, dass die Schwellung zurückgegangen war, und die Narben waren jetzt rosa anstatt wütend rot wie letzte Nacht. „Sie tun auch nicht mehr weh."

Wieder kniff sie die Augen zusammen. „Du hattest letzte Nacht Schmerzen?"

„Ein bisschen." Ich zuckte mit den Schultern und lächelte sie an. „Ich hatte andere Dinge im Kopf."

„Offensichtlich." Sie schüttelte den Kopf, und Belustigung tanzte in ihren Augen. Doch dann wurde sie ernst. „Was ist passiert?"

„Dämonenangriff."

„Was du nicht sagst", schnaubte sie trocken.

Ich brachte ein ironisches Lächeln hervor. „Ich habe ihn vielleicht zu einem sanktionierten Kampf herausgefordert."

Ihre Augenbrauen hoben sich und verschwanden unter ihrem Pony. „Du hast *was* getan?"

Ich stand vom Bett auf und ging zur Kommode, fühlte mich viel zu exponiert nur in das Handtuch gewickelt. *Verdammt. Was für eine Scheißsituation.* Das war Jade, mit der ich sprach. Ich blickte zurück zu ihr, nur um festzustellen, dass sie ihren nackten Körper mit einem Laken zugedeckt hatte.

Ich schätze, ich war nicht der Einzige, dem es unangenehm war.

Nachdem ich Jeans und ein T-Shirt angezogen hatte, holte ich ihren Bademantel und brachte ihn ihr. „Willst du bei einer Tasse Kaffee darüber reden?"

Sie biss sich auf die Lippe und nickte.

Ich strich ihr die Haare aus den Augen und gab ihr einen Kuss. „Ich stelle die Maschine an."

Sie umklammerte den Bademantel. „Ich bin gleich da."

Ich ließ sie im Schlafzimmer zurück, ging in die Küche und

machte mich an den Kaffee. Nachdem ich den Wassertank gefüllt hatte, fing ich an, Frühstück zu machen. Omelettes, weil ich nicht dachte, dass das eine Unterhaltung war, die wir auf nüchternen Magen führen sollten. Außerdem brauchte Jade Energie.

Der Gedanke, dass sie nicht in der Lage war, ihre Magie zu rufen, ließ mich finster dreinblicken. Ich hatte definitiv zu viel von ihrer Macht genommen. Hatte sie zu einer Zeit verwundbar gemacht, in der sie ein Ziel war. Das war meine Schuld, egal, was sie sagte. Ich hatte die Fähigkeit zu kontrollieren, was ich nahm, und anstatt mir Gedanken über sie zu machen, hatte ich alles genommen, was sie mir anbot. Wie ein egoistischer Bastard.

Und je mehr ich darüber nachdachte, desto frustrierter wurde ich. Meine Hand schloss sich um das Ei, das ich hielt, und ehe ich mich versah, zerbrach es, und Eiweiß tropfte durch meine Finger.

„Verdammter Mist!" Ich schleuderte die Sauerei in die Spüle und drehte den Wasserhahn so gereizt auf, dass der Hebel davonflog. „Gottverdammt!"

Wasser spritzte in die Küche und über mich, als ich am Hahn herumfummelte und versuchte, das Wasser mit bloßen Händen zu stoppen.

Jade kam herein und beobachtete mich für einen Moment, den Kopf zur Seite geneigt. Dann ging sie ruhig zur Spüle, öffnete den Schrank darunter, griff hinein und drehte das Wasser ab. Sie lächelte mich an, als sie sich Kaffee eingoss.

Ich hingegen stand klatschnass da wie ein begossener Pudel. „Scheiße", murmelte ich und verschwand in der Waschküche, um mir ein paar Handtücher zu besorgen. Nachdem ich die Küche trocken gewischt hatte, machte ich mich wieder an die Arbeit an den Omeletts, doch mein Ärger über mich selbst wuchs von Minute zu Minute.

Als die Omeletts fertig waren, nahm ich mir eine Tasse Kaffee und die beiden Teller und setzte mich Jade gegenüber.

Sie lächelte dankbar und schob sich einen Bissen in den Mund.

Ich nicht. Mein Appetit war mir vergangen.

Sie aß ein Drittel ihres Frühstücks auf, dann ließ sie plötzlich ihre Gabel fallen und durchbohrte mich mit ihrem Blick, ihr Lächeln längst verschwunden. „Willst du mir sagen, was los ist?"

Ich trank einen Schluck von meinem Kaffee und zögerte meine Antwort absichtlich hinaus. Ich wusste, was sie meinte. Sie wollte wissen, warum ich schwieg, warum ich mich in der Küche plötzlich in ein rasendes Arschloch verwandelt hatte. Doch ich war noch nicht bereit auszusprechen, was mich innerlich auffraß. „Ich muss zur Bruderschaft, um im Archiv nach was zu suchen."

Sie kniff die Augen zusammen, und sie runzelte verwirrt die Stirn. „Du gehst? Jetzt?"

„Ja. Ich muss was erledigen, aber ich komme bald zurück. Dann können wir reden."

Wut blitzte in ihren leuchtend grünen Augen auf. „Du machst Witze, oder? Ich kann nicht glauben, dass du davon sprichst, zur Bruderschaft zu gehen, ohne zu erklären, was gestern mit diesem Dämon passiert ist. Oder mir zu erklären, warum du unsere Küche auseinandergenommen hast. Was ist aus ‚Lass uns das bei einem Kaffee besprechen' geworden?"

Sie war zornig, die Hände zu Fäusten geballt. Sogar ohne ihre Magie sah sie aus, als könnte sie es mit fast jedem aufnehmen und ihn zurechtstutzen.

Ich lehnte mich zurück und zwang mich, tief Luft zu holen.

Meine Brust war angespannt, und ich fühlte mich, als würde mich ein zwanzig Pfund schwerer Felsbrocken niederdrücken.

„Kane?" Die Wut war verflogen, und alles, was übrig blieb, war die Sorge. „Bitte sag mir, was los ist."

„Scheiße." Ich stand auf und fuhr mir mit der Hand durch die Haare. Ich rang all die Selbstzweifel und die Scham nieder, die mich zu ersticken drohten, ging um den Tisch herum und zog sie in meine Arme. Sie versteifte sich, und ich ließ sie los und begegnete ihrem besorgten Blick. „Tut mir leid."

„Kane, du brauchst nicht –"

Ich hob meine Hand und lehnte mich gegen die Insel, die unsere Küche von unserem Esszimmer trennte. „Tut mir wirklich leid, Jade. Was mit dir passiert ist? Mit uns? Das hat mich vollkommen aus dem Konzept gebracht. Die Tatsache, dass jemand dich und unser zukünftiges Kind verflucht hat, macht mich fertig. Und nachdem mir klar wurde, dass ich dir so viel von deiner Macht genommen habe, dass ich dich verwundbar gemacht habe, bin ich wütend auf mich selbst geworden. Ich weiß, dass du stark bist, dass du mehr als in der Lage bist, auf dich selbst aufzupassen, aber das bedeutet nicht, dass ich kein tiefes Bedürfnis habe, dich zu beschützen. Dich weit von jedem fernzuhalten, der dich verletzen könnte." Ich wandte den Blick ab. „Sogar von mir."

„Kane, sieh mich an."

Widerwillig tat ich, was sie verlangte.

Ihr Gesichtsausdruck wurde weicher, Verständnis dämmerte in ihren Augen. Sie machte zwei Schritte und ergriff meine Hände. „*Du* könntest mich nie verletzen. Nicht so."

„Aber ich –"

„Nein", sagte sie ohne jede Hitze in ihrem Ton. „Ich habe gehört, was du gesagt hast. Jetzt bin ich dran. Ich weiß, wie du dich fühlst. Glaubst du nicht, dass ich jedes Mal dasselbe durchmache, wenn jemand, den ich liebe, ins Kreuzfeuer einer magischen Katastrophe gerät?"

Ich ließ ihre Hand los und strich mit dem Daumen über ihr Kinn. „Niemand war im Kreuzfeuer, Liebes. Ich habe dir etwas genommen. Etwas, das du brauchst." Ich schluckte und legte mein Kinn auf ihren Kopf. Flüsternd fügte ich hinzu: „Hast du eine Ahnung, was das mit einem Mann macht? Zu wissen, dass ich nicht nur darin versagt habe, dich zu beschützen, sondern dich dabei auch noch geschwächt habe?"

„Ist das wirklich das, was du denkst?"

Ich zuckte zusammen und begegnete ihrem entschlossenen Blick. „Also ... ja."

„Dass du versagt hast? Dass du irgendwie meine Magie gestohlen hast?"

„Ja."

„Gute Göttin, Kane. Sei kein Idiot." Sie schüttelte den Kopf. „Ich habe sie dir gegeben. Du hättest mich nicht aufhalten können, wenn du es versucht hättest." Ihre Lippen verzogen sich zu einem zärtlichen Lächeln. „Und wenn du denkst, ich würde mein Leben nicht für dich aufs Spiel setzen, dann hast du nicht aufgepasst. Genauso wie ich weiß, dass du dasselbe für mich tun würdest. An dem Tag, an dem wir geheiratet haben, sind wir Partner geworden. Gleichberechtigte Partner. In meinem Herzen weiß ich, dass du mir zustimmst. Aber vielleicht musst du daran erinnert werden."

Stille lag zwischen uns, als ich ihre Worte auf mich wirken ließ. Sie hatte natürlich recht. Es änderte nichts an der Tatsache, dass ich es hasste, der Grund dafür zu sein, dass ihre Kraft ausgelaugt war, doch es half mir, es zu akzeptieren. Ich beugte mich vor und küsste sie auf die Stirn. „Danke, Liebes."

Sie streckte die Hand aus und strich mir eine Haarsträhne

aus den Augen. „Gern geschehen. Willst du mir jetzt sagen, was ich verpasst habe?"

Ich nickte und lehnte mich wieder an die Theke. „Gestern wurde die Bruderschaft zu einem Einsatz gerufen. Zunächst nichts Ungewöhnliches, doch als der Kampf begann, habe ich einen Engel entdeckt. Einen Jungen. Und er war ganz knapp davon entfernt, getötet zu werden."

„Oh nein!" Ihre Hand schoss an ihre Kehle. Entsetzen eroberte ihr wunderschönes Gesicht. „Bitte sag mir, dass er nicht gestorben ist."

„Nein, ist er nicht, weil ich es geschafft habe, den Dämon abzulenken, indem ich ihn zu einem Kampf herausgefordert habe. Und ich habe die Herausforderung gerechtfertigt, indem ich mir eingeredet habe, dass, wenn ich den Engel retten könnte, es eine Eskalation der Spannungen zwischen der Bruderschaft und dem Rat der Engel verhindern würde."

„Aber deshalb hast du es nicht wirklich getan?", fragte sie mit bemerkenswerter Ruhe. Sie spürte ohne Zweifel die widersprüchlichen Gefühle, die aus mir heraussprudelten.

Ich schüttelte den Kopf. „Nein. Weil er von dem Fluch wusste, der auf dir und unserem Kind lastet –" Meine Stimme brach bei dem Wort „Kind".

Jades Augen füllten sich mit Tränen.

„Und ich habe die Beherrschung verloren", brachte ich hervor, als mir zum ersten Mal klar wurde, wie sehr ich mir wünschte, mit Jade eine Familie zu gründen. Schmerz durchbohrte mein Herz, weil ich wusste, dass wir nichts tun konnten, bis der Fluch aufgehoben war.

Ich schloss die Augen, atmete tief durch und versuchte, die Wut loszulassen, die sich ihren Weg zurück in meine Eingeweide brannte. „Er wusste es, Jade. Ich kann kaum in Worte fassen, welche Wirkung das auf mich hatte. Es hat mich tief in meiner Seele erschreckt. Ich weiß, dass der Fluch von einem Engel stammt, doch wenn die Dämonen es auch wissen, besteht kein Zweifel, dass unser Kind mitten in einem Krieg zwischen Engeln und Dämonen landen wird. Und ich werde das nicht zulassen. Ich lasse nicht zu, dass irgendjemand denkt, er könnte dir oder unserem Kind etwas tun. Dazu müssen sie erst an mir vorbei. Also habe ich mich in große Gefahr begeben, um etwas zu beweisen. Kannst du mir das vergeben?"

„Oh, Kane", hauchte sie, schlang ihre Arme um mich und drückte ihren Kopf an meine Brust. „Es gibt nichts zu vergeben. Du hast getan, was du tun musstest. Egal aus welchem Grund, Tatsache ist, dass du einen Engel vor dem Tod gerettet hast. Das ist edel. Ein Grund zum Feiern. Und vielleicht hast du mich dabei auch beschützt. Außerdem kann *dieser* Dämon jetzt weder mich noch unser Kind angreifen. Nicht, solange er in der Hölle eingesperrt ist."

Unser Kind. Ein Bild von Jade mit einem Babybauch blitzte in meinem Kopf auf. Es war genug, um mich auszuweiden. Und ich wusste ohne Zweifel, dass ich die richtige Wahl getroffen hatte, den Dämon herauszufordern. Ich würde es sofort wieder tun. Alles, um zu beschützen, was mir gehörte.

„Wahrscheinlich hast du recht", sagte ich und schenkte ihr den Hauch eines Lächelns. „Hoffentlich erinnerst du dich an das Gespräch, wenn ich das nächste Mal durchdrehe, wenn jemand versucht, dich zu verletzen."

„Lass es einfach an ihnen aus und werd' in unserer Küche nicht zum Höhlenmenschen, okay?"

„Deal." Ich nahm ihr Gesicht in meine Hände und blickte in ihre viel zu glänzenden Augen. Rohe Emotionen strahlten mich an und nahmen mir die Luft zum Atmen. Gott, sie tat Dinge mit mir ... Die Art und Weise, wie sie manchmal reine Unschuld verkörperte, aber auch die Fähigkeit hatte, das schlimmste Böse zu zerstören, war berauschend. Gut. Intensiv. Mächtig. Sie war alles, was ich jemals wollte.

Sie streckte die Hand aus und strich mit ihren Fingern über meine Stirn. Dann benetzte sie ihre Lippen und sagte: „Küss mich."

Machtlos gegenüber ihrem Befehl senkte ich den Kopf und presste meine Lippen auf ihre, während ich die Rundungen ihrer Hüften streichelte. „Was hast du darüber gesagt, dass ich nicht zum Höhlenmensch werden soll?"

Sie lachte leise. „Ich habe gesagt, dass du in der *Küche* nicht zum Höhlenmenschen werden sollst. Vom Schlafzimmer habe ich nichts gesagt."

Lächelnd hob ich sie in meine Arme und trug sie zurück ins Bett, wo ich sie anbetete, bis ihre gedämpften Schreie durch das Haus hallten.

KAPITEL ZWANZIG

JADE

*D*ie Kälte in der späten Morgenluft ließ mich frösteln, als ich durch die unebenen Straßen des French Quarter ging.

Ich presste eine Hand auf meinen Bauch, dachte an Kanes Narben und erinnerte mich an die Schmerzen, die ich am Tag zuvor erlitten hatte. Ich hatte nichts zu ihm gesagt, nicht nachdem er so aufgewühlt gewesen war, mich geschwächt zu haben, doch mir schien, dass ich die Schmerzen ungefähr zur selben Zeit gespürt hatte, zu der er gegen den Dämon gekämpft hatte. Hatte ich seinen Schmerz erlebt? Es war möglich, dachte ich. Aufgrund meiner Empathengabe empfand ich oft seine Gefühle als wären es meine eigenen, doch niemals seine körperlichen Empfindungen.

Andererseits wäre er auch noch nie zuvor beinahe gestorben.

Ich schauderte.

Es ging ihm gut. Mir ging es gut. Ich durfte jetzt nicht an Was-wäre-wenns denken. Ich hatte zu tun.

Der Tag war bewölkt, und es nieselte, was schade war, wenn man bedenkt, dass ich entschlossen war, Avery später heute Nacht aus der Hölle zu rufen. Die Wolkendecke und der Regen stellten eine kleine Herausforderung dar. Klare Bedingungen waren immer besser für Beschwörungen, doch Warten kam nicht in Frage.

Wenigstens musste ich mir um meine Magie keine allzu großen Sorgen mehr machen. Nach den morgendlichen Aktivitäten im Schlafzimmer mit Kane summte mein Körper vor ausreichend Energie, um das zu tun, was ich tun musste. Kane hatte die Führung übernommen und mich geliebt, bis ich seinen Namen nur noch keuchen konnte. Und dann hatte er sich geweigert, mich dasselbe für ihn tun zu lassen, und gesagt, ich hätte ihm schon letzte Nacht gegeben, was er brauchte. So sehr ich auch ausgeglichenes Geben und Nehmen im Schlafzimmer wollte, konnte ich mich nicht beklagen. Sein Ziel war es gewesen, mir etwas von meiner Macht zurückzugeben, und er hatte es getan.

Jetzt war ich auf dem Weg zu Beas Laden, während Kane auf dem Weg zur Bruderschaft war, um seinen Dolch zu holen und in der Archivabteilung zu recherchieren.

Die Straßen waren größtenteils leer. Es war Mitte Januar, die Zeit zwischen Silvester und Mardi Gras, in der normalerweise weniger Touristen kamen. Dieses Jahr war keine Ausnahme, sehr zu meiner Erleichterung. Der Umgang mit Dämonen und vermissten Engeln reichte mir völlig, ohne mir Sorgen machen zu müssen, durch Horden von Feiernden zu navigieren.

Ich trat durch die Tür von *Herbal Connection* und lächelte, als mich die vertrauten Düfte begrüßten. Flackernde Kerzen schmückten die Wände und sorgten an kühlen Tagen für eine gemütliche Atmosphäre.

„Bea?", rief ich und ging ins Hinterzimmer.

„Jade?" Sie kam hinter einem Regal hervor, das Haar zerzaust und ihr Lippenstift verschmiert.

„Äh, hallo." Was zum Teufel trieb sie da hinten? Und mit wem? „Tut mir leid. Ich wollte dich nicht stören –"

„Nein, Honey. Du unterbrichst mich nicht." Sie fuhr sich mit den Händen durchs Haar und strich dann ihre rote Seidenbluse glatt. „Ich habe Maximus nur geholfen, einen Zauber zu finden, nach dem er gesucht hat."

„So?"

Der fragliche Dämonenjäger tauchte auf – mit Spuren ihres roten Lippenstifts auf seiner Wange. Er hielt einen Wahrheitszauber hoch. „Ich hab's."

„Hallo, Maximus", sagte ich kühl. Kurz bevor ich das Haus verlassen hatte, hatte Kane mich über ihre Konfrontation informiert.

„Jade, schön dich zu sehen."

„Ist es das?", antwortete ich und fragte mich, wo Kane und ich mit dem Anführer der Bruderschaft standen.

„Jade." Bea legte ihre Hand auf meinen Arm. „Maximus ist hier, um über den Fluch zu sprechen. Er will helfen, wenn er kann."

„Wirklich?" Ich hob meine Augenbrauen und starrte ihn an.

„Ja, wirklich", sagte er. „Ich war überrascht zu hören, dass euer zukünftiges Kind bedroht wird. Hätte ich das gewusst, wäre mein Gespräch mit deinem Mann sicher anders verlaufen, und ich bedaure den hitzigen Austausch, den wir hatten. Einem Unschuldigen Schaden zuzufügen ist mehr als inakzeptabel."

„Ich verstehe." Meine Schultern entspannten sich ein wenig,

doch ich blieb vorsichtig. Vertrauen musste verdient sein. „Danke. Wir können jede Hilfe gebrauchen, die wir bekommen können."

„Gern geschehen. Ich bin mir nicht sicher, was zu diesem Zeitpunkt die richtige Vorgehensweise ist, aber ich versichere dir, die Bruderschaft ist auf eurer Seite." Er schenkte mir ein beruhigendes Lächeln und ging dann zur Kasse, und trotz seines leicht zerzausten Äußeren strahlte er Würde aus.

Ich beugte mich zu Bea vor. „Willst du vielleicht deinen Lippenstift auffrischen?"

Ihre Hand schoss zu ihrem Mund, und sie wurde rot.

„Erwischt." Ich grinste sie an. „Ich bin hinten, während du dich, äh ... um deinen Kunden kümmerst."

„Oh, hör auf." Sie lachte und schob mich in Richtung Labor. „Geh zu Lailah und Zoë. Ich bin gleich da."

„Dass es mir hier draußen aber jugendfrei bleibt." Ich zwinkerte und ging durch die Tür mit der Aufschrift „Nur für Angestellte".

Lailah und Zoë saßen an Lailahs Tisch, Lailah beobachtete, wie Zoë eine Beschwörung über einen Trank sang. Ich blieb zurück, wollte sie nicht unterbrechen.

Zoë hatte die Augen geschlossen und die Hände über eine Glasschale mit blassrosa Flüssigkeit ausgebreitet. „Aus den Tiefen der kollektiven Seele, möge die Liebe zweier Wesen einen Neuanfang hervorbringen. Möge ihre Verbindung zur Empfängnis eines neuen Lebens führen."

Magie spritzte aus Zoës Fingerspitzen wie kleine funkelnde Tröpfchen Macht. Als die Magie den Trank traf, sprühten Funken über die Flüssigkeit und verwandelten sich dann in Feuer. Fast im selben Moment erlosch die Flamme wieder und hinterließ einen leuchtend roten Trank.

„Fruchtbarkeitstrank", sagte ich leise zu mir selbst.

„Jade?" Lailah wirbelte herum. „Wann bist du reingekommen?"

„Gerade eben erst." Ich starrte Zoë an. Sie hatte ihr blondes Haar kurz geschnitten, und ihre goldbraunen Augen durchbohrten mich. Ich räusperte mich. „Zoë? Stimmt was nicht?"

Sie zuckte zurück und schüttelte den Kopf, als würde sie aus einer Trance erwachen. „Ähm nein. Nichts."

Lailah und ich sahen einander an. Der Engel zuckte mit einer Schulter.

„Na dann. Ein Fruchtbarkeitstrank? Sieht aus, als würdest du das ziemlich gut beherrschen."

Sie zuckte mit den Schultern und nahm meine Worte kaum zur Kenntnis. Ohne etwas zu sagen, nahm sie den Trank und fing an, ihn in die kleinen Fläschchen zu füllen, die schon auf dem Tisch bereitstanden.

Nun, das war seltsam. Ich bedeutete Lailah, mir zu Beas Arbeitsplatz auf der anderen Seite des Raums zu folgen.

Sie warf Zoë einen Blick zu, nickte, als würde sie die Arbeit der Hexe gutheißen, und kam dann zu mir. „Was ist?"

„Ich will Avery heute Nacht rufen. Jetzt, wo wir sicher wissen, dass sie in die Hölle gebracht wurde, kann ich nicht länger warten."

Lailah runzelte die Stirn. „Einverstanden. Das erklärt sicher, warum wir sie nicht mit einem Suchzauber finden konnten. Wir wussten, dass das eine Möglichkeit war. Jetzt, wo wir sicher sind … verdammt. Wir hätten sie früher rufen sollen."

Ich zuckte zusammen, und mir wurde übel von den Schuldgefühlen. Das war jedoch nicht die Zeit, sich Vorwürfe zu machen, und ich bemühte mich, die Stimme der Vernunft zu sein. „Wir können nicht alles wissen. Keiner von uns hatte eine Ahnung, dass Avery mit Dämonen zu tun hatte. Uns war gesagt worden, dass sie sich wahrscheinlich in den Schatten verirrt hat oder weggelaufen war. Sie hätte genauso gut von einem Geist oder einer Göttin oder Hexe entführt worden sein können. Beschwörungen aus der Hölle sind ein letzter Ausweg. Das weißt du besser als jeder andere."

Sie presste eine Hand an ihre Stirn und schloss die Augen. „Du hast recht, aber der Gedanke, dass sie die ganze Zeit in der Hölle war –"

„Es ist schrecklich, ich weiß. Doch heute Nacht werden wir alles tun, um sie zurückzubringen."

Lailah holte tief Luft. „Okay. Wir brauchen den ganzen Zirkel und Bea –"

„Wir brauchen Maximus und einige seiner Jäger", unterbrach Bea, als sie ins Labor kam.

„Und sie sind bereit, das zu tun?", fragte ich. Die Bruderschaft war normalerweise nicht sehr daran interessiert, uns zu helfen, besonders, wenn es um Beschwörungen ging. Solange die Dämonen in der Hölle blieben, war ihnen in der Regel egal, was passierte.

Bea schenkte uns ein selbstzufriedenes Lächeln. „Ich denke, ich könnte beim Anführer der Bruderschaft einen Stein im Brett haben."

Ich lachte, doch Lailahs Stirnrunzeln vertiefte sich.

„Was ist los, Liebes?", fragte Bea, Sorge strahlte wie dichter Nebel von ihr aus.

Lailah stand auf, die Fäuste geballt. „An all dem ist nichts lustig. Avery war meine Verantwortung, und ich habe mich mehr darum gesorgt, herauszufinden, was Chessandra vorhat, als darüber, wie ich sie finden könnte. Jetzt wissen wir, dass sie in der Hölle ist und womöglich schon ein Dämon sein könnte. Und ihr zwei –" Sie winkte ungeduldig in unsere Richtung.

„Ihr kichert gerade über Beas Affäre mit Maximus. Dafür habe ich keine Nerven." Lailah riss ihre Schürze herunter und stürmte aus dem Labor.

Zuerst sagte ich nichts, mehr als nur ein wenig schockiert über Lailahs Ausbruch. Normalerweise war sie die Ruhige, Kühle, Gesammelte. Dann wandte ich mich Bea zu. „Affäre? Wirklich? Das war nicht nur ein kleiner Kuss zwischen den Regalen?"

Meine Mentorin verdrehte die Augen und schüttelte gutmütig den Kopf. „Ich bin vielleicht ein bisschen älter als du, aber ich bin noch nicht tot."

„Natürlich nicht." Ich hakte mich bei ihr unter. „Vielleicht sollten wir Lailah beruhigen?"

Bea nickte. „Sie hatte einen harten Tag."

Ich konnte es ihr nicht verübeln und verstand ihren Ausbruch. Das absolut Schlimmste, was einem Engel passieren konnte, war, in der Hölle zu landen. Ihre Überlebenschancen waren sehr gering. Und sie hatte recht. Wir waren unsensibel. Unser unangebrachter Humor war unsere Art, damit umzugehen.

Bea und ich ließen Zoë im Labor zurück und fanden Lailah im Laden, wo sie eine Neuerscheinung mit dem Titel *Wie man seine innere sündige Hexe lieben lernt* ins Regal räumte. Es war der neueste Selbsthilfetitel für die moderne Hexe.

„Lailah", sagte Bea und nahm ihre Hand. „Die können warten."

„Nein. Lass mich das einfach erledigen." Sie schniefte und wischte sich eine Träne von der Wange.

Bea sah sie hilflos an, und da ich nicht wusste, was ich sonst tun sollte, nahm ich einen Stapel Bücher und half ihr.

„Du musst das nicht tun", sagte Lailah mit belegter Stimme.

„Ich weiß. Aber ich will."

Sie zuckte mit den Schultern und fuhr fort, mich zu ignorieren, während wir Bücher ins Regal stapelten.

Als wir fast fertig waren, sagte ich: „Ich weiß, wie du dich fühlst."

„Ich glaube nicht, dass das möglich ist."

„Vielleicht nicht. Aber denk' daran, dass meine eigene Mutter jahrelang verschwunden war. Und anstatt nach ihr zu suchen, habe ich im Grunde alles verdrängt und so getan, als wäre ich keine Hexe. Ich habe keinerlei Kontakt zu irgendjemandem gehabt, der aus ihrer Welt war. Fünfzehn Jahre habe ich verloren, weil … na ja, die Gründe sind jetzt egal. Aber ich verstehe die Schuldgefühle. Wenn ich meine Magie akzeptiert hätte, hätte ich wahrscheinlich viel früher erkannt, was mit ihr zugestoßen ist, und es ist möglich, dass ich etwas dagegen hätte tun können."

„Okay. Also sind wir beide Idioten. Inwieweit hilft das?"

Ich kicherte. „Das tut es nicht. Nicht wirklich. Ich sage nur, du bist nicht allein. Und du bist kein schlechter Mensch, weil du nicht darauf bestanden hast, dass wir sie herbeirufen. Es gab so gut wie keine Hinweise, keinen wirklichen Grund anzunehmen, dass sie in der Hölle war."

Sie knallte eines der Bücher auf den Boden und wirbelte zu mir herum. „Nein? Wo hätte ich sie sonst erwarten sollen? Kommt es dir nicht dumm vor, dass ich nie wirklich ernsthaft darüber nachgedacht habe, dass das eine Option wäre?"

Ich begegnete ihrem Blick. „Nein. Warum solltest du auf die Idee kommen, dass sie von einem Dämon entführt wurde? Sie war Chessas Assistentin, und uns wurde gesagt, dass sie in die Schatten geschickt worden ist. Normalerweise sind die Schatten voller verlorener Seelen, nicht Dämonen. Und wenn Dämonen dort sind, findet die Bruderschaft sie. Es ist nicht rational, anzunehmen, dass Avery im Auftrag des Hohen

Engels einen Dämon getroffen hätte. Du weißt das. Jetzt musst du aufhören zu schmollen, damit wir mit der Planung der Beschwörung anfangen können. Denn ich brauche dich. Dich und Bea und den Rest des Zirkels. Das ist nichts, was ich allein tun kann."

Sie senkte den Blick, um auf ihre Füße zu starren. „Doch, das könntest du."

„Vielleicht, aber ich will es nicht wirklich tun müssen." Ich nahm ihr das letzte Buch aus den Händen und legte es auf den Stapel. „Lass uns einen Plan machen, okay?"

„Okay. Aber keine dummen Witze mehr. Ich bin nicht in Stimmung dazu." Bevor ich noch etwas sagen konnte, ging sie zum Tresen, holte einen Notizblock hervor und fing an zu schreiben.

Bea nahm den Platz neben ihr ein und schlug eines ihrer uralten Zauberbücher auf, während ich sie beide mit Ehrfurcht beobachtete. Ich hatte vielleicht viel rohe Kraft, doch diese beiden Frauen hatten etwas anderes. Wissen. Rückgrat. Herz.

„Also?", sagte Lailah, als ich mich nicht bewegte.

„Ich bin gleich da", sagte ich und eilte zur Theke. „Ich versuche nur herauszufinden, wo ich reinpasse."

Lailah hörte auf zu schreiben. „Du bist der Muskel – diejenige, die es möglich machen wird." Sie reichte mir die Liste, die sie gerade geschrieben hatte. „Jetzt hol diese Sachen aus den Regalen. Wir müssen Zaubertränke und Zaubersprüche vorbereiten."

„Ja, Ma'am." Ich salutierte und machte mich an die Arbeit.

KAPITEL EINUNDZWANZIG

KANE

*V*or der Tür von Pypers Café, dem Grind, standen die Leute Schlange. Anstatt zu warten, ging ich hinter den Tresen, nahm mir die einzige Schürze, die ich finden konnte, und gesellte mich zu ihr an die Espressomaschine, um Kunden zu bedienen.

„Hey du", sagte sie und grinste mich an. „Du siehst wirklich gut aus in Pink."

Ich verzog das Gesicht. „Was ist mit den schwarzen Schürzen passiert?"

Sie zuckte mit den Schultern. „Ich wollte ein bisschen Farbe in meinem Leben."

„Natürlich. Weil du nicht schon genug davon hast." Wenn man bedachte, dass sie eine Künstlerin war und ziemlich viel Zeit mit Bodypainting verbrachte, war der Mangel an Farbe für sie kein wirkliches Problem.

„Okay, du hast mich erwischt. Sie waren im Angebot. Und

sie sind es absolut wert, jetzt, wo du eine trägst." Sie zwinkerte und reichte einem wartenden Kunden seine Bestellung. Dann wandte sie sich wieder mir zu. „Was bringt dich hierher?"

„Kaffee." Ich goss Milch in einen der Behälter und gab sie ihr zum Aufschäumen. „Aber die Schlange war so lang, dass ich dachte, es geht schneller, wenn ich helfe."

„Aww, du bist zu süß."

Nicht wirklich. Pyper hatte ein paar Jahre damit verbracht, mir dabei zu helfen, den Club nebenan zu leiten, und wenn es so aussah, als könnte sie ein zusätzliches Paar Hände brauchen, packte ich gerne an. Sowas taten beste Freunde. Ich verbrachte die nächste halbe Stunde damit, Milchkaffee und Cappuccino zuzubereiten, vollkommen zufrieden damit, mich mit etwas anderem als Engeln und Dämonen zu beschäftigen.

Als die Schlange fast verschwunden war, ging ich gerade nach hinten, um ein frisches Tablett mit Gebäck zu holen, als ich hörte: „Rouquette, seit wann bist du Barista?"

Ich blieb mitten im Schritt stehen und drehte mich um, um Ezra an der Theke gelehnt zu sehen, ein selbstgefälliges Lächeln auf seinem schmalen Gesicht. Ich wischte meine Hände an der Schürze ab und hob eine Augenbraue. „Woher wusstest du, wo du mich finden kannst?"

Er zuckte mit den Schultern. „Ich wusste es nicht. Eigentlich wollte ich dich nebenan suchen, bin aber erst auf einen Kaffee hier reingekommen. Jetzt schlage ich zwei Fliegen mit einer Klappe."

Pyper blickte zwischen uns beiden hin und her, und dann landete ihr Blick auf mir. „Was ist los?"

Ich schüttelte den Kopf. „Nichts. Zumindest noch nicht." Ich nahm die Schürze ab und drückte sie ihr in die Hand. „Hier. Ich muss mit ihm reden. Kannst du uns zwei Kaffee bringen?"

Sie nickte und winkte ab, als ich versuchte, sie zu bezahlen.

„Setzen wir uns." Ich deutete auf einen Tisch in der Ecke.

Ezra setzte sich mir gegenüber, streckte die Füße vor sich aus und überkreuzte sie an den Knöcheln.

Pyper kam und stellte unsere Kaffees vor uns ab. Dann klopfte sie mir auf die Schulter und sagte: „Danke für deine Hilfe."

„Danke für die Aussicht." Ezra musterte ihren Körper, und sein Blick blieb an ihrem Po hängen.

Ihr Lächeln verschwand.

„Guter Gott. Fickst du sie, Rouquette?"

„Pass auf, Kleiner", sagte ich mit einem Knurren in der Stimme.

„Alter, mach dir keine Sorgen. Ich versuche nicht, mich in deine Action zu drängen, aber verdammt. Feines Ding."

Pyper räusperte sich. „Entschuldigung."

Er warf ihr ein langsames, träges Grinsen zu. „Ja? Du willst meine Nummer? Ich habe heute Abend keine Zeit, aber ich könnte morgen jemanden gebrauchen, der mein Bett wärmt, sagen wir gegen elf?"

„Himmel", schnaubte sie. „Nicht einmal, wenn dein Schwanz mit Batterien käme und zwölf Zoll lang war. Jetzt nimm deine Augäpfel von meinem Arsch, bevor ich dir mit dem Kaffee, den ich dir gerade gegeben habe, die Netzhaut verbrühe. Verstanden?"

Sein Grinsen wurde breiter. „Man kann einem Typen nichts vorwerfen, wenn er fragt."

„Ich schon." Sie drehte sich zu mir um. „Schaff diesen Idioten aus meinem Café."

Ich schnappte mir meinen Kaffee und stand auf. „Tut mir leid, Pyper."

Sie winkte ab und bedeutete mir, dass ich mir keine Sorgen machen sollte, während sie zurück zur Theke ging.

„Komm, Kleiner. Lass uns gehen." Als ich das Café verließ, ließ Irritation meine Haut jucken. Pyper war mehr als in der Lage, auf sich selbst aufzupassen, aber sein Gerede machte mich trotzdem wütend. Als wir draußen waren, sagte ich: „Sprich noch einmal so mit ihr, und du machst Bekanntschaft mit meiner Faust."

Er warf mir einen fassungslosen Blick zu, doch als ich nicht nachgab, zuckte er mit den Schultern. „Was auch immer. Ich hab' nur rumgeflirtet."

„Tu das künftig woanders." Ich ging die Straße hinunter zurück zu meinem Haus, wo mein Auto geparkt war. Er ging neben mir her, und ich warf ihm einen Blick zu. „Worüber wolltest du mit mir reden?"

Er schüttelte den Kopf. „Nicht hier."

Seine großspurige, übermäßig selbstbewusste Haltung war verschwunden, und er hatte sich wieder in den introvertierten, fast verletzt wirkenden jungen Mann verwandelt, den ich am Tag zuvor getroffen hatte.

„Gut. Ich muss zur Bruderschaft. Willst du mitfahren? Wir können uns im Auto unterhalten."

Er nickte und vergrub die Hände in den Hosentaschen und zog die Schultern hoch, als wollte er sich zusammenfalten.

So irritiert ich in Pypers Café auch wegen seines Benehmens gewesen war, jetzt konnte ich nur noch Mitleid empfinden. Er hatte ein beschissenes Leben gehabt, und kein Geld der Welt, das Chessandra ihm hinterherwarf, würde das wieder in Ordnung bringen. Was er brauchte, war ein guter Therapeut. Und ein starkes Netzwerk von Freunden. Ich war bereit zu wetten, dass er beides nicht hatte.

Als wir meinen Lexus erreichten, drückte ich auf die Fernbedienung und nickte zur Beifahrerseite. „Steig ein."

Er beäugte ihn und sagte: „Netter Wagen." Aber hinter den Worten steckte keine Emotion.

Wir schwiegen beide, als ich aus dem French Quarter navigierte. Irgendwann hielt ich es nicht mehr aus und sah ihn an. „Also gut. Was ist los?"

Er starrte geradeaus, und für einen Moment dachte ich, er würde mich ignorieren. Doch dann drehte er sich um, sein Gesicht verzerrt von etwas, das an Wut erinnerte. „Meine Mutter ist diejenige, die diesen Fluch initiiert hat."

Eis kroch bei seinen Worten mein Rückgrat hinauf. Ich richtete meine Aufmerksamkeit wieder auf die Straße und hielt das Lenkrad so fest umklammert, dass meine Hände schmerzten. „Du sagst, Chessandra hat meine Frau verflucht?"

„Nein."

„Oh." Das Gefühl kehrte in meine Hände zurück, als ich meinen Griff lockerte.

Doch dann sagte er: „Ich sage, sie ist diejenige, die ihn befohlen hat."

Ich fuhr an den Bordstein und hielt an. Mein ganzer Körper war steif vor Anspannung, und statisches Rauschen dröhnte in meinen Ohren, während rohe Wut in mir kochte. Chessandra, der Hohe Engel, oberste Hüterin der Seelen, hatte Jade verfluchen lassen. Sie hatte einmal versucht, Jades Seele zu stehlen, und jetzt versuchte sie, uns unser Kind zu nehmen. Unfähig, länger sitzenzubleiben, sprang ich aus dem Wagen und ging auf und ab. Was sollten wir tun? Zurück ins Engelreich gehen und von ihr verlangen, etwas dagegen zu unternehmen?

Das letzte Mal, als wir dort waren, hatte sie uns eingesperrt. Und es war nicht so, als könnten wir im

Engelreich gegen sie kämpfen. Sie hatte alle Macht. Nein. Wir würden die Anführer der übrigen magischen Gemeinschaft um Hilfe bitten müssen. Das bedeutete Maximus und wahrscheinlich den Vorsitzenden des Hexenrats – den ich nicht kannte, doch ich war mir sicher, dass Maximus oder Bea mit ihm in Kontakt standen.

Frust keimte in mir auf. Mein letztes Treffen mit Maximus war bestenfalls angespannt gewesen. Und wenn schon. Er musste nur begreifen, um was es ging. Doch ohne Beweise würde er nichts tun. Ich holte tief Luft und stieg wieder ins Auto.

„Geht's dir gut?" Ezra durchbohrte mich mit seinem dunklen Blick.

„Um mich musst du dir keine Sorgen machen." Ich ließ den Motor an und fuhr zurück auf die Straße, da ich keine Minute mehr verschwenden wollte. An einer Ampel hielt ich und sah ihn an. „Woher weißt du, dass Chessandra für den Fluch verantwortlich ist?"

Er schüttelte den Kopf. „Das kann ich dir nicht sagen."

Ich kniff die Augen zusammen und beugte mich zu ihm hinüber. „Du wirst es mir sagen. Wenn wir sie absägen wollen, brauchen wir Beweise."

Ein Schimmer erhellte seinen Blick, und seine Lippen verzogen sich einen Moment lang zu einem schiefen Lächeln, bevor es verschwand. „Ich werde tun, was ich kann, aber meine Quelle muss anonym bleiben."

„Fuck." Ich schlug mit der Faust auf das Lenkrad und fuhr mir dann mit der Hand durch die Haare. „Ich brauche mehr als Spekulationen."

„Ich habe mehr."

„Also? Was hast du?"

Ezra zeigte aus dem Fenster. „Bieg' rechts ab."

„Warum?"

„Es gibt was, das du sehen musst. Beweise für Chessandras Verbrechen."

„Welche Beweise?"

„Du hast gesagt, du brauchst welche. Ich zeige sie dir, damit du sie selbst sehen kannst." Er zeigte wieder. „Bieg' hier ab."

Ich zögerte nicht. Wenn er etwas Greifbares über den Hohen Engel hatte, das ich den Anführern bringen konnte, würde sich alles ändern. Die Reifen quietschten, als ich um die Ecke bog und Richtung Central City fuhr. „Wohin fahren wir?"

„Wir sind in ein paar Blocks da." Ezra blickte geradeaus. Eine Minute später deutete er nach rechts und sagte erneut: „Hier abbiegen."

Ich bog auf eine Straße voller heruntergekommener Häuser ein, die nach Hurricane Katrina immer noch dringend renoviert werden mussten. Einige hatten Gitter an den Fenstern. Nur eines schien bewohnt zu sein, mit einem roten Auto davor und Weihnachtslichtern, die vom Dach hingen.

„Hier." Ezra deutete auf ein heruntergekommenes weißes kreolisches Häuschen mit Efeu, das aus der Plankenverkleidung wuchs.

Ich hielt vor dem Haus an und ließ das Auto im Leerlauf stehen.

„Lass uns reingehen. Was du sehen musst, ist drinnen." Ezra stieg aus und warf keinen Blick zurück, als er die morschen Holzstufen hinaufstieg. Die gesamte Veranda schien unter seinem Gewicht zu schwanken.

„Meine Güte", murmelte ich, stellte den Motor ab und betete, dass der Lexus immer noch da sein würde, wenn wir zurückkamen.

„Beweg' dich, Rouquette", sagte Ezra von der offenen Tür aus.

Das Haus sah verlassen aus, doch nach meinen Erfahrungen bei der Bruderschaft verstärkte das nur mein Unbehagen. Ohne meinen Dolch an einen solchen Ort zu gehen, war wie Ärger zu suchen. Doch Ezra war schon im Haus verschwunden, und ihn allein dort zu lassen war auch keine Option.

Ich ging die Veranda hinauf, dankbar, dass mein Fuß nicht durch eines der verrotteten Bretter sackte, und blieb in der Tür stehen, um darauf zu warten, dass sich meine Augen an das Dämmerlicht gewöhnten. Alte, abgeschrammte Möbel standen im Wohnzimmer, und die abgestandene Luft, die mir entgegenschlug, nahm mir fast den Atem. Das einzige Lebenszeichen waren die Fußspuren, die Ezra im Staub hinterlassen hatte, der die abgewetzten Holzböden bedeckte.

Ich atmete saubere Luft ein und ging durch das dunkle Haus, wo ich nichts als das Scharren meiner Stiefel auf dem Boden hörte. Ich fand Ezra auf der Schwelle der Hintertür.

„Hier lang", sagte er.

Ich biss die Zähne zusammen und folgte ihm in den überwucherten Garten. Er blieb unter einer alten Eiche stehen und drehte sich um, um mich anzustarren.

Ich blieb stehen und wartete unter einem dicken Ast des Baumes. „Also? Wo ist dieser Beweis?"

Ezra wich zurück und setzte sich auf eine Holzbank, die fast ganz von der Vegetation verschluckt wurde. „Heute Morgen habe ich erfahren, dass Chessandra eine neue Hexe gezwungen hat, schwarze Magie gegen deine Frau anzuwenden. Die, die gerade eine neue Seele bekommen hat. Weißt du, wer sie ist?"

Zoë? War das überhaupt möglich? Hatte Jade mir nicht gesagt, dass es Engelsmagie war? Und warum hatte er mich hierher gebracht, um mir das zu sagen? Nichts ergab einen Sinn. „Ich bin mir nicht sicher –"

„Mein Kontakt hat gehört, wie sie darüber gesprochen hat. Meine geliebte alte Mutter hat – wie heißt sie nochmal? Zoë? – verzaubert."

Ich nickte. „Ja. Sie ist diejenige, die eine neue Seele bekommen hat."

„Ja. Sie. Wie auch immer, Mutter lässt sie ihre Drecksarbeit für sie erledigen. Wenn deine Frau so mächtig ist, wie alle behaupten, wird es sie nicht viel Mühe kosten, den Zauber der neuen Hexe zu sehen, wenn sie danach sucht."

Wut schoss durch meine Adern. Ich vibrierte förmlich davon. Was Ezra gesagt hatte, klang genau wie etwas, das Chessandra tun würde. Sie brachte ständig andere dazu, ihre Drecksarbeit zu erledigen. Zuerst ihre Schwester Mati, beim Versuch, ein Dämonenportal zu schließen, dann mich und Jade zum Schattenwandeln. Und sie hatte uns erpresst, ihre offenen Fälle zu bereinigen, als sie Pyper im Engelreich behalten wollte. Wenn sie der Meinung war, Macht über Jades Kind zu brauchen, würde sie das auch tun?

Zuzutrauen war es ihr. Es war nichts, was ich ausschließen konnte. Sie war rücksichtslos, wenn es um ihre Ziele ging. Ich musste Jade wissen lassen, dass Zoë kompromittiert war. Ich griff nach meinem Handy, doch da war nichts. Verdammt. Ich hatte vergessen, dass es verschwunden war, nachdem ich gegen Malstord gekämpft hatte.

„Kane Rouquette!", rief eine sanfte Stimme hinter mir.

Dieses allzu vertraute unbehagliche Prickeln setzte sich in meinen Knochen fest, und ich erstarrte.

Dämon.

Ich drehte mich auf dem Absatz um, griff automatisch nach meinem Dolch und griff wieder ins Leere.

Scheiße.

Der Dämon, kaum größer als ich, stand ein paar Meter entfernt. Er sah fast menschlich aus, abgesehen von seinen leuchtend grünen Augen und den zwei kleinen Hörnern, die aus seinem rasierten Kopf ragten. Alles andere an ihm schrie älterer Gentleman, von seinem Nadelstreifenanzug bis hin zu seinen Wingtip-Schuhen.

„Was willst du?", fragte ich und war mir sehr wohl bewusst, dass er mich beim Namen genannt hatte.

Er lächelte und zeigte seine schneeweißen, perfekt geraden Zähne. „Dich natürlich."

„Und was willst du von mir?" Ich warf einen Blick zurück und sah nach Ezra, nur um festzustellen, dass er verschwunden war. Ich fühlte mich verraten und sah rot. Kleiner Bastard. Er hatte mich reingelegt.

„Dein kleiner Freund ist schon lange weg." Der Dämon hob eine Hand und gab jemandem ein Zeichen. Ich wollte mich umdrehen, doch von hinten traf mich ein stechender Druck, der nicht auf einen, sondern auf mindestens drei Dämonen hindeutete. Ich war ohne Dolch umzingelt. Ohne Backup. Ohne Waffen, außer Jades Magie, die durch meine Adern floss.

Ich sprang auf, packte den untersten Ast der Eiche und schwang mich daran empor. Doch in dem Moment, als mein Fuß den Stamm berührte, schlossen sich zwei Hände um meine Wade.

Hitze stieg vom Boden auf, und ohne auch nur hinzusehen, wusste ich, dass sie ein Portal zur Hölle geöffnet hatten. Ein brandneues. Weil es vor einem Moment noch nicht da gewesen war. Ich hätte es gespürt. Was bedeutete, dass diese vier extrem mächtig waren. Ein beliebiger Dämon konnte kein Portal erschaffen. Nur die wirklich alten.

Himmel, was wollten sie von mir? Meine einzige Hoffnung

war, sie lange genug aufzuhalten, bis meine Dämonenjägerbrüder kamen. Portale blieben nicht unbemerkt.

Ich trat aggressiv um mich, traf einen von ihnen im Gesicht und schaffte es, mein Bein zu befreien. Mit einem Adrenalinschub fanden meine Füße Halt, und ich kletterte, wobei ich mich kaum dem Griff der Dämonen unter mir entziehen konnte.

Mein Herz raste, und Schweiß lief mir in die Augen, doch ich kletterte weiter, bis ich weit über dem Portal und den wütenden Dämonen am Boden war. Und gerade als ich mich an einem weiteren Ast hochzog, um mich daraufzusetzen und auf Verstärkung zu warten, hörte ich einen Schrei von oben, gefolgt von einem schwarzen Blitzen, als Ezra heruntersprang und mit beiden Füßen auf meinen Fingern landete.

Ich verlor den Halt, und das Letzte, was ich sah, als ich durch das Portal fiel, war Ezras böses, triumphierendes Lächeln, das auf mich herabstarrte.

KAPITEL ZWEIUNDZWANZIG

*B*ea, Lailah und ich saßen in Beas Prius auf dem Parkplatz in der Nähe des Zirkelkreises und warteten darauf, dass der Platzregen aufhörte. Es war kurz vor Mitternacht, und der Himmel hatte vor ein paar Stunden die Schleusen geöffnet, um eimerweise Wasser auf den Großraum New Orleans herunterprasseln zu lassen.

„Die Bedingungen für eine Beschwörung könnten nicht schlechter sein", sagte Lailah und starrte aus dem Fenster.

Der Regen war so stark, dass wir nicht einmal die Autos der anderen Zirkelmitglieder sehen konnten, die nur ein paar Plätze entfernt geparkt waren.

„Wenn das nicht bald aufhört –"

„Sprich es nicht einmal aus", sagte Lailah. „Alle sind hier. Wir brauchen nur eine Regenpause."

„Alle außer Maximus und den Dämonenjägern." Ich wandte

mich Bea zu. „Du hast doch gesagt, dass sie zur Verstärkung kommen würden, oder?"

„Ja." Bea schloss das Zauberbuch, das sie zu Rate gezogen hatte. „Max sagte, er würde ein Team schicken. Wahrscheinlich warten sie auch auf eine Regenpause."

„Hoffentlich." Nervös starrte ich an diesem Tag zum hundertsten Mal auf mein Handy. Keine Anrufe. Keine Nachrichten. Nichts von Kane. Sicherlich war er noch mit Recherchen beschäftigt, oder? Oder vielleicht bereitete er sich auf die Beschwörung vor. Wenn er wüsste, dass Maximus ein Team schickt, wäre er hier. Daran bestand kein Zweifel.

Ich schluckte das Unbehagen hinunter, das in meiner Kehle aufsteigen wollte. Es ging ihm gut. Immerhin war er zur Bruderschaft gegangen. Neben Beas Haus war es so ziemlich der sicherste Ort der ganzen Stadt.

„Hey." Lailah tippte mir auf die Schulter. „Es nieselt nur noch. Das ist wahrscheinlich unser Fenster."

„Ja. Okay. Bea?"

Sie blickte aus dem Fenster und nickte. „Ich würde sagen jetzt oder nie, wenn wir das heute Abend machen wollen."

Ich sprang aus dem Auto und zog meinen Regenmantel an. Die Kälte in der Luft ließ mich fast augenblicklich zittern. Perfekt. Ich biss die Zähne zusammen, wich einer großen Pfütze aus und klopfte an das Fenster von Luciens Jeep.

Die Scheibe senkte sich und ich wurde von einer Wand warmer Luft aus der Heizung getroffen. Ich musste mir verkneifen, mich in das offene Fenster zu lehnen. „Los geht's."

„Okay." Er drückte auf seine Hupe, um den Rest des Zirkels wissen zu lassen, dass es Zeit war.

Ich sah mich auf dem Parkplatz um und suchte nach jemandem, der aussehen könnte, als wäre er von der Bruderschaft. Nichts.

„Lass uns gehen", sagte Lailah und zog mich in das nasse Gras zu den Bäumen. Der Geruch von feuchtem Moos lag in der Luft und ließ meine Nase zucken.

Innerhalb von Sekunden waren meine Füße klatschnass. Als wir zwischen den Bäumen hervor auf die Lichtung kamen, klebte Schlamm an meinen Schuhen, und allein mein Gleichgewicht zu halten, wurde zu einer anstrengenden Aufgabe.

Die Mitglieder des Zirkels bereiteten schweigend den Kreis mit einem Salzring und Stumpenkerzen für jedes Mitglied vor, während Lailah und ich die mitgebrachten Tränke sortierten. Ich hielt vier kleine Fläschchen Heiltrank in meinen Händen und betete, dass wir sie nicht brauchen würden. Der Trank war nur gut für Dämonenangriffe und konnte so gut wie jede Wunde heilen, die ein Dämon verursacht hatte. Er konnte auch als Waffe gegen Dämonen eingesetzt werden, die nah genug herankamen, denn was auch immer einen Menschen heilte, verätzte die ledrige Haut von Dämonen.

Ich sah mich erneut nach jemandem von der Bruderschaft um und runzelte enttäuscht die Stirn.

„Sie werden kommen." Bea reichte mir einen kleinen Beutel mit Heilkräutern.

Ich steckte sie zusammen mit den Tränken in meine Tasche und nickte. Mit einem Blick zum dunklen Himmel sagte ich: „Wir können kaum auf sie warten."

„Ich weiß. Sie werden wahrscheinlich die Anziehungskraft des Kreises spüren. Versuch', dir keine Sorgen darüber zu machen."

Wie könnte ich das nicht? Dämonen bedeuteten schwarze Magie und eine Ewigkeit in der Hölle. Bilder von Seelen, die in Statuen mit vor Schreck verzerrten Gesichtern gefangen waren, schossen mir durch den Kopf und ich schauderte. Das geschah mit den unglücklichen Seelen, die von Dämonen beansprucht wurden. Nur wenige Glückliche konnten jemals entkommen. Ich schüttelte mich, verdrängte die Bilder aus dem Kopf und nahm dann meinen Platz am nördlichsten Punkt des Kreises ein.

Bea begegnete meinem Blick und signalisierte, dass sie bereit war.

Ich hielt meine Kerze vor mich, eine schwarze, die dazu bestimmt war, die dunkelsten Mächte anzuzapfen, und flüsterte: *„Schwebe."*

Die Kerze zitterte auf meiner Handfläche, die Magie schien zu stottern, als sie versuchte, sich zu manifestieren.

„Schwebe", sagte ich energischer.

Kraft schoss aus meiner Handfläche und wickelte sich um die Kerze, hob sie in die Luft und hielt sie etwa einen halben Meter vor mir vollkommen ruhig.

„Brenne."

Die Flamme erwachte flackernd zum Leben, und um mich herum näherte sich der Hexenzirkel, nahm seine Plätze im Kreis jedoch noch nicht ein. Bea ging um die äußere Grenze herum, sang Schutzzauber und verstärkte die Magie. Sobald sie fertig war, würde es fast unmöglich sein, die Kreisbarriere zu überqueren, wenn wir sie erst einmal errichtet hatten. Ich wollte kein Risiko eingehen.

Die Stimmung war schon düster gewesen, doch seit ich die schwarze Kerze angezündet hatte, war der elektrische Strom in der Luft unheilvoll geworden. Der Kreis schien zu wissen, dass etwas Dunkles kommen würde.

Ich schluckte, Schweiß brach trotz der kalten Temperatur in meinem Nacken aus.

„Alles wird gut." Lucien blieb neben mir stehen. „Mit uns

allen hier sind wir stark genug, um mit so ziemlich allem fertig zu werden."

Ich nickte, überzeugt, dass er recht hatte. Wir könnten damit umgehen. Doch das bedeutete nicht, dass niemand dabei zu Schaden kommen würde. So stark der Kreis auch war, wenn ein uralter Dämon auftauchen würde, gäbe es kein Halten mehr. Und Lucien wusste das. „Wo ist Kat heute Abend?"

„Zu Hause. Sie hat mir das Versprechen abgenommen, sie anzurufen, sobald wir mit der Beschwörung fertig sind."

Ich lächelte darüber. Auf keinen Fall würde Kat zu Hause sitzen und Däumchen drehen. „Glaubst du nicht, dass sie im Auto die Straße runter wartet?"

Er lachte. „Jetzt, wo du es sagst. Doch, du hast wahrscheinlich recht."

„Dann sollten wir besser anfangen." Ich drehte mich um und rief: „Wir sind bereit!"

„Warte." Lailah hob eine Hand, ging dann in die Mitte des Kreises und stellte eine kleine Spieluhr auf den Boden. „Jasper hat sie mir gegeben. Sie gehört Avery. Sie wird uns helfen, eine Verbindung zu ihr aufzubauen."

„Danke, Lailah", sagte ich erleichtert, weil sie etwas Persönliches von Avery besorgt hatte. Ohne waren die Chancen, sie zu finden, stark reduziert.

Meine Zirkelmitglieder, einschließlich Lailah und Zoë, nahmen ihre Plätze ein. Nachdem ich gesehen hatte, wie mächtig Zoë in Beas Laden gewesen war, hatte ich sie gebeten, mitzukommen, obwohl sie eigentlich noch zum Zirkel gehörte. Sie war stark, und wir brauchten jede Hilfe, die wir bekommen konnten.

Bea nahm den südlichsten Punkt des Kreises ein, während Lucien und Lailah Osten und Westen besetzten. Sieben unserer Zirkelmitglieder plus Zoë füllten die Lücken dazwischen.

„Ich danke euch allen, dass ihr gekommen seid. Wir alle wissen, wie gefährlich das ist. Während einer Beschwörung kann alles passieren." Ich sah mich um und betrachtete ihre ernsten Mienen. „Es ist Zeit. Wenn jemand Zweifel hat, kann er jetzt die Möglichkeit nutzen zu gehen. Niemand wird ihm oder ihr einen Vorwurf machen."

Es war spät, noch zu gehen, doch alle Beteiligten eine endgültige Entscheidung treffen zu lassen, während sie auf dem Kreis standen, festigte ihre Hingabe an die Beschwörung. Als niemand etwas sagte, atmete ich erleichtert auf.

„Gut. Ich bin froh, dass alle an Bord sind." Ich streckte die Arme zu den Seiten aus. „Nehmt euch an den Händen."

Magie pulsierte von meinem Brustkorb zu meinen Fingerspitzen, und in dem Moment, in dem Rosalees und Zoës Hände in meine glitten, schoss Kraft durch meine Wirbelsäule und füllte mich vollständig aus. Meine schwarze Kerze stieg vor mir auf, und die Flamme brannte heller.

Die Macht des Kreises war gewachsen. Unser Zirkel wurde stärker.

„Göttin der Nacht, Hüterin der Welten, höre meinen Ruf. Unser Zirkel schließt sich der Dunkelheit unter dem verhüllten Mond an, um zu suchen, was uns genommen wurde."

Ein magischer Strahl schoss aus meinen Händen und hallte durch jedes der Mitglieder, bis er Bea erreichte. Die Magie erfasste sie, und sie richtete sich gerader auf, die Schultern straff und den Kopf gen Himmel geneigt. Ihre Kraft summte eindeutig direkt unter der Oberfläche. Gut. Sie war genauso bereit wie ich.

„Göttin der Nacht, wir suchen hier eine, die gegen ihren

Willen entführt wurde. Hilf uns, ihre Seele zu beschwören und sie dorthin zurückzubringen, wo sie hingehört. Hülle sie ein in dein Mitgefühl und trage sie nach Hause."

Ich ließ Zoës und Rosalees Hände los und hob meine hoch in die Luft. Alle anderen schwarzen Kerzen stiegen mit meiner Bewegung auf.

„Bring das Licht!", befahl ich.

Mit starken, sicheren Stimmen riefen die Zirkelmitglieder: *„Brenne!"*

Die Kerzen erwachten zum Leben und erleuchteten den Kreis mit Licht und elektrischer Magie.

„Gut so." Ich hob meine Arme höher und griff nach aller Kraft, die ich aufbringen konnte. „Avery Freeman, Engel des Reiches, öffne dich meinem Ruf. Wir, der Zirkel von New Orleans, rufen dich, suchen dich, binden uns an deinen Geist und bitten –"

Ein lauter Knall donnerte über mir, und für einen Moment dachte ich, der Sturm würde weitergehen, doch dann folgte ein gleißendes weißes Licht, das vom Himmel herabstrahlte.

Ein kollektives Keuchen kam aus dem Kreis, gefolgt von einem schrillen „Stopp!"

Ich ließ meine Hände sinken und die Magie köcheln, während ich versuchte, die Unterbrechung zu verarbeiten. Mit zusammengekniffenen Augen spähte ich in den Kreis und runzelte dann die Stirn.

„Chessandra. Was willst du hier?" Wut stieg tief in meinem Bauch auf und drohte, mir die Luft zu nehmen. Hatte sie nicht schon genug Ärger gemacht?

„Dich davon abhalten, einen großen Fehler zu machen." Sie trug nicht die Robe des Hohen Engels, sondern stand in Jeans und einem dicken, langärmligen Pullover in unserem Kreis. Ihr kastanienbraunes Haar war achtlos am Kopf zu einem Knoten gebunden, und soweit ich das beurteilen konnte, trug sie wenig bis gar kein Make-up.

„Und welcher Fehler wäre das?", fragte ich. „Endlich den Geheimnissen deines doppelten Spiels auf den Grund zu gehen?"

„Du solltest nicht über Dinge reden, von denen du nichts weißt." Mit zusammengekniffenen Augen kam sie auf mich zu. Unbehagen und Beklommenheit vermischten sich mit ihrer frustrierten Wut.

Interessant. Sie hatte vor allem Angst vor dem, was wir zu tun versuchten. Aber wieso? War es, weil sie nicht wollte, dass wir ihre Geheimnisse erfuhren, oder war es etwas anderes?

„Ich denke, du solltest gehen", sagte ich mit fester und überzeugter Stimme. „Wir brauchen nicht –"

„Oh Götter!", keuchte Lailah und deutete auf den Hohen Engel. Ihr Finger zitterte, als sie zwischen Chessandra und Zoë hin und her sah. „Du hast sie verzaubert."

Chessandra wirbelte herum und funkelte Lailah an. „Halt dich da raus. Es geht dich nichts an."

„Doch, das tut es!", schrie Lailah. „Alle hier –", sie wedelte mit der Hand herum, „– ich bin für sie verantwortlich, für ihre Seelen, und du –" Sie schüttelte heftig den Kopf und drehte sich um, um Zoë anzustarren.

Zoës Augen waren vor Angst weit aufgerissen, als sie Lailah anstarrte. „Ich wollte nicht. Ich habe versucht, mich dagegen zu wehren, aber ihre Macht ... sie ist zu stark." Sie hob die Hände.

Da bemerkte ich die reinweiße Aura, die Zoës lavendelviolette Aura umhüllte, und es gab mindestens ein halbes Dutzend Fäden, die mit Chessandra verbunden waren.

Wut loderte in mir auf, und ich drehte mich zu Chessandra um. „Lailah hat recht. Du hast sie verzaubert."

„Verhext", sagte Bea, die immer auf ihrem Platz am südlichen Punkt des Kreises stand. „Es bedeutet, dass Chessandra sie übernehmen und kontrollieren kann, wann immer sie will, nur diesmal konnte sie es nicht, weil die Macht des Zirkels zu viel für sie war. Nicht wahr, Chessa?"

„Halt' du dich da raus, Beatrice. Es geht dich nichts an." Chessandra durchbohrte mich mit ihrem autoritärem Blick. „Du darfst das nicht tun. Es ist zu gefährlich."

Ich schüttelte den Kopf, mein Ton war hart, ohne jedes Mitgefühl. „Es ist viel zu lange her, dass Avery verschwunden ist. Wenn du uns sofort erzählt hättest, was wirklich passiert ist, hättest du vielleicht mitbestimmen können, wie wir die Situation handhaben. Doch das hast du nicht. Deine Meinung ist hier nicht mehr willkommen. Und jetzt finde ich heraus, dass du auch Zoë verhext hast? Ich schätze, ich soll glauben, dass es nicht du warst, die mich verflucht hat?"

„Verflucht? Was?"

Ihre Schauspielerei machte mich nur noch wütender. Natürlich war sie es gewesen, die mich verflucht hatte. Warum sonst hätte Zoë solche Angst vor ihr und würde es vor allen gestehen? „Spiel' nicht die Unschuldige, Chessandra. Wir alle wissen, was du getan hast. Lass Zoë frei, und dann nimmst du den Fluch der schwarzen Magie, der auf mir lastet. Wenn wir Avery finden, werden die deinen vielleicht Mitleid mit dir haben und dich nicht für Jahre in dem Raum einsperren, in dem die Zeit stillsteht."

„Aber ich habe nicht –"

In diesem Moment erlosch plötzlich die Flamme der schwarzen Kerze, die vor mir geschwebt hatte, und der Rauch schoss um uns herum und löschte alle anderen Kerzen aus. Der gesamte Kreis erstrahlte in einem unheimlichen roten Schein.

„Die Beschwörung. Sie hat funktioniert!", rief Bea.

„Chessandra, raus aus dem Kreis!", befahl Lailah.

Der Hohe Engel wirbelte herum und starrte auf den schimmernden Boden.

„Chessa!", rief Lailah noch einmal.

Sie stand still, als wäre sie in Trance. Doch dann schüttelte sie heftig den Kopf und rannte auf Lailah zu. Als sie den Rand des Kreises erreichte, prallte sie zurück und sah sich panisch um. „Öffnet den Kreis. Ich kann nicht raus."

Lailah erwiderte meinen Blick und sah mich fragend an.

Ich schüttelte den Kopf. Es war zu spät.

Der unheimliche rote Nebel verfestigte sich und verwandelte sich in die Gestalt einer Frau.

Nein, keine Frau.

Ein weiblicher Dämon.

Oh Scheiße.

„Chessandra", zischte der Dämon.

„Avery?", keuchte Chessandra mit Entsetzen in ihrer Stimme.

Der Dämon sah fast menschlich aus, abgesehen von den rot leuchtenden Augen und den Klauenhänden. Sie bewegte sich, ihre deformierte Hand nach dem Hohen Engel ausgestreckt. „Das ist deine Schuld. Und jetzt wirst du dafür bezahlen."

KAPITEL DREIUNDZWANZIG

KANE

*D*er Geruch von gegrilltem Fleisch wehte durch das offene Fenster. Mein Magen drehte sich um, als ich mir vorstellte, was genau die Dämonen zum Abendessen kochten. Mein Entführer, ein Dämon, der sich Aiken nannte, saß hinter einem aufwendig geschnitzten Schreibtisch im Nebenzimmer, und sein Stift flog über ein Blatt Papier.

Der Vertrag.

Daran, hatte er gesagt, arbeitete er. Der, von dem er erwartete, dass ich ihn heute Abend nach dem Festmahl unterschrieb.

Ich ging in meiner schmiedeeisernen Zelle auf und ab und verfluchte meine Dummheit, Ezra zu vertrauen. Jetzt, wo ich nichts anderes zu tun hatte, als nachzudenken, schien es offensichtlich, dass es von Anfang an ein Komplott gewesen war. Warum sonst war er mit diesen Dämonen im Lagerhaus gewesen, die nicht allzu sehr darauf bedacht gewesen zu sein schienen, wirklich irgendjemandem außer Ezra wehzutun? Es erklärte auch, warum Malstord mich geködert hatte. Sie waren da gewesen, um mich zu fangen, und hätten es wahrscheinlich getan, wenn ich die Herausforderung nicht ausgesprochen hätte. Warum sonst waren so übermächtige Dämonen ohne andere Erklärung auf der Pirsch gewesen?

Aiken stand von seinem Schreibtisch auf, sein schwarzer Dustermantel wehte hinter ihm her, als er auf mich zu kam. „Die Feierlichkeiten fangen gleich an."

Ich stand mit vor der Brust verschränkten Armen da und funkelte ihn durch die Gitterstäbe an.

„Und du bist der Ehrengast." Wahrscheinlich war er einmal ein hübscher Engel gewesen. Groß, breitschultrig, athletisch gebaut. Nur jetzt waren seine Hände knorrig mit missgestalteten Krallen. Narben und Pockenmale entstellten sein Gesicht. Und die Hörner, die durch sein dunkles Haar ragten, halfen auch nicht. Doch er hatte die Art von Selbstvertrauen, die mit Macht einherging. Wahrscheinlich hatte er keine Probleme mit der weiblichen Dämonenpopulation.

Ich biss die Zähne aufeinander und sagte nichts.

„Nach dem Opfer unterschreibst du den Vertrag vor dem Inneren Kreis." Er schob ein zusammengefaltetes Stück Papier zwischen den Stäbe hindurch. „Natürlich gebe ich dir viel Zeit, ihn zu lesen. Es ist schließlich ein Vertrag."

Er hielt das Papier in meine Richtung. Ich zog es ihm aus der Hand und zerriss es in zwei Hälften, ohne es auch nur anzusehen.

Aiken seufzte. „Du enttäuschst mich, Kane." Er warf einen Blick auf die beiden Hälften, die jetzt auf dem Boden meiner Zelle lagen. „Ich schlage vor, du setzt es zusammen. Du wirst das Original auf die eine oder andere Weise unterschreiben."

„Und wenn nicht?"

Ein eisiges Lächeln breitete sich auf seinem entstellten Gesicht aus. „Wird deine Frau das nächste Ziel sein. Und jedes Kind, das sie empfängt, wird mir gehören." Aiken drehte sich auf seinem Stiefelabsatz um und schaffte es irgendwie, geräuschlos über den Betonboden zu gleiten.

Mein Atem hatte mich bei seinen Worten verlassen. Sie würden Jade jagen. Sie war mächtig und hatte genug Hilfe, dass sie wahrscheinlich einer Gefangennahme entgehen konnte. Doch sie würde mich suchen. Die Chancen standen gut, dass sie sie dann erwischen würden. Und ihr zukünftiges Kind.

Schmerz durchbohrte mein Herz. Wenn ich ein Agent der Hölle werden würde, gab es keine Chance für ein gemeinsames Kind. Doch vorausgesetzt, sie würde nicht direkt hier neben mir landen, würde sie irgendwann über mich hinwegkommen. Eine Familie gründen, wie sie es sollte. Ihr Leben würde weitergehen, während meines hier in Aikens Diensten wäre.

Nein.

Ich konnte nicht zulassen, dass sie sie jagten.

Ich würde alles tun, das zu verhindern.

Ich hockte mich in meine leere Zelle, hob die beiden Hälften des Papiers auf und fing an zu lesen.

VERTRAG *#9889876543.0006669*

Ich, der Incubus, Dämonenjäger Kane Rouquette, verschreibe hiermit mein Leben von diesem Datum an bis zum Ende der Zeit an Aiken II., Sohn von Vilkor, im Austausch für die Freiheit meiner Frau Jade Calhoun und aller Kinder, die sie gebiert. Weder sie noch ihre Kinder werden von einem Dämon der Hölle angegriffen, es sei denn, die Handlungen des Dämons dienen der Selbstverteidigung. Ich werde in der Eigenschaft eines Agenten der Hölle dienen und alle Aufgaben ausführen, die Aiken II. befiehlt, einschließlich, aber nicht beschränkt auf das Sammeln von Seelen für die Sammlung.

ABGESEHEN VON ORT und Datum und der Unterschriftszeile für beide Parteien, war das alles. Kurz und bündig. Ich würde ein Sklave des Dämons sein und meine Frau wäre für immer sicher vor den Agenten der Hölle. Nur bezweifelte ich stark, dass der Vertrag Bestand haben würde, wenn sie mit ihrer Magie, die so aufgeladen war, dass sie eine Quadratmeile erleuchten könnte, hier hereinstürmte.

Denn wenn es eine Sache gab, die ich über meine Frau wusste, dann, dass sie nicht tatenlos zusehen und zulassen würde, dass so etwas passierte.

Den Vertrag zu unterschreiben war keine Option. Es würde sie nicht retten. Das würden *ihre* Taten verhindern. Und ich würde mein Leben umsonst aufgeben.

Ich musste mir einfach was anderes einfallen lassen. Einen Weg finden, um von hier wegzukommen. Bereit sein, wenn der Zirkel nach mir suchte.

Mein Instinkt schrie mich an, den Vertrag zu verbrennen. Um ihn ganz und gar zu zerstören. Ich könnte es tun. Ich hatte gerade genug Kraft für eine kleine Flamme. Doch als ich meine Magie rief, die normalerweise für meinen fehlenden Dolch reserviert war, zögerte ich. Ein nagender Zweifel in meinem Hinterkopf veranlasste mich, die Papierfetzen zu einem ordentlichen Quadrat zu falten. Ich steckte es in meine Gesäßtasche, setzte mich in die Mitte meiner Zelle und wartete.

Noch mehr Rauch wehte von der Terrasse herein. Der Geruch von gebratenem Fleisch drehte mir den Magen um. Es roch nicht richtig. Fast ranzig, als grillten sie ein totgefahrenes Tier, das sie am Straßenrand gefunden hatten. Widerlich.

Einen Moment später wehte tiefes Gelächter durch das Fenster, gefolgt von Gemurmel.

Ich bemühte mich, zu verstehen, was sie sagten, hörte aber nur etwas darüber, dass Aiken jemanden verwandeln würde, um Macht zu erlangen.

Wen in was verwandeln? Einen Engel in einen Dämon? Das ergab keinen Sinn. Engel fielen; sie wurden nicht verwandelt.

„Rouquette. Steh auf!" Ein großer, dünner Dämon mit einem grellgrünen Haarschopf tauchte von irgendwo auf. „Zeit, mit der Party anzufangen."

Ich bewegte mich nicht.

„Yo! Incubus." Der Grünhaarige starrte mit angewidertem Gesichtsausdruck zu mir in die Zelle. „Satans Arsch. Du bist schlimmer als nutzlos. Ich sag dir was. Steh auf, oder ich schicke dir einen Fluch direkt in den Arsch, der deine Eingeweide von innen nach außen versengt."

Das klang ein wenig angenehm.

„Ich mache keine Scherze." Schwarze Magie tanzte um seine Fingerspitzen.

Widerwillig stand ich auf und hielt meinen Blick geradeaus gerichtet.

„Gut, Arschloch", sagte er durch die Gitterstäbe. „Jetzt streck' deine Arme aus und halt' die Hände zusammen."

Ich gehorchte und behielt mir jeden Widerstand für eine Zeit vor, in der ich vielleicht tatsächlich eine Chance hatte, diesem Höllenloch zu entkommen.

Eine Ranke seiner Magie wand sich von seinen Fingern und wickelte sich um meine Handgelenke, schuf Fesseln und eine dicke Kette, die sich von seinen Fingern bis zu meinen Fesseln schlängelte. Grinsend schnippte er mit den Fingern, und die Kette aus Rauch verwandelte sich in Eisen. Grünhaar nickte sichtlich zufrieden, packte die Kette und zog mich zu sich.

Wir standen uns gegenüber und starrten uns durch die Gitterstäbe an.

„Du wirst tun, was ich sage, sonst verwandelt sich diese Kette wieder in die schwarze Magie, aus der ich sie geschmiedet habe, und dann steht wieder das Verbrennen deiner Eingeweide auf dem Programm. Verstanden?"

Ich nickte. Was sollte ich auch sonst tun? Abgesehen davon, mir vorzustellen, seinen Kehlkopf zu zerquetschen, damit ich seine dämlichen Drohungen nicht mehr hören musste.

Mit einer Berührung seiner Hand auf dem Lesegerät öffnete sich die Tür des Käfigs. Grünhaar nickte in Richtung Terrasse. „Lass uns gehen."

Ich wollte ihm folgen, doch er riss so heftig an der Kette, dass ich das Gleichgewicht verlor und auf ein Knie ging.

Ein zufriedenes Funkeln glitzerte in seinen Augen. „So ist gut, Incubus. Gewöhn' dich daran, für deine Könige zu knien."

Ich schwor mir im Stillen, dass er der erste sein würde, den ich vernichten würde, sobald ich aus dieser Scheißsituation herauskäme.

Ohne ihn zu beachten, richtete ich mich auf und folgte ihm wie der gehorsame Sklave, den sie aus mir machen wollten.

Draußen, oder was in der Hölle als draußen durchging, war eher eine Höhle mit tribünenartigen Sitzgelegenheiten in fünf Reihen auf einer Seite. Rechts war der Grillplatz, wo sich etwas Unidentifizierbares mit vier Beinen am Spieß drehte. Zumindest war es kein Mensch, den Göttern sei Dank.

„Hier lang." Grünhaar riss mich wieder nach vorn, doch diesmal war ich darauf vorbereitet und hielt mich auf den Beinen.

Eine Gruppe Dämonen, die größtenteils menschliche Züge hatten, saßen an einem großen Holztisch und tranken Wein, der so dunkel war, dass er wie Blut aussah.

Grünhaar zog mich auf eine reich verzierte Plattform mit Intarsien aus echtem Gold und zeigte auf den größeren der beiden sonst identischen Throne. „Setz' dich."

Ich hob die Augenbrauen. Der Aufbau ließ es so erscheinen, als würde ich dieser Feier vorsitzen.

„Tu es!", bellte Grünhaar.

Achselzuckend nahm ich meinen Platz auf dem Thron ein und blickte finster drein, als die heiße Brandung der Magie meine Glieder einhüllte und sie niederdrückte. Der Zauber hielt mich tatsächlich ohne Zutun der eigentlichen Fesseln auf dem Thron fest.

Grünhaar schnippte noch einmal mit den Fingern, und die Fesseln lösten sich von meinen Handgelenken und verschwanden. „Jetzt können wir anfangen."

„Setz' dich, Bevel", sagte Aiken vom Kopfende des Tisches aus. „Du bist fertig."

Bevel nickte, sein grünes Haar fiel ihm seitlich ins Gesicht. Er funkelte mich mit dem einen sichtbaren Auge an. „Deine Dienerin wird gleich hier sein. Behandle sie gut, sonst bekommst du es mit mir zu tun."

Speichel sammelte sich in meinem Mund, und ich hatte einen fast unkontrollierbaren Drang, ihm ins Gesicht zu spucken. Ich hätte es wahrscheinlich auch getan, wenn Aiken nicht geschrien hätte: „Das reicht, *Diener*. Ich sagte, setz' dich."

Diener. Interessant. Bevel stand ziemlich weit unten in der Hackordnung. Ich würde mir das für später merken, nur für den Fall, dass ich es benutzen konnte.

Die Dämonen am Tisch ignorierten mich weitgehend, und nach einer Weile begann ich mich zu fragen, was genau ich hier sollte. Die ganze Szene erinnerte mich an ein nachmittägliches Verbindungstreffen. Nur ein Haufen Jungs – oder Dämonen – die mit mir tranken und mich als Fuchs zwangen, geduldig zu warten, bis sie bereit für mich waren.

Ich war auf dem Stuhl eingedöst und ignorierte den Schmerz vom langen Sitzen in derselben Position, als eine Holztür auf der anderen Seite der Höhle aufgerissen wurde und gegen die Wand krachte. Ich erschrak und blinzelte und versuchte, die Szene vor mir zu verstehen.

Die Dämonen standen auf und begrüßten drei Menschenfrauen, die hereingekommen waren, mit einem Nicken. Sie trugen alle winzige Stofffetzen, die nur ihre Brüste bedeckten, und lange, fließende Röcke. Jede war mit einem Diamantanhänger geschmückt und trug mehrere Edelsteinringe. Die drei waren makellos perfekt.

Eine Gruppe gut gekleideter Dämonen, sowohl Männer als auch Frauen, folgte ihnen und nahm die Plätze auf den Tribünensitzen ein.

Die drei Frauen gingen um den Tisch herum, verneigten sich vor den stehenden Dämonen und bezogen dann an einer Wand im hinteren Teil des Raums Stellung.

Aiken bedeutete dem Rest seines Dämonenrudels, Platz zu nehmen. Den Blick auf die Frauen gerichtet, ging er langsam zu ihnen hinüber und blieb vor jeder einen Moment lang stehen. Alle drei machten auf sein Zeichen einen Knicks, was dazu führte, dass sich mir der Magen umdrehte.

Was taten sie hier? Menschliche Sklaven? Aber sie schienen in gutem Zustand zu sein. Keine von ihnen war verletzt. Oder besonders unglücklich. Vielleicht resigniert.

Aiken blieb schließlich vor der letzten Frau stehen. Sie senkte ihren Kopf, doch er riss ihr Kinn hoch und nahm sie mit einem so gierigen Kuss in Anspruch, dass die anderen Frauen nach Luft schnappten.

Ich spürte, wie sich meine Augen weiteten, überrascht, dass die Menschenfrau ihn so einfach zu akzeptieren schien. Waren sie freiwillig hier? Ich schüttelte den Kopf und versuchte, alles zu verstehen.

Aiken hob die Frau hoch und zog sie näher heran, und als er das tat, brach ein Schimmer von Macht aus ihr heraus und hüllte sie ein.

Heilige Scheiße. Sie war keine Menschenfrau. Sie war eine Sexhexe.

Die Übelkeit kehrte mit voller Wucht zurück. Vor weniger als sechs Monaten hatte ich erfahren, dass Incubi das Produkt von Dämonen und Sexhexen waren. Dass Dämonen Sexhexen Hunderte von Jahren versklavt hatten, bis ihre Nachkommen, die Incubi, sie befreit hatten. Doch hier waren drei Sexhexen in Aikens Diensten.

Die Wut, die ich so sorgfältig zurückgehalten hatte, drängte an die Oberfläche, und wenn mich die Magie nicht auf dem Thron festgehalten hätte, hätte ich keinen Zweifel daran gehabt, dass ich auf den Beinen wäre und mich auf Aiken stürzen würde. Stattdessen musste ich auf dem Thron schmoren und mir achtzehn verschiedene Möglichkeiten vorstellen, ihm den Kopf abzureißen.

Aiken ließ die Hexe los und trat zurück, während er auf mich deutete. „Bianca, nimm bitte neben unserem Ehrengast Platz."

Mit einem scharfen Nicken kam die Hexe mit gestrafften Schultern und erhobenem Kopf auf mich zu. Erst, als sie nur noch wenige Meter von mir entfernt war, bemerkte ich einen wütenden Ausdruck in ihren Augen. Doch dann blinzelte sie, und alle Spuren von Emotionen waren verschwunden.

Ich nickte zum Gruß.

Sie erwiderte die Geste und setzte sich auf die Kante des Throns, als ob sie versuchte, den Kontakt zwischen ihrem Körper und dem Holz so gering wie möglich zu halten.

Aiken bewegte sich anmutig in die Mitte der Höhle, die Arme weit ausgebreitet. „Willkommen, verehrte Gäste. Wie Sie wissen, ist heute Nacht eine besondere Nacht. Die Nacht, in der ich offiziell meine Absicht bekannt gebe, für das Amt des Ministers der Verdammten zu kandidieren. Und jetzt, da ich Malstords Bezwinger als meinen ergebenen Diener habe, wird die Unterstützung für unsere Sache die kritische Masse erreichen."

Jubel stieg von der Menge auf, doch die zwei Hexen, die nahe der Wand standen, blieben regungslos und schwiegen.

Ich kochte. Es schien, dass Aiken nicht nur versuchte, mich zu zwingen, ihm mein Leben zu opfern, er plante auch, mich für irgendwelche politischen Machtspielchen einzusetzen. Ich war mir nicht sicher, wie Malstord da hineinpasste. Doch die Tatsache, dass ich ihn bezwungen hatte, hatte offensichtlich etwas damit zu tun.

Aiken ging zurück zum Tisch und goss einen Kelch des dunklen Weins ein. Der Jubel der Menge wurde lauter. Sein selbstzufriedenes Lächeln ging mir auf die Nerven.

Aiken hielt den Kelch hoch in die Luft, ging zum Spieß und riss mit der bloßen Hand eines der kurzen Beine ab.

Fett tropfte über seine Krallenfinger, und mit einem triumphierenden Schrei biss er in das Fleisch und riss ein großes Stück Fleisch vom Knochen. Säfte liefen sein Kinn hinunter, während er kaute und das Bein wie zur Feier seines Sieges in die Luft stieß.

Die Menge raste, und mein Unbehagen wuchs. Ein Raum voller tobender Dämonen war das Letzte, was ich brauchte.

Aiken drehte sich zu uns um. Er sah mich kaum an, bevor sein lüsterner Blick über Bianca glitt und an ihrem üppigen Dekolleté hängenblieb.

Sie saß stocksteif da und starrte geradeaus, wie Opfer sexueller Übergriffe es taten, um die Tortur zu überleben.

Mein Blut kochte, und meine Arme spannten sich unwillkürlich gegen die Magie an. Ich konnte nichts anderes tun, als dazusitzen und zuzusehen, wie Aiken sie mit seinen Gedanken missbrauchte. Ekel nagte an meiner Seele. Und ich schwor mir in diesem Moment, dass ich alles tun würde, um ihn zu vernichten, bevor dieses Fest vorbei war. Auf die eine oder andere Weise waren die Tage dieses Dämonen gezählt.

Aiken hob schließlich seinen Blick zu Biancas Augen und sagte: „Lass den Incubus los."

„Was?", sagte ich und sah die Hexe an. Natürlich wusste ich, dass sie Macht hatte, doch es war mir nicht in den Sinn gekommen, dass die Dämonen sie sie benutzen ließen. Wenn ich sie zu meiner Verbündeten machen könnte –

Ihre Hand schloss sich um meine, und ein stechender Schmerz ging direkt durch meine Handfläche, als hätte sie meine Hand an den hölzernen Thron genagelt.

„Autsch!", schrie ich und versuchte, meinen Arm zurückzuziehen, doch es half nicht. Ich war immer noch magisch an den Thron gefesselt.

„Entspann dich", sagte sie mit sanfter, seidiger Stimme.

Ich starrte in ihre kornblumenblauen Augen und verlor mich in der unverhohlenen Verzweiflung, die sie nicht verbergen konnte.

„Das wird wehtun", flüsterte sie und schloss dann die Augen.

Ihre Magie strahlte von der Mitte meiner Handfläche aus und bahnte sich ihren Weg durch meine Venen, wobei sie effektiv die Dämonenmagie wegbrannte, die mich auf dem Thron festhielt.

Die Luft schoss aus mir heraus, und ich stöhnte, unfähig, etwas anderes zu tun, als es zu ertragen. Und genauso plötzlich, wie er begonnen hatte, verschwand der Schmerz und ließ mich zusammengesunken zurück, schwach und der Gnade der Dämonen im Raum ausgeliefert.

Demütigung mischte sich mit Empörung, als ich mich zwang, auf eigenen Beinen zu stehen.

Die Dämonen beobachteten mich alle mit gespannter Aufmerksamkeit, und als ich einen sehr unsicheren Schritt auf Aiken zu machte, hallte Gelächter durch die Menge, gefolgt von begeistertem Jubel.

„Er ist perfekt, Aiken. Gut gemacht!", rief einer der Dämonen am Tisch.

Ein anderer stand auf und klopfte ihm auf den Rücken. „Verdammt, Mann. Brillant. Es besteht kein Zweifel, dass du das in der Tasche hast."

Ich kniff die Augen zusammen und funkelte sie alle an.

Doch die Dämonen waren zu sehr damit beschäftigt, sich selbst zu feiern, um mir noch mehr Aufmerksamkeit zu schenken. Ich sah zu Bianca hinüber. „Weißt du, worum es hier geht?"

Sie nickte. „Sie haben einen Krieger gewählt."

„Was?"

„Du. Du bist ein Krieger. Jeder, der sich durch die Magie kämpfen kann, der ich dich gerade ausgesetzt habe, ist in der Tat etwas ganz Besonderes. Aiken braucht jemanden wie dich, wenn er regieren will. Sie freuen sich über diese Entwicklung."

„Oh-kay." Während ich vor ihnen stand, bemühte ich mich um einen neutralen Gesichtsausdruck. Sie mussten die eiskalte

Entschlossenheit nicht sehen, die jede Faser meines Seins übernommen hatte.

Wenn sie mich wollten, würden sie verdammt sicher dafür bezahlen.

„Rouquette, mein Krieger", sagte Aiken und kam auf mich zu. Das Fleisch und der Wein waren weg, ersetzt durch ein Handtuch, mit dem er sich die Hände trocknete. „Du musst nur noch den Vertrag unterschreiben."

Er streckte eine Hand aus, und ein kleiner Dämon in einem Anzug sprang von seinem Stuhl auf. Mit schnellen Bewegungen eilte er auf die Plattform und überreichte mir einen goldenen Stift und ein offiziell aussehendes Dokument auf einem Marmorklemmbrett.

„Danke, Gerald", sagte Aiken.

Gerald sah mich erwartungsvoll an, seine Augen wechselten von Gelb zu Grün und wieder zurück. Was war mit der Augenfarbe der Dämonen? Veränderten sie sie durch ihre Macht oder Emotionen? Oder was war es?

„Nimm das Klemmbrett", sagte Gerald mit freundlicher Stimme.

Ich streckte meine Hand aus und genoss die Kühle des Marmors, während ich mit der anderen den goldenen Stift ergriff.

Gerald verneigte sich in Aikens Richtung und kehrte dann an seinen Platz zurück.

„Nun denn, Rouquette. Da ich ein fairer Anführer bin und verstehe, dass du ein großes Opfer bringst, bin ich auch bereit, eines zu bringen." Der Humor verließ seinen Gesichtsausdruck, und er wurde ernst. „Als Bonus bekommst du die schöne Bianca, die du nach Belieben benutzen kannst."

Bianca bewegte sich neben mir und schlug sich die Hand vor den Mund, während sie ein Keuchen unterdrückte. Lautes

Geflüster brandete durch die Menge, während sie mich alle anstarrten und auf meine Reaktion warteten.

Ich ignorierte sie, unterdrückte die eisige Wut, die sich in meiner Brust aufbaute, und sagte zu Aiken: „Ich habe zuerst einige Bedingungen."

Aiken hob abrupt den Kopf und blinzelte. „Wie bitte? Die Sexhexe ist nicht genug?"

Ich schüttelte den Kopf. „Nein. Ich will auch den Engel Ezra."

Ein dunkler Schatten fiel über Aikens Gesicht. „Der Engel hat nichts mit uns zu tun."

„Ich denke schon", sagte ich in sachlichem Ton.

Der Anführer der Dämonen kehrte langsam an den Tisch zurück und streckte seine Hand nach einem Glas Wein aus. Nachdem er einen langen Schluck getrunken hatte, rollte er mit den Schultern und zwang sich sichtlich, sich zu entspannen. „Der Engel Ezra ist nicht mehr hier. Der Antrag wird abgelehnt."

„Dann gibt es keinen Deal." Ich legte das Klemmbrett auf den Thron hinter mir und verschränkte die Arme vor der Brust.

Lauter Protest ging durch den Raum.

Aiken gestikulierte mit den Armen, damit sie sich beruhigten. „Du weißt, das bedeutet, dass wir deine Frau mit allen Mitteln angreifen werden. Sie wird niemals vor unserer Art sicher sein."

Ich zuckte mit den Schultern und täuschte Desinteresse vor. „Meine Frau kann auf sich selbst aufpassen."

Aiken starrte mich an und stieß dann ein schallendes Gelächter aus. „Du hast recht, das kann sie. Aber ich frage mich, was ein Dutzend meiner stärksten Dämonen ihr antun könnte, bevor die Bruderschaft auch nur den Hauch ihrer Anwesenheit gewittert hat."

Mein Kiefer schmerzte, weil ich meine Zähne aufeinanderbiss und versuchte, komplizierte mathematische Probleme in meinem Kopf zu lösen, um die verstörenden Bilder auszublenden, die mir durch den Kopf gingen. Als ich mich wieder im Griff hatte, sagte ich: „Wenn du willst, dass ich das unterschreibe, bringst du mir Ezra. Sonst stecken wir in einer Sackgasse."

Ich hatte keine Ahnung, was ich tun würde, falls Ezra auftauchen sollte, doch in diesem Moment brauchte ich etwas, um die Dämonen hinzuhalten. Und ich konnte mir keinen besseren Kandidaten für die Hölle vorstellen als diesen hinterhältigen Engel.

Aikens pockennarbiges Gesicht wurde rot, und seine Dämonenzähne wuchsen, was darauf hindeutete, dass ich ihn gründlich angepisst hatte. Gut. Was würde er tun? Mich vor seinen Gästen töten, nachdem sie alle ihren neuen „Krieger" gefeiert hatten? Er knallte das Weinglas auf den Tisch und sagte: „Gut. Unterschreib' den Vertrag, und ich bringe dir den Engel."

Ich schüttelte den Kopf. „Erst den Engel. Dann unterschreibe ich."

Er stieß ein lautes Gebrüll aus, und ich dachte, er könnte die Kontrolle verlieren und mir den Kopf abreißen. Doch er beruhigte sich und starrte auf seine Füße. Dann wandte er sich plötzlich Bianca zu. „Fessle ihn."

Bianca warf mir einen gequälten Blick zu und berührte meinen Arm.

Tausend weißglühende Messer prickelten auf meiner Haut, die Magie breitete sich über mich aus, als wäre es Gift. Alle Energie wich aus meinem Körper. Nebel hüllte meine

Gedanken ein, und ich beobachtete, wie Bianca in Zeitlupe die Hand ausstreckte, um den Vertrag von meinem Stuhl zu nehmen. Seufzend drückte sie ihre andere Hand gegen meine Brust und übte gerade genug Druck aus, um mich zurück in den Thron zu schieben.

Ich sackte schwer darauf, unfähig, meine Bewegungen zu kontrollieren. Und in dem Moment, in dem ich den Thron berührte, war die Magie zurück und fesselte mich wieder an das Holz.

Aiken wandte sich seinen Gefährten am Tisch zu. „Findet Ezra und bringt ihn sofort zu mir."

KAPITEL VIERUNDZWANZIG

*A*very öffnete den Mund, und schwarze Magie schoss auf Chessandra zu. Der Hohe Engel erstarrte, die Augen weit aufgerissen vor Schock.

„Beweg dich!", rief ich und nutzte die kollektive Magie des Zirkels. Die Kraft brach aus mir heraus und kollidierte kaum mit der von Avery, bevor sie Chessandra verschlang. Was zum Teufel war los mit ihr? Sie hatte ihre eigene Magie. Würde sie nicht einmal versuchen, sich selbst zu retten?

Ich atmete beruhigend ein, als die dunkle Magie sich zentimeterweise vorwärts bewegte und die hellere Magie des Zirkels auffraß. Sie war stark für einen neuen Dämon. Oder einfach nur richtig sauer.

Avery knurrte in Chessandras Richtung und schenkte mir kaum Beachtung. Ja, sie war sauer. Und wenn sie sich entschloss, ihre ganze Aufmerksamkeit darauf zu richten, mich abzuwehren, würde ich in Schwierigkeiten geraten. Meine

Kraft war seit der Nacht mit Kane etwa zur Hälfte wieder aufgebaut, und zu diesem Zeitpunkt gab ich alles, was ich hatte, und verlor.

„Bea!", rief ich, als ich bemerkte, dass meine Mentorin nichts in das Kollektiv des Zirkels einspeiste. Sie konzentrierte sich auf Chessandra, die endlich aufgewacht zu sein schien und einen Schutzzauber wirkte. Lichtblitze zuckten über der Haut des Hohen Engels und hüllten sie in eine schimmernde Schicht von Magie. Es würde den Dämon nicht davon abhalten, sie zu überwältigen, doch es würde ihr genug Zeit geben, entweder zu fliehen oder sich zu wehren. „Ein bisschen Hilfe, bitte?"

Beas Blick landete an der Stelle, wo die Magie des Zirkels auf Averys Magie traf, und sie fluchte. Einen Augenblick später verband sich ihre Magie nahtlos mit unserer, und mit ihr erlangten wir leicht die Kontrolle über die Situation.

Avery knurrte und richtete ihre Aufmerksamkeit auf mich. „Das ist eine Sache zwischen mir und Chessandra. Sie schuldet mir ein Leben, und ich werde es einfordern."

„Das kann ich nicht zulassen", sagte ich und gab keine Sekunde lang nach. Egal, was Chessa getan hatte, ich würde sie nicht von einem Dämon in die Hölle entführen lassen. Selbst wenn ich glaubte, dass das eine gerechte Strafe wäre, würde sie nur zu einem Dämon werden, und das wäre ein weiterer Feind, den wir bekämpfen müssten.

„Sie macht seit über zwanzig Jahren Geschäfte mit Dämonen", sagte eine männliche Stimme hinter mir.

Ich blickte über meine Schulter und entdeckte einen großen jungen Mann mit stacheligen blonden Haaren. „Wer bist du?"

„Ihr Sohn." Er ging um den Kreis herum, bis er nur noch wenige Meter von Chessandra entfernt war.

Sie drehte sich zu ihm um; Erleichterung schien durch ihren vorsichtigen Gesichtsausdruck. „Ezra. Du bist in Ordnung. Wo bist du gewesen?"

„Wirklich? Was glaubst du, wo ich war?" Er spie die Worte aus und holte ein Stück Papier hervor, das er vor ihr wedelte. „Beweise für dein doppeltes Spiel sammeln."

Es war der Vertrag zur Begnadigung des Dämons, von dem Kane mir erzählt hatte. Und er konfrontierte sie genau hier vor allen.

Avery verdoppelte ihre Anstrengung, und ihr Strom schwarzer Magie nagte an unserem gemeinsamen Angriff und bewegte sich langsam auf Chessandra zu.

Ich konzentrierte mich weiter auf Avery und grub tief in meine eigenen Reserven, bis wir in eine Pattsituation gerieten.

„Ezra –", begann Chessandra, doch er unterbrach sie.

„Hier steht, dass der Hohe Engel einem Dämon namens Wes Lancaster als Gegenleistung für sein Schweigen Gnade gewährt hat. Der gute alte Wes hat hier jemanden umgebracht und Chessandra erpresst, ihn am Leben zu lassen."

„Wes Lancaster!", rief Avery. Ihre Magie verschwand, und sie duckte sich unter dem Strom der Macht des Zirkels hindurch und stürmte vorwärts, die Arme ausgestreckt, als wollte sie Chessandra erwürgen. „Es ist deine Schuld, dass ich ein Dämon bin, du egoistische Schlampe. Ich werde dich töten."

Bevor ich verarbeiten konnte, was passierte, stürzte sich Avery auf Chessandra, und sie gingen in einem Haufen Arme und Beine zu Boden. Avery gewann fast augenblicklich die Überhand und saß rittlings auf dem Hohen Engel, die Hände um ihren Hals geschlungen. „Du kommst mit mir."

Averys schwarze Magie wand sich spiralförmig zu Seilen und schlang sich um den Engel.

Ein kollektives Keuchen kam von meinen Zirkelmitgliedern, während ich wie erstarrt dastand und dem Dämon und dem Engel in fassungsloser Faszination beim Kampf zusah.

„Jade!", rief Bea von der anderen Seite des Kreises.

Ich blinzelte und sammelte die Magie, die immer noch aus dem Hexenzirkel pulsierte. Dann begegnete ich Beas Blick und rief: „Jetzt!"

Unsere Magie schoss mit voller Wucht in Avery, riss sie von Chessandra und schmetterte sie auf die verzauberte Erde im Zentrum des Zirkelkreises. Ein trauriges Aufheulen von Musik kam aus der Musikbox und erlosch dann, als die Box zerbrach. Ranken weißer Magie wuchsen aus dem Boden und fesselten alle vier Gliedmaßen des Dämons und verankerten sie in der Erde.

„Whoa", keuchte Zoë mit bleichem Gesicht.

Ohne zu zögern trat ich in den Kreis und bedeutete Zoë, mir zu folgen.

Die junge Hexe schüttelte den Kopf und versuchte, aus dem Kreis herauszutreten, doch Lucien streckte die Hand aus und packte sie am Arm. „Nein. Wenn du ihn verlässt, schwächst du unsere Macht, und die Magie, die den Dämon festhält, könnte versagen."

Sie holte tief Luft und nickte. „Okay, aber ich will auch nicht reingehen."

„Das musst du, Liebes", sagte Bea. „Du warst das Vehikel, das Jade verflucht hat, nicht wahr? Wir brauchen dich, um den Fluch zu brechen."

Ich lächelte Bea an und freute mich, dass wir uns einig waren. Jetzt, da der Dämon vorübergehend außer Gefecht gesetzt war und wir Chessandra im Kreis gefangen hatten, würde ich diese Gelegenheit nicht verstreichen lassen, ohne die schwarze Magie aufzuheben, die an mir haftete.

Tränen stiegen in Zoës Augen. „Das wollte ich nicht. Ich hatte keine Wahl."

Ich streckte ihr meine Hand entgegen. „Ich weiß. Aber jetzt hast du die Chance, dabei zu helfen, das Unrecht zu korrigieren."

Die Tränen liefen über ihre Wangen, und mein Herz schmerzte für sie. Vor nicht allzu langer Zeit war sie in den Schatten gefangen gewesen und der größte Teil ihres Geistes und ihrer Seele von einer niederen Göttin gestohlen worden. Zum Glück hatte sie eine Seele bekommen, aber ihr Geist erholte sich immer noch. Jetzt war sie zur Schachfigur des Hohen Engels geworden. Irgendjemandem zu vertrauen konnte nicht weit oben auf ihrer To-do-Liste stehen.

„Wir werden auch die Verbindung trennen, die Chessandra zu dir hat", sagte ich. „Was wir tun, ist für dich genauso wie für mich."

Sie zögerte und trat dann mit einem entschlossenen Nicken einen Schritt in den Kreis.

„Lucien?"

„Ja?", antwortete er.

„Kannst du den Dämon festhalten, wenn Bea ihre Magie für ein paar Minuten zurückzieht?" Ich hatte den Zirkel bereits verlassen, als ich den Kreis betreten hatte. Und obwohl ich entschlossen war, den Fluch auf mir rückgängig zu machen, würde ich es nicht tun, wenn Gefahr für den Zirkel bestünde.

„Solange Lailah bleibt", sagte er zuversichtlich.

„Ich gehe nirgendwohin", sagte Lailah.

Danke, flüsterte ich ihr zu.

Sie nickte und der Strahl ihrer Macht begann intensiver zu leuchten, als sie sich wieder auf den Dämon konzentrierte.

Ich spürte, wie ein Kraftschub von Bea in das Kollektiv des Zirkels strömte, und dann trat auch sie in den Kreis.

„Hat mich niemand gehört?", tobte Ezra hinter mir. „Sie verdient einen Trip in die Hölle."

„Wir haben dich gehört, Junge", sagte Bea ruhig. „Aber heute geht niemand außer diesem Dämon in die Hölle. Der Rat der Engel wird sich mit deiner Mutter wegen der angeblichen Verbrechen befassen."

„Ihr macht einen großen Fehler."

„Nein, tun wir nicht", sagte ich leise und starrte auf den Hohen Engel hinab, der im Gras kniete.

Sie sah mich mit Tränen in den Augen an. „Ich bin bei ihm gescheitert."

„Du bist darin gescheitert, mir das Leben zu geben, das ich verdient habe", zischte Ezra mit hasserfüllter Stimme. „Jetzt wirst du dafür bezahlen." Er hob seine Arme, Magie knisterte überall um ihn herum.

Ich seufzte, seines Gezeters schon überdrüssig. Er konnte nicht in den Zirkelkreis eindringen, doch jede Magie, die er auf uns warf, würde den Kreis schwächen. Ich musste ihm den Wind aus den Segeln nehmen. Und das schnell. „Ezra?"

„Was?"

„Ich würde mich beruhigen, wenn ich du wäre."

„Sag mir nicht, was ich tun soll, Hexe. Sie ist meine Mutter. Die mich *Fremden* überlassen hat. Lass mich – *uff*." Ein magischer Blitz traf ihn von hinten und warf ihn auf die Knie.

„Wurde aber auch Zeit, dass ihr auftaucht", sagte ich zu Vaughn, einem der Dämonenjäger.

„Tut uns leid." Der gutaussehende Incubus in seinen Zwanzigern lächelte mich an. „Wir sind aufgehalten worden."

Ich blickte an ihm vorbei zu zwei anderen Dämonenjägern, die ich nicht kannte. „Wo ist Kane?"

Vaughn runzelte die Stirn. „Ich bin mir nicht sicher. Wir werden Maximus fragen müssen."

Zu dumm, dass er praktischerweise auch nicht hier war. Ich richtete meine Aufmerksamkeit wieder auf Chessandra, die jetzt hinter mir stand. Ihre Augen waren auf ihren bewusstlosen Sohn gerichtet, Sorge ging in Wellen von ihr aus. Was auch immer zwischen den beiden vorgefallen war, er lag ihr eindeutig am Herzen.

„Lass uns weitermachen", sagte ich zu Bea.

Sie stand neben mir. „Du weißt, was zu tun ist."

Ich hatte schon früher einen Fluch übertragen, doch ich hatte ihn von Lucien genommen, durch mich selbst gefiltert und ihn wieder in die Hexe gezwungen, die ihn verflucht hatte. Ich warf Zoë einen Blick zu und schüttelte den Kopf. „Nein. Das tue ich nicht. Wenn sie dafür verantwortlich ist, mich zu verfluchen, kann ich ihn nicht auf sie übertragen."

Bea betrachtete Zoë einen Moment lang und fragte sie dann: „Wie hast du es gemacht?"

Zoë atmete zitternd ein. „Ich habe Jades Chai-Konzentrat mit dem Fruchtbarkeitstrank versetzt, den Chessandra verflucht hat. Ich habe es an Silvester gemacht, als wir alle bei Jade zu Hause waren."

Verdammt ... Kein Wunder, dass ich am nächsten Tag krank geworden war, nachdem ich meinen Morgen-Chai getrunken hatte. Wie einfach und so dumm, dass ich nicht bemerkt hatte, dass etwas nicht stimmte.

„Ich verstehe." Beas Ton war voller Wut, als sie Chessandra anstarrte. „Dann können wir Zoë außen vor lassen, und wir können ihn einfach derjenigen zurückgeben, der er gehört."

Chessandra starrte zu Boden und wirkte völlig resigniert. Da es ihr schwarzer Zauber war, konnte sie ihn höchstwahrscheinlich neutralisieren, doch es würde nicht spurlos an ihr vorüber gehen. Danach wäre sie geschwächt. Doch das war mir egal. Die Tatsache, dass sie mein Kind kontrollieren wollte, war wahrscheinlich das Schlimmste, was sie mir hätte antun können. Ich hatte fast Lust, mich auf Ezras Seite zu schlagen und sie in die Hölle zu schicken. Doch der Raum, in dem die Zeit stillstand, war besser. Sie wäre außer Gefecht, und wir müssten uns keine Sorgen machen, dass sie als Dämon zurückkäme.

„Du bist ein echtes Miststück, weißt du das?", sagte ich zu ihr, als ich ihr Handgelenk packte und drückte, bis sie zusammenzuckte. „Dein eigenes Kind im Stich zu lassen und dann zu versuchen, mir meins wegzunehmen. Du verdienst alles, was dir nach dieser Nacht passiert."

Dann, bevor sie ein Wort sagen konnte, konzentrierte ich mich auf die Dunkelheit der Magie in meinem Bauch, biss die Zähne gegen den brennenden Schmerz zusammen und rief sie. Alles verließ meinen Geist, als der schwarze Fluch übernahm und mich in eine verwirrende Welt schleuderte. Die Welt geriet aus den Fugen. Mein Magen drehte sich. Ich konnte nichts sehen. Alles, was ich wahrnahm, war der hässliche Schmerz der schwarzen Magie, der mich verzehrte. Er füllte mich aus und übernahm und ließ mich vollkommen verloren zurück.

„Jade! Übertrage es", drang Beas leise Stimme durch die Verwirrung. „Jetzt!"

Es war mehr der Klang ihrer Stimme als die eigentlichen Worte, die mich erreichten, und in diesem Moment kämpfte ich um sie. Für Kane. Für mein zukünftiges Kind.

„Lass mich frei!", heulte ich.

Die Magie schoss aus meinen Händen, und ich sah zu, wie sich der dunkle Fluch um Chessandras Arme wand und ihren

Hals hinaufkroch. Sie kämpfte nicht dagegen an, stand einfach da und ließ es geschehen.

Doch bevor die schwarze Magie sie vollständig verschlang, hielt sie inne, ballte sich zusammen und schoss durch die Luft, direkt durch die Wand des Kreises, und prallte gegen Ezra.

Er stieß ein lautes Stöhnen aus, kippte vornüber und presste die Hände an seine Brust.

„Oh mein Gott", hörte ich Zoë sagen.

Meine Aufmerksamkeit konzentrierte sich auf Ezra, als er sich aufrichtete und mich anstarrte, unverhohlener Hass in seinem Blick. „Was hast du mir angetan?", keifte er.

Ich schüttelte den Kopf und war mir überhaupt nicht sicher, was passiert war. Ich drehte mich zu Chessandra um.

Tränen strömten über ihr Gesicht. „Der Fluch kontrolliert das erstgeborene Kind."

Heilige Götter. Ich hatte ihr ihren Fluch wieder aufgezwungen, doch weil sie schon ein Kind geboren hatte, haftete der Fluch nun an ihrem Kind. Jetzt wurde er kontrolliert von … wem? Chessandra? Oder mir? Ich war diejenige gewesen, die den Fluch übertragen hatte. Ich hatte keine Ahnung. Doch der Gedanke, dass ich die Kontrolle über ihn haben könnte, machte mich krank. Es war nichts, was ich wollte.

„Jade!" Ich drehte mich gerade noch rechtzeitig um, um zu sehen, wie sich Avery von ihren Fesseln befreite. Als die schwarze Magie die Kreiswand durchschlagen hatte, hatte sie die Magie des Zirkels geschwächt.

Sie stand aufrecht, mit ausgestreckten Armen und wehrte alle magischen Angriffe ab. Ihre Augen blitzten rot, als sie auf den Boden zeigte und einen Strom ihrer eigenen Magie entfesselte. Ein Loch tat sich auf, und sie stand am Rand und funkelte Chessandra an. „Ich werde zurückkommen und sie holen."

„Sie wird nicht hier sein", sagte ich.

Der Dämon richtete seinen Zorn auf mich. „Das sollte sie besser, sonst siehst du deinen Mann nie wieder."

„Was?" Mein Herz donnerte gegen meine Brust.

„Du wusstest es nicht?" Ihre Lippen verzogen sich zu einem bösen Grinsen. „Er wurde in die Hölle gebracht. Beansprucht von einem der mächtigsten Dämonen unseres Reiches. Aber ich schlage dir einen Deal vor. Du gibst mir Chessandra, und ich helfe dir, ihn rauszuholen."

„Das ist nicht wahr", sagte ich und betete mit jeder Faser meines Körpers, dass sie log. Doch die Tatsache, dass Kane nicht hier war … Ich sah zu Vaughn hinüber. Sein mitfühlender Blick sagte mir alles, was ich wissen musste. Kane war entführt worden, und Maximus versuchte entweder, einen Weg zu finden, ihn zu retten, oder war zu feige, sich mir zu stellen.

Als ich Averys wildem Blick begegnete, sagte sie: „Ich bin deine einzige Chance." Dann sprang sie, und das Loch begann sich zu schließen.

„Nein!" Ich rannte auf das Portal zu, blieb am Rand stehen und schwankte.

„Sie lügt", hörte ich Ezra schreien. „Niemand kann ihm jetzt helfen."

Ich drehte mich um. „Du wusstest es?"

Er sah mich böse an. „Natürlich wusste ich es. Wenn man neun Monate in der Hölle verbringt, lernt man einiges. Rouquette kommt nicht zurück. Sie haben Pläne für ihn."

Zwei Gedanken trafen mich gleichzeitig. Der erste war, je länger Kane in der Hölle war, desto schwieriger würde es sein, ihn herauszuholen. Das zweite war, dass Ezra Informationen über die Beteiligten besaß, die ich nicht hatte. Und obwohl ich ihm nicht vertraute, glaubte ich fest daran, dass er alles tun würde, um zu überleben.

Ohne genau abzuwägen, was ich tat, sagte ich: „Komm her."

Ezra kämpfte gegen Vaughns Griff und konnte sich nicht befreien.

„Lass ihn los!", befahl ich. Die Schutzmauer des Zirkels war gebrochen, als die schwarze Magie hindurch geschossen war. Ezra hätte keine Probleme, zu mir in den Kreis zu kommen.

Vaughn gehorchte meinem Befehl und trat zurück.

Ezra runzelte die Stirn, kam jedoch auf mich zu. Seine Bewegungen waren ruckartig und unkoordiniert. „Wie machst du das? Was passiert mit mir?"

„Du gehorchst meinem Befehl." Es war der Fluch. Ich hatte die volle Kontrolle über ihn. Bei dem Gedanken drehte sich mir der Magen um, doch ich straffte die Schultern und schluckte das Unbehagen herunter. Jetzt war nicht die Zeit, sich darüber Gedanken zu machen.

Als er neben mich trat, legte ich meine Hand um seine und sagte: „Spring!"

Seine Augen weiteten sich vor Entsetzen, als wir beide in der Hölle verschwanden.

KAPITEL FÜNFUNDZWANZIG

JADE

Meine Knie schmerzten vom Aufprall auf den Steinboden, und ich schwitzte. Anspannung verknotete meine Innereien, und für eine Minute dachte ich, ich würde mich gleich auf den Dämon erbrechen, der über mich gebeugt stand.

„Hast du deinen verdammten Verstand verloren?", zischte Ezra. Er lag ausgestreckt auf dem Boden von Averys Kammer.

Ich ignorierte ihn und bemerkte fraglichen Dämon, der über uns stand, ein Knurren auf ihren blutroten Lippen. Ihre wilden dunklen Locken waren kraus von der Luftfeuchtigkeit der Hölle, und sie sah durch und durch wie der böse Dämon aus, der sie war. Schwarze Funken der Magie trafen direkt vor mir auf den Steinboden, und ich zuckte zurück und konnte nur knapp vermeiden, von was auch immer sie auf mich geworfen hatte, getroffen zu werden.

„Nicht jetzt", sagte ich zu Ezra und rappelte mich auf,

wobei ich eine Wand aus Magie errichtete, um einen weiteren Angriff von Avery abzuwehren.

„Fuck", murmelte er und beeilte sich, zu mir zu kommen. Zu Avery sagte er: „Bleib stehen, Dämon. Oder du wirst dich vor Aiken verantworten."

Ihr scharfer Blick schoss zu ihm, doch sie ließ ihre Magie nicht fallen. „Was meinst du damit, ich werde mich vor Aiken verantworten?"

Ein selbstzufriedener Ausdruck huschte über sein Gesicht. „Er schuldet mir was. Jetzt zieh dich zurück."

„Fick dich", fauchte sie und feuerte einen weiteren Energieblitz auf unsere magische Wand. Der Druck in der Luft zwischen uns und der Barriere wurde stärker, und ich widerstand dem Drang, einen Schritt zurückzutreten.

„Du dummer Dämon", knurrte Ezra und kniff die Augen zusammen. „Ich weiß, dass du Wes' Eigentum bist. Was glaubst du, wird Aiken mit ihm tun, wenn er herausfindet, dass du es versäumt hast, irgendjemanden über meine Anwesenheit zu informieren – über jemanden, der Geschäfte mit Dämonen macht und außerdem der Sohn des Hohen Engels ist?"

„Mir ist egal, was mit Wes passiert." Ihre Bewegungen waren jetzt steif, fahrig.

Ezra seufzte und machte einen Schritt nach vorn, drückte sich fast gegen die magische Barriere. „Wenn Wes etwas passiert, wirst du an den Meistbietenden verkauft. Willst du das? Sklavin von jemandem sein, der mit dir tun wird, was er will?"

Ich holte scharf Luft. Avery war ein Dämon, und ihr war nicht mehr zu helfen, doch trotzdem war es schwer, sie so zu sehen. Nicht nur verdammt zu sein, sondern ein Dämon der niedrigsten Ordnung zu sein. Mein Hass auf Chessandra wuchs. Das war ihre Schuld. Sie hatte Avery zu Wes geschickt.

„Ich werde nicht … verkauft", sagte sie, doch ihre Worte klangen nicht überzeugend. Sie war besorgt.

„Bring uns einfach direkt zu Aiken, Liebes", sagte Ezra. „Du könntest dir sogar deine Gunst verdienen. Vielleicht einen Weg finden, unter der Fuchtel eines anderen Dämons herauszukommen. Hast du eine Ahnung, wie mächtig er ist?"

Sie trat zurück und brach ihren magischen Angriff ab. Ihre Nasenflügel bebten vor Frustration, aber dann drehte sie sich zu mir um. „Bist du sicher, dass du das tun willst? Wenn ich du wäre, würde ich meinen Hintern sofort wieder an die Oberfläche schwingen."

Ich nickte. „Ich bin sicher. Ich gehe hier nicht ohne Kane weg."

„Okay. Aber wenn du auch nur daran denkst, was zu versuchen –"

„Ich habe kein Interesse daran, dir Ärger zu machen. Wenn du deine Magie für dich behältst, werde ich dasselbe tun."

Mit einem scharfen Nicken zog Avery einen schäbigen Vorhang zurück und gab den Blick auf eine Ecke frei, in der sie ihre persönlichen Gegenstände aufbewahrte. Sie holte eine Bürste heraus und versuchte schnell, ihr Haar zu bändigen. Doch es war zwecklos. Es war ihr nur gelungen, die Haare noch mehr fliegen zu lassen.

„Tut mir leid", sagte ich zu ihr und gestikulierte mit der Hand durch die feuchte Kammer. Das Zimmer war klein, wie ein Studentenwohnheim, mit einem Einzelbett und bar jeder Dekoration außer einem traurigen, verblichenen Stadtbild von New Orleans, das an der grauen Wand hing. „Ich wünschte, wir hätten dich davor bewahren können."

Sie knirschte mit den Zähnen. „Niemand ist zu retten. Wir sind alle verloren."

Ihre Antwort machte mich traurig, doch ich konnte es ihr

nicht verübeln. Ein in die Hölle verbanntes Leben wurde schnell zu einem ohne Hoffnung. Ich presste meine Lippen aufeinander und folgte ihr und Ezra aus dem kleinen Raum.

Avery hielt den Kopf hoch und tat so, als wäre es völlig normal, einen Engel und eine Hexe hinter sich zu haben.

Ezra strömte eine seltsame Mischung aus Zuversicht und Beklommenheit aus. Das war kein Trost. Ich klopfte auf meine Tasche, suchte nach den Kräutern und Tränken, die ich dort vor der Beschwörung verstaut hatte, und blickte finster drein. Sie hatten den Sprung in die Hölle nicht überlebt. Verdammt. Das war keine wirkliche Überraschung. Die meisten Gegenstände taten es nicht, doch die Tränke wären gegen die Dämonen nützlich gewesen.

Ich war schon einmal in der Hölle gewesen, doch ich kannte die Gegend, in der wir uns jetzt befanden, nicht. Tatsächlich hatte ich keine Ahnung, wo wir waren oder wohin wir gingen. Das letzte Mal hatte ich eine Karte auswendig gelernt und Kane war bei mir gewesen. Jetzt hatte ich einen Engel, der Geschäfte mit beiden Seiten machte und dem ich nicht über den Weg traute, und einen angepissten Dämon. Wenn ich Kane finden und wir es tatsächlich nach Hause schaffen würden, wäre das ein verdammtes Wunder.

Der Knoten in meinem Magen wuchs, und meine Nerven begannen zu flattern. Worauf in aller Welt hatte ich mich da eingelassen? Und einen Engel gegen seinen Willen in die Hölle zu werfen, egal welche Sünden er begangen hatte, war mehr als falsch. Ich schämte mich. Weiße Hexe am Arsch. Was ich tat, war nicht besser als ein Dämon.

Hör auf, Jade.

Ich schüttelte heftig den Kopf. Meine Entscheidungen in Frage zu stellen würde nichts ändern. Im Moment hatte ich nur zwei Dinge zu tun: Kane zu finden und uns hier rauszubringen.

Wir gingen einen Korridor mit Lehmwänden entlang. Gaslichter hingen von der Felsdecke. Die Eingänge zu neuen Räumen waren nur herausgemeißelte Löcher, die meisten mit einer Art Vorhang verschlossen. Es war wie in den Slums der Hölle.

Ich schlang meine Arme um mich und unterdrückte trotz der Hitze ein Frösteln. Avery war eindeutig auf der untersten Sprosse, wenn es um die soziale Leiter der Dämonen ging. Ich konnte nur hoffen, dass Wes sie mit einem Hauch von Anstand behandelte. Sie war mit Abstand der vernünftigste Dämon, dem ich je begegnet war. Doch andererseits hatte sie keine große Wahl, oder?

Mein Herz begann für sie zu schmerzen, aber als ich mich dabei ertappte, wie ich meine Hände an die Brust presste, und zwang ich mich, sie sinken zu lassen.

Sie ist ein *Dämon*, sagte ich mir noch einmal.

Das bedeutete, dass ihre Menschlichkeit entweder verloren oder so wenig übrig war, dass es sich nicht lohnte, danach zu suchen. Und wenn ich mir erlaubte, Mitleid mit ihr zu haben, hätte ich mich ihr genauso gut ergeben können. Avery würde kein Mitleid mit mir haben. Wenn es nach ihr ginge, wäre ich schon ein Haufen Glibber auf dem Boden ihrer Kammer.

Ich errichtete einen Schild um mein Herz, straffte meine Schultern und begrub all die Ängste, die versuchten, an die Oberfläche zu sprudeln.

„Warte", sagte Avery, die am Ende des Korridors stehengeblieben war, drückte ihre Hand gegen die geschlossene altmodische Holztür und runzelte die Stirn.

„Was ist?", fragte ich.

Sie drehte sich um und kniff die rot glühenden Augen

zusammen. „Auf der anderen Seite dieser Tür ist eine Gruppe von Dämonen. Sie sind meistens schlecht gelaunt und trinken gerne, was bedeutet, dass es schwierig sein wird, sie zu umgehen. Wir können entweder hier warten, bis sie gehen, oder ihr könnt es riskieren."

Ich konnte nicht warten. Wer wusste schon, was Kane durchmachte? Je länger ich brauchte, desto größer war die Wahrscheinlichkeit, dass ich ihn nie wiedersehen würde. Wir mussten es riskieren. „Wir warten nicht."

Ihre Nasenflügel bebten wieder, doch sie widersprach nicht. „Sag nicht, ich hätte dich nicht gewarnt."

Ich warf Ezra einen Blick zu. „Sag, was immer du musst, aber erwähne nicht, dass wir wegen Kane hier sind."

Er warf mir einen angewiderten Blick zu. „Hältst du mich für einen Idioten?"

Ich zuckte mit den Schultern. Er war derjenige, der Geschäfte mit Dämonen gemacht hatte, nicht wahr?

„Wenn das hier vorbei ist, Calhoun, pass besser auf dich auf. Niemand stellt sich mir in den Weg und kommt damit durch."

Wut stieg aus meinem Innersten auf und blieb in meiner Kehle stecken, doch ich schluckte sie herunter und erlaubte ihm nicht, mich zu ködern. Jetzt war nicht die Zeit, mit dem verlorenen Sohn des Hohen Engels zu streiten. „Lass uns gehen", sagte ich zu Avery.

Sie schüttelte den Kopf, griff aber trotzdem nach der Türklinke. Ezra kam ihr in einer seltenen Demonstration von Ritterlichkeit zuvor.

Avery funkelte ihn an, als sie an ihm vorbeiging.

Mein interner Bullshitmeter schlug aus, und ich blieb vor Ezra stehen. Mit dem Willen meiner Magie hinter meinen Worten sagte ich: „Denk nicht einmal daran, mich zu verraten.

Du wirst alles tun, um dafür zu sorgen, dass ich es sicher an Kanes Seite schaffe." Der spontane Zauber, den ich auf ihn gesprochen hatte, kitzelte meine Lippen. Gut. Es funktionierte. „Oder ich sorge dafür, dass du für immer hier bleibst."

Sein Gesichtsausdruck spiegelte distanzierten Gehorsam wider, und ich betete, dass ich nicht den ganzen Charme und die Gerissenheit, die er besaß, direkt aus ihm herausgezaubert hatte. Er würde beides brauchen.

„Na, was haben wir denn hier?" dröhnte eine tiefe Stimme aus der kleinen Gruppe von Dämonen, die sich an einem Tisch versammelt hatten.

„Sieht so aus, als müsste Wes' Hündin gezähmt werden", lachte ein anderer.

„Schnauze." Wes stand auf und schlug dem vorlauten Dämon das Getränk aus der Hand. „Sprich niemals so über mein Eigentum."

Eigentum? Jede Faser meines Seins sehnte sich danach, Wes zu verfluchen, während meine Schuldgefühle wuchsen, weil ich Avery nicht helfen konnte. Ihre Existenz war mein schlimmster Alptraum.

„Avery." Wes ging um den Tisch herum und blieb vor ihr stehen. Er hatte eine menschliche Gestalt angenommen. Nichts an ihm sagte Dämon, außer seinen Augen, die die Farbe wechselten. Er war groß, hatte dunkles Haar, und wäre er nicht so aggressiv gewesen, wäre er beinahe attraktiv gewesen. „Hast du mir ein Geschenk mitgebracht?" Wes musterte mich von Kopf bis Fuß. Ein begeistertes Grinsen breitete sich auf seinem Gesicht aus. Er wandte seine Aufmerksamkeit wieder ihr zu. „Sieht aus, als hättest du gerade einen kleinen Gefallen gewonnen, Sweetcakes."

Oh du meine Güte … „Ich bin nicht dein Geschenk. Wir sind geschäftlich hier."

„Geschäftlich?" Wes lachte laut. „Das einzige Geschäft, mit dem du beschäftigt sein wirst, ist das Reinigen meines Gemachs."

Er streckte die Hand aus, um meinen Arm zu packen, aber ich zuckte zurück und rief gleichzeitig einen magischen Schild herbei, der meine Haut bedeckte. Es würde niemanden davon abhalten, mich zu packen, doch wenn er es täte, würde er einen ziemlichen Schlag bekommen.

Ezra trat vor mich. „Wir sind auf dem Weg zu Aiken. Ich schlage vor, du bringst uns zu ihm, wenn du nicht willst, dass er herausfindet, wie du Avery als dein Betthäschen bekommen hast."

Wow. Ich blickte zwischen ihnen hin und her und dann zu Avery. Ihr Gesicht wurde tiefrot, als sie sie beide anfunkelte. Galle brannte in meiner Kehle, und ich wollte schreien um des Engels willen, der sie gewesen war.

„Ezra?" Wes' Augen weiteten sich und verengten sich schnell wieder. „Ich habe gehört, du hast dein Leben gegen einen Incubus eingetauscht. Was tust du hier hinten?"

Und da war es wieder. Ein weiterer Dämon, der eindeutig dachte, Ezra hätte Kane verkauft. Ich musste meine Fäuste ballen, um den Engel nicht zu schlagen.

Ezra warf ihm einen ausdruckslosen Blick zu. „Das geht dich nichts an."

„Das denke ich schon." Wes machte einen Schritt nach vorn und stand fast Brust an Brust mit Ezra. „Da ich derjenige bin, der dich überhaupt zu Aiken gebracht hat, fällt was auch immer du tust auf mich zurück. Du bist nicht hier, um Ärger zu machen, oder?"

Ein Muskel zuckte in Ezras Kiefer, und sein ganzer Körper spannte sich an. Einen Moment lang dachte ich, er würde ausrasten. Dann sagte Ezra: „Ich bringe ihm noch ein

Geschenk." Er nickte zu mir. „Wenn du die Gunst deines Meisters gewinnen willst, solltest du vielleicht mit diesem Verhör aufhören und uns helfen, zu ihm zu kommen."

„Was?", flüsterte ich schroff. „Ein Geschenk?"

Hass gemischt mit Selbstzufriedenheit leuchtete in Ezras Augen. „Du hast verlangt, dass ich dich sicher an Rouquettes Seite bringe. Du hast nichts darüber gesagt, was danach mit dir passiert."

„Du kleines –"

Er winkte ab, und plötzlich waren meine Worte weg. Mein Mund bewegte sich, doch es kam nichts heraus. Dieser Bastard! „Nur, damit du nicht auf die Idee kommst, noch mehr Befehle zu erteilen."

Ich hob meine Hand, um zuzuschlagen, doch er wehrte meinen Schlag mühelos ab. „Benimm dich, oder ich lasse dich von Avery fesseln."

Avery lächelte und genoss unseren Streit eindeutig, und obwohl jeder Instinkt mich anschrie, Ezra im Stillen zu verfluchen, zapfte ich eine Selbstbeherrschung an, von der ich nicht wusste, dass ich sie besaß. Stattdessen konzentrierte ich mich darauf, seinen Bann zu brechen. Ich konnte nicht in einen Raum mit einem Haufen Dämonen gehen ohne im Besitz meiner Stimme zu sein.

Ich rief meine Magie und stellte mir vor, wie sich das weiße Licht hinten in meiner Kehle sammelte, und dann sang ich in meinem Kopf *komm zurück*. Ein stechender Schmerz schoss durch meine Kehle, als mein Mund brannte, und ich musste kämpfen, um nicht aufzuschreien. Ich wusste instinktiv, dass meine Magie funktioniert hatte, doch das Letzte, was ich tun wollte, war, Ezra das wissen zu lassen. Wenn wir Aikens Gemächer betraten, wollte ich bereit sein.

Ezra wandte sich Wes zu. „Bring uns zu Aiken."

Der andere Dämon lachte. „Du bist interessant, Ezra. Wenn du nicht so ein hinterhältiges Wiesel wärst, würde ich mich mit dir zusammentun. Doch ich bin nicht daran interessiert, ein Messer in meinem Rücken zu finden."

„Damit kennst du dich aus, nicht wahr?", fragte Ezra.

Wes zuckte mit den Schultern. „Ich habe nur getan, was ich tun musste, um zu überleben."

Ezra warf Avery einen Blick zu. „Seit wann bedeutet Überleben, einen Dämon zu zwingen, dein Bett zu wärmen?"

„Seit ich keine Frau mehr hatte, seit deine Mutter mich vor zwanzig Jahren verlassen hat. Ich hatte keine Lust mehr, zu warten." Wes' Augen landeten auf Avery, und ein Funke der Lust loderte auf.

Oh, heilige Scheiße. Meine Augen weiteten sich, und ich musste ein Keuchen unterdrücken, um mich nicht zu verraten. Chessandra war mit einem Dämon zusammen gewesen? Oder war er damals ein Engel gewesen?

Wes wandte den Blick von Avery ab. „Lass uns gehen. Der kleine Dämon und ich haben Pläne für später."

Mein Magen drehte sich bei seinen Worten, während ich Wes und Ezra aus dem Raum und in einen anderen Korridor folgte.

KAPITEL SECHSUNDZWANZIG

KANE

Eine kleine Gruppe von drei Dämonen ging auf die schwere Holztür auf der anderen Seite der Höhle zu, doch bevor einer sie öffnen konnte, schwang die Tür auf und krachte gegen die Felswand.

Ein großer Dämon in einem Anzug kam herein, ein selbstgefälliges Lächeln auf dem Gesicht. Er war nicht allein, doch ich konnte seine Begleiter durch die Dämonen, die jetzt dastanden und ihnen zuschrien, nicht erkennen.

„So, so, so. Was haben wir denn hier?" Aikens samtige Stimme übertönte das laute Geschnatter. „Sieht so aus, als müsstet ihr Jungs doch keinen Ausflug an die Oberfläche machen."

Ich kämpfte gegen den Thron, frustriert, dass ich nicht sehen konnte, was vor sich ging. Ich beugte mich zu Bianca hinüber und sagte: „Wer ist da?"

Sie starrte geradeaus, ihr Gesicht ausdruckslos „Deine Frau."

„Was?" Ich reckte meinen Hals und versuchte, um Aiken herum zu spähen, doch ich sah nur ein Aufblitzen von blasser Haut und langem rotblondem Haar, das mir sehr bekannt vorkam. Angst packte mich, und meine Gedanken kreisten. Jade?

„Kane!" Jade brach durch die Menge und sprang auf die Plattform. Sie fiel vor mir auf die Knie, Erleichterung und Entsetzen in ihren Augen. „Was haben sie dir angetan?"

„Noch nichts." Ich sah mich im Raum um und entdeckte Aiken. Freude hellte seinen Gesichtsausdruck auf. Ich schluckte die Schimpfworte, die auf meiner Zunge lagen, herunter und konzentrierte mich wieder auf Jade, ignorierte die Mischung aus Panik und Erleichterung, die ich empfand, als ich sie sah. „Du solltest nicht hier sein."

Sie kniff die Augen zusammen, doch sie konnte die Liebe und Sorge nicht verbergen, die mich anstrahlten. „Das solltest du auch nicht."

„Ich hatte keine Wahl."

„Ich auch nicht." Sie legte ihre Hände auf meine und zog sie sofort zurück. „Sie haben dich an diesen Stuhl gebunden?"

„Ja", antwortete Bianca für mich.

Jade richtete ihren Blick auf die Sexhexe und schien sie zum ersten Mal zu bemerken. „Wer ist sie?"

„Ich bin seine Belohnung für die Vertragsunterzeichnung."

„Seine … was?" Ihre hellgrünen Augen kehrten zu meinen zurück. „Vertrag?"

Ich schüttelte den Kopf, um zu sagen, dass ich nie die Absicht hatte, ihn zu unterschreiben, doch Aiken kam mit dem großen Dämon neben sich auf uns zu und … war das Ezra direkt hinter ihm, der Jade anstarrte? „Du hinterhältiges Stück Scheiße", knurrte ich den Engel an.

Er verschränkte die Arme vor seiner Brust und starrte mich ausdruckslos an. „Ich hatte keine Wahl."

Aiken warf Ezra einen Blick zu. „Halt die Klappe." Dann befahl er dem Rest der Menge, Platz zu nehmen. Als die Aufregung nachließ, betrachtete er den Dämon im Anzug. „Du hast mir heute zwei tolle Geschenke mitgebracht. Dein Gehorsam wird belohnt. Jasmine –" Er winkte einer der Sexhexen zu, die immer noch an der Wand standen.

Die kurvige schwarzhaarige Hexe bewegte sich um den großen Tisch in der Mitte des Raumes herum und blieb gehorsam neben Aiken stehen.

„Reicht euch die Hände", sagte Aiken zu dem Dämon und der Hexe.

Der Mann im Anzug streckte seine Hand aus und Jasmine, die immer noch den Blick gesenkt hatte, hob ihre. Der Dämon umklammerte sie besitzergreifend. Jasmine zuckte zusammen, obwohl ich sicher war, dass der Dämon sie nicht körperlich verletzt hatte.

„Sehr gut", sagte Aiken. „Hiermit überlasse ich die Sexhexe Jasmine den Diensten von Wes Lancaster für die nächsten fünfzig Jahre."

Ich holte scharf Luft. Wes Lancaster war der Dämon, den Chessandra von einer nicht näher definierten Sünde begnadigt hatte. War er in Ezras Täuschung verwickelt? Ich wusste nur, dass ich niemandem außer Jade vertraute.

„Ihr zwei könnt gehen", sagte Aiken und winkte Jasmine und Wes zur offenen Tür.

Ezra wollte ihnen folgen, doch Aiken packte ihn am Handgelenk und hielt ihn auf. „Du bleibst."

Er riss seinen Arm aus Aikens Griff. „Warum?"

DEANNA CHASE

„Deine Anwesenheit ist erwünscht." Aiken zeigte auf einen Stuhl am Tisch und knurrte ihn an. „Setz dich."

Ezra warf Jade und mir einen hasserfüllten Blick zu, als er über den Steinboden schlurfte.

„Sehr gut." Aiken klatschte in die Hände, und ein zufriedenes Lächeln breitete sich auf seinem hässlichen Gesicht aus. „Wir können anfangen."

„Was ist los?" flüsterte Jade, die immer noch neben mir kniete.

„Er will, dass ich einen Vertrag unterschreibe, der mich als eine Art Krieger an ihn bindet." Ihr Gesichtsausdruck war wild, voller Entschlossenheit. Ich betete, dass sie einen Plan hatte, denn ich hatte keine Ahnung, wie wir aus diesem Schlamassel herauskommen sollten. „Er sagte, wenn ich es nicht tue, wird er dich und dein erstgeborenes Kind holen."

Jades Miene wurde zu gehärtetem Stahl. „Das hat er gesagt?" Sie stand mit geradem Rücken da, kaum zurückgehaltene Magie an ihren Fingerspitzen.

Ich war irgendwo zwischen herzzerreißender Angst vor dem, was sie vorhatte, und Stolz gefangen. Meine Frau ließ sich von niemandem einschüchtern.

„Jetzt, da die Opfergabe eingetroffen ist, können wir mit der Unterzeichnung beginnen." Aiken nickte Bianca zu. „Gib ihm den Vertrag."

Die Hexe gehorchte, doch Jade nahm ihn ihr aus der Hand. Nachdem sie ihn schnell überflogen hatte, stieß sie ein humorloses Lachen aus. „Kane wird das niemals unterschreiben."

Aiken glitt mit einem amüsierten Gesichtsausdruck auf uns zu und blieb direkt vor Jade stehen. Er war einen ganzen Kopf größer und starrte auf sie hinunter, was sie durch seine schiere

Masse klein und schwach wirken ließ. Doch ich konnte die Magie in ihr spüren und wusste es besser.

„Das wird er, weiße Hexe", sagte Aiken. „Sonst nehmen wir dich an seiner statt."

„Das bezweifle ich", sagte sie, ohne auch nur einen Hauch von Angst in ihrem Ton.

Stolz stieg in meiner Brust auf. Eins musste ich ihr lassen. Sie hatte Cojones aus Stahl und keine Angst, es zu zeigen.

„Du bist weit außerhalb deiner Liga, kleine Hexe", lachte Aiken. „Jetzt setz dich, sonst kette ich dich an die Wand." Er nickte nach rechts, wo Fesseln im Fels befestigt waren.

„Warum willst du Kane?", fragte sie und ignorierte seinen Befehl.

Ihre Frage schien ihn zu überraschen, und er trat kopfschüttelnd zurück.

„Politische Gründe", sagte ich. „Irgendwas wie dass er einen Krieger braucht, damit er ihr Anführer werden kann oder sowas."

Aiken sah mich an. „Ihr wisst es nicht? Keiner von euch beiden?" Die Erkenntnis brachte ihn zum Lachen. „Das ist wirklich lustig."

Jade und ich sahen uns an, wir waren beide verwirrt.

„Rouquette, du bist mein direkter Vorfahre. Wenn wir beide unsere Kräfte vereinen, wird meine Macht beispiellos sein. Niemand wird es wagen, mich herauszufordern. Nicht einmal mein Vater Malefant, der älteste Dämon des Reiches, unser ältester lebender Verwandter. Das Leben in der Hölle wird sich ändern. Wir müssen nicht länger Seelen für die Ältesten unter uns sammeln, um ihre Macht zu speisen. Die Seelen, die wir ernten, werden unsere eigene Magie nähren. Wir werden uns erheben, frei sein, an der Oberfläche zu wandeln, und uns nehmen, was *wir* wollen, anstatt für diejenigen, die uns nur ausbeuten."

Die Dämonen in der Höhle brüllten ihre Zustimmung und jubelten, indem sie mit den Fäusten auf den Holztisch trommelten.

„Götter." flüsterte Jade und griff nach meiner Hand, zog sie aber zurück, bevor sie die magische Schicht auf meiner Haut berührte. „Wir müssen was tun."

Ich nickte. Wenn ich Aiken meine Seele verschreiben würde, würde ein Übel gegen ein anderes eingetauscht werden. Die Bedingungen wären tatsächlich schlechter. So wie es jetzt aussah, hatten diese Dämonen den Auftrag, eine bestimmte Anzahl von Seelen für die Ältesten zu ernten. Wenn sich die Situation ändern und jeder Dämon für sich selbst sammeln würde, würde die Seelenernte tausendmal schlimmer werden. Dämonen würden unsere Welt übernehmen und mehr Chaos anrichten als je zuvor. Das hier war eine Rebellion mit verheerenden Folgen.

„Gemäß unserer Vereinbarung", fuhr Aiken fort, „bekommt Rouquette den Engel Ezra und die Sexhexe Bianca, sobald der Vertrag unterzeichnet ist. Seine Frau –"

„Das kannst du nicht tun!" Ezra schoss vom Tisch hoch, sein Gesicht kreidebleich vor Angst. „Wir hatten eine Abmachung. Ich habe dir den Incubus im Austausch für meine Freiheit gebracht. Du hast zugestimmt."

„Hast du einen Vertrag?", fragte Aiken ruhig.

„Ich habe dein Wort und Zeugen!"

Aiken schnaubte. „Ich bin ein Dämon. Mein Wort bedeutet nichts."

„Dann will ich einen überarbeiteten Vertrag", warf ich ein. „Wenn ich mich nicht auf dein Wort verlassen kann, brauche ich eine schriftliche Bestätigung, dass Ezra und Bianca tatsächlich meiner Verantwortung unterstehen."

„Kane?" Jades Stimme war kaum hörbar.

Ich schüttelte kurz den Kopf und begegnete erneut Aikens Blick. „Und ich will ein paar Stunden allein mit meiner Frau, bevor ich irgendetwas tue."

„Nicht akzeptabel", sagte Aiken.

„Du erwartest, dass er sein Leben aufgibt, aber du hast nicht einmal ein paar Stunden Zeit, damit wir uns verabschieden können?", fragte Jade.

„Setz dich, Hexe, oder ich lasse dich entfernen," blaffte Aiken.

Ich knirschte mit den Zähnen. „Du hast zwei Möglichkeiten. Lass uns ein paar Stunden. Oder du kannst vergessen, dass ich an deiner Operation teilnehme. Ich tue nichts, bis ich mich verabschiedet habe und weiß, dass Jade wieder sicher zu Hause ist."

Aikens Brust blähte sich auf, und ein Muskel in seinem bereits angespannten Hals zuckte. Er war ganz kurz davor, die Kontrolle zu verlieren. „Du hast hier nicht das Sagen, Rouquette."

„Alles, worum ich gebeten habe –"

Er drehte sich zu Jade um und entfesselte einen Strom dunkelgrauer Magie, der sie in die Brust traf. Ihre Augen weiteten sich geschockt und verengten sich dann vor Schmerz. Ihr Mund öffnete sich, doch es kam kein Ton heraus, als Aikens Magie sie in die Luft hob und ihre Füße ein paar Zentimeter über dem Boden baumelten.

„Halt!", schrie ich und wehrte mich gegen die Magie, die mich an den Stuhl fesselte. Meine Muskeln spannten sich an und protestierten. Schweiß lief mir über den Rücken. Striemen schnitten von den unsichtbaren Fesseln in meine Handgelenke.

Und währenddessen war alles, was ich spürte, ein stechender Schmerz tief in meiner Brust. „Lass' sie runter. Sie hat nichts mit alldem zu tun."

Aiken knurrte und hob sie höher in die Luft. „Das hat sie, solange du dich mehr um sie scherst als um den Vertrag. Stimm' zu, zu unterschreiben, und ich lasse sie los."

Blitze weißer Magie schossen sporadisch aus Jades Fingerspitzen und sprengten kleine Krater in den Steinboden.

Verdammt. Ich konnte nicht dasitzen und zusehen, wie er sie folterte. Die Tatsache, dass sie sich kaum wehrte, sprach Bände. Sie litt entsetzliche Qualen.

„Also?" Er krümmte seine Finger, und Jade fing an zu husten, als würde er sie erwürgen. Die Menge feuerte ihn an und jubelte ihm zu.

„Lass' sie runter. Ich werde unterschreiben. Lass sie einfach in Ruhe und nach Hause gehen."

Aiken ließ von ihr ab, und Jade sank zu Boden und hielt sich die Kehle, während sie tief Luft holte.

„Du Hurensohn", knurrte ich leise und voller Hass. Ich würde seinen verdammten Vertrag unterschreiben, doch bei der erstbesten Gelegenheit würde ich ihn umbringen. Meine Hand begann vor Magie zu prickeln, so wie sie es tat, wenn ich zum Kampf bereit war und meine Kraft sich mit der Magie meines Dolches verband. Aber das konnte nicht sein. Mein Dolch war nicht hier, und es war sehr unwahrscheinlich, dass einer der Dämonen einen hatte. Es war möglich, doch der Dolch eines Dämonenjägers saugte Dämonen die Kraft aus. Derjenige müsste verrückt sein, einen zu tragen.

Jade stöhnte neben mir, und der Wunsch, Aiken zu töten, wuchs zusammen mit dem Prickeln in meiner Hand. Ich spürte, wie der Puls der Magie durch meinen Körper strömte, aber ich hatte keine Möglichkeit, ihn freizusetzen. Ich sah Jade an und traf eine sofortige Entscheidung.

„Ich bin bereit", sagte ich zu Aiken. „Mach' mich los, und ich unterschreibe den Vertrag."

„Nein." Jade zwang sich aufzustehen, obwohl sie von den Auswirkungen von Aikens Angriff schwankte.

Ich starrte sie an und wollte, dass sie meine Absicht sah. Bitte lass sie stark genug dafür sein. Wenn sie es nicht war – ich zwang den Gedanken aus meinem Kopf. Es gab keinen Grund, an ihrer Stärke zu zweifeln. Meine Frau war eine mächtige weiße Hexe.

„Das kann ich dich nicht tun lassen", flüsterte sie.

„Das tue nicht ich. Das tun *wir*."

Irgendetwas an meinem Ton musste zu ihr durchgedrungen sein, denn ein kleines Licht des Verständnisses erhellte ihre Augen. Es verschwand fast augenblicklich, und sie drehte sich um, um stur geradeaus zu starren, als würde sie abschalten, doch ich wusste, dass sie sich wappnete.

„Lass ihn aufstehen", sagte Aiken zu Bianca.

Die Hexe zu meiner Rechten berührte erneut meinen Arm und versengte meine Haut mit ihrer neutralisierenden Magie. Die unsichtbaren Fesseln brannten weg und hinterließen diesmal winzige, aber tiefe Schnitte auf meiner entblößten Haut. Ich zischte und blickte dann finster drein, da ich wusste, dass diese Narben wahrscheinlich von Dauer sein würden. Es war mir egal. Wenn wir das überlebten, würde ich sie mit Stolz tragen. Kein Dämon würde mich versklaven oder mich von der Liebe meines Lebens trennen. Nicht ohne Kampf.

Aiken kam herüber, nahm Bianca das Marmorklemmbrett ab und stieß es in meine Richtung. „Unterschreib. Auf der Stelle."

Ich nahm mir einen Moment Zeit, um den Vertrag noch einmal zu lesen. Es hatte sich nicht geändert. Es war immer noch eine einfache Vereinbarung, über die man nicht viel nachdenken musste.

„Tu es!", knurrte Aiken.

Ich funkelte ihn an und packte den Stift fest genug, dass ein Stück der Metallkappe abbrach. Das Stück fiel klappernd zu Boden. Wir alle sahen schweigend zu, als es von der Plattform rollte.

Und dann legte ich los. Ich ließ das Klemmbrett fallen, packte Jades Hand mit meiner Linken, und mit meiner Rechten holte ich aus und rammte Aiken den goldenen Stift in die Schulter.

Der Dämon zuckte zurück und brüllte, was den ganzen Raum vibrieren ließ. Er riss den Stift aus seiner Brust. Grüner Schleim tropfte aus der Wunde. „Du dummer Incubus. Wie kannst du es wagen, Hand an mich zu legen?"

„Jetzt, Jade." Ich schob ein wenig meiner juckenden Magie in ihre Handfläche und zählte auf ihre Fähigkeit, meine Energie zu manipulieren.

Sie reagierte sofort und nahm alles, was ich zu geben hatte, unter ihre Kontrolle. Und gerade als Aiken einen Strom seiner dunklen Macht auf mich losließ, unterbrach sie ihn mit ihrem eigenen und bewahrte mich zweifellos davor, eingeäschert zu werden.

Ich hielt ihre Hand fest und speiste sie mit der Dämonenjägermagie, während sie vor mich trat und Aiken zurückdrängte.

„Niemand unterschreibt deinen Vertrag." Ihre Stimme war heiser und angespannt. „Ich würde sagen, du sollst zur Hölle fahren, aber da bist du ja schon." Jades Körper leuchtete, als sich ihre lavendelstichige weiße Aura materialisierte. Ihr Haar wehte hinter ihr, als sie vor Macht vibrierte. „Ich denke, wir werden dafür sorgen, dass du nie wieder das Licht der Welt siehst."

Sie riss ihre Hand von meiner los, doch die lavendelweiße Aura haftete weiterhin an meinem Handgelenk. Obwohl wir uns nicht mehr körperlich berührten, waren wir immer noch durch ihre Magie verbunden. Sie trat einen weiteren Schritt vor und sagte: „Lass uns auf der Stelle gehen, oder –"

„Oder was, Hexe?", spie Aiken aus und verstärkte seine Bemühungen, schob sie einen halben Schritt zurück. „Du wirst mich töten?" Sein humorloses Lachen erfüllte den Raum.

„Nein." Sie nickte zur Holztür. „Ich werde dich in der Schlange fangen, die dort über der Tür in den Stein gemeißelt ist."

KAPITEL SIEBENUNDZWANZIG

*K*anes Dämonenjäger-Energie durchströmte mich und gab mir Mut. Ich hatte schon früher gegen Dämonen gekämpft, aber Angst war immer präsent gewesen. Jetzt war ich zuversichtlich, sicher, dass ich den Dämon besiegen konnte. Er würde nicht an mir *und* Kane vorbeikommen. Auch wenn er in diesem Moment davon überzeugt war, er würde mich mit seiner Magie zurückschlagen. Das tat er nicht. Ich ließ ihn nur glauben, dass er an Boden gewann.

Die Macht, die mich verzehrte, hätte ihn wahrscheinlich zu einer Pfütze aus grünem Dämonenschleim schmelzen können, wenn ich gewollt hätte. Doch ich hatte andere Pläne. Er würde die Existenz so vieler Opfer von Dämonen teilen – gefangen in einer Steinstatue, während sich andere Dämonen von ihrer Macht ernährten. Es war so ungeheuerlich, dass es das perfekte Ende für ihn zu sein schien.

Aiken und ich standen etwa drei Meter voneinander entfernt. Er erhöhte den Druck seines Angriffs, während ich meinen nur ein wenig zurücknahm und die Illusion erweckte, er würde die Überhand gewinnen. Doch als ich ein triumphierendes Aufflackern in seinem Gesichtsausdruck sah, streckte ich meine Hände aus und krümmte meine Finger, während ich mir vorstellte, nach seiner Magie zu greifen.

Er rang nach Luft, und als ich meine Hände zu Fäusten ballte, sammelte sich seine Magie in einer schwarzen Rauchwolke um ihn herum.

„Wie macht sie das?", hörte ich die Sexhexe Kane fragen.

Das Gejohle der anderen Dämonen, die sich jetzt Aiken näherten, übertönte seine Antwort.

„Nein!" Ich sprang von der Plattform und fluchte, als sie eine Dämonenbarriere errichteten, während sie meinem Strom von Magie mit einem gemeinsamen Angriff begegneten. Ich benutzte Kanes Incubus-Magie, kombiniert mit meiner eigenen, und schwenkte meinen Arm zur Seite. Unsere mächtige Kraft traf sie und zwang sie sofort in die Knie. Der Triumph spornte mich an.

„Aus dem Weg!", befahl ich und sprang über die beiden Dämonen, die sich jetzt am Boden wanden.

Gleich hinter ihnen stand Aiken und stützte sich an der Kante des langen Tisches ab. Unsere Blicke trafen sich für den Bruchteil einer Sekunde, und ich versetzte ihm einen weiteren mächtigen Schlag, der ihn direkt in die Brust traf. Aikens Mund öffnete sich zu einem lautlosen Schrei. Ich lächelte triumphierend, als er nach hinten fiel und seine Augen verdrehte.

Nimm das, Hurensohn.

Ich ging weiter, um mein Versprechen einzulösen, Aiken in der Steinschlange zu fangen, wurde aber von einem grünhaarigen Dämon abgeschnitten. Er hielt ein großes rubinrotes Amulett hoch. Ich versetzte ihm einen magischen Schlag, weil ich erwartete, dass er genauso leicht zu Boden gehen würde wie die anderen. Nur dass in dem Moment, in dem meine Magie ihm nahekam, mich eine Macht packte und meine Kraft direkt in das Auge des Amuletts gesaugt wurde.

Ich versuchte, die Magie zu stoppen, doch es half nichts. Meine Füße klebten am Boden, und ich war unfähig, mich zu bewegen, während der Dämon meine einzige Waffe entlud.

„Jade!", hörte ich Kane über das Summen in meinen Ohren rufen.

Die Dämonen drängten sich in einer Menge auf die Tür zu. Direkt hinter Grünhaar sah ich, wie zwei von ihnen Aiken wegzerrten. Er war bewusstlos, Brandspuren von seiner eigenen Magie entstellten ihn.

Gut. Auch wenn ich keine Gelegenheit hatte, ihn in der Steinskulptur einzusperren, hatte ich zumindest etwas Schaden angerichtet. Meine Arme fingen an zu zittern, und ich war mir sicher, wenn ich Grünhaars Halt nicht loswurde, würde ich genauso bewusstlos enden wie Aiken. Ich schloss die Augen und konzentrierte all meine Energie auf meine Fingerspitzen. Meine Magie blitzte und sprühte Funken, doch Grünhaar legte mehr Anstrengung in seinen Angriff und grinste mit teuflischer Befriedigung.

„Lass los, Dämon!", knurrte ich und legte meinen Willen hinter die Worte.

Er zögerte, und der Halt, den er um mich hatte, wankte.

Ich trat zurück und rammte mit dem Kopf voran einen anderen Dämon, zwang ihn vorwärts, direkt gegen Grünhaar. Beide landeten am Boden. Das Rubin-Amulett flog aus Grünhaars Hand. Ich hechtete danach, und meine Hand schloss sich gleichzeitig mit der von Grünhaar um die silberne Fassung.

„Du blödes Miststück", zischte der Dämon, und sein Speichel spritzte mir ins Gesicht.

„Ihh, ekelhaft." Ich riss mein Knie hoch, verfehlte aber seinen Schritt, als er sich abrollte und mich und das Amulett mitriss, bis er rittlings auf mir saß und wir beide immer noch das magische Artefakt umklammert hielten.

„Runter von meiner Frau." Kane packte einen der angreifenden Dämonen, schleuderte ihn gegen die Wand und trat Grünhaar gegen die Schulter, wodurch er von mir geschleudert wurde. Der Halt des Dämons um das Amulett war so stark, dass er es mir dabei aus der Hand riss.

„Nein!" Ich deutete darauf, um Kane zu sagen, er solle die Waffe holen, doch war schon auf dem Weg. Er tauchte ihm hinterher, und im nächsten Augenblick hielt er das Amulett in der Hand. Als er es berührte, leuchtete es rot und Grünhaar schrie, als Magie aus dem Rubin direkt in seine Augen schoss.

Er rollte weg und kauerte sich unter den Tisch.

„Es erkennt dich", sagte ich inmitten des Chaos zu Kane.

„Nein, es erkennt meine Magie. Es sieht so aus, als hätte das jemand vor langer Zeit aus dem Dolch eines Dämonenjägers gemacht."

„Achtung!", schrie Bianca hinter uns.

Ich wirbelte herum und sah, wie sie gegen zwei Dämonen kämpfte, während zwei weitere direkt auf uns zukamen.

„Wir müssen hier raus. Sofort", sagte ich zu Kane.

Er nickte.

„Ihr geht nicht ohne mich", verkündete Bianca.

Kane streckte die Hand aus, um ihre zu ergreifen, doch Ezra war hinter ihr und packte sie um die Hüfte.

„Du bringst sie nirgendwo hin!", schrie Ezra, warf sie über

seine Schulter und rannte zur Tür. Trotz ihrer Protestschreie hielt ihn niemand auf. Und Kane und ich hatten alle Hände voll zu tun.

„Dieser verdammte kleine Scheißer", sagte ich zu Kane, als er den Rubin auf einen Dämon richtete und ihn durch die Höhle in die gegenüberliegende Wand sprengte.

Seine freie Hand legte sich um meine, und er zog daran. Zusammen vernichteten wir einen Dämon nach dem anderen und bahnten uns einen Weg durch den Raum, bis wir es durch die Höhlenöffnung geschafft hatten.

„Lauf!", rief Kane.

Doch seine Aufforderung war unnötig. Ich sprintete bereits zurück zu Averys Kammer. Wenn wir dorthin gelangen könnten, könnten wir durch das Portal, das zum Zirkelkreis führte, fliehen. Hoffentlich. Wenn der Zirkel es nicht bereits versiegelt hatte.

„Hier runter", sagte ich und duckte mich in den Gang, meine Glieder schwer und meine Brust schmerzend von der enormen Menge an Energie, die wir in der Höhle verbraucht hatten. Doch Adrenalin und schiere Willenskraft hielten mich in Bewegung. Ausruhen war keine Option.

„Wartet!", schrie eine weibliche Stimme hinter uns.

Ich hielt inne. Es war Bianca, Ezra dicht auf den Fersen.

Kane drehte sich um und straffte die Schultern. „Lass sie in Ruhe, Ezra."

Er ignorierte uns beide und versuchte, sie zu packen.

Kane richtete das Amulett auf Ezra. „Fass sie noch einmal an, und du liegst am Boden."

Ezra knurrte und schlang seinen Arm um Biancas Hals. „Sie ist meine Fahrkarte hier raus."

„Meine Güte." Ich schüttelte den Kopf. „Lass sie gehen und komm einfach mit."

Er schüttelte den Kopf. „Euch kann man nicht trauen."

„*Uns* kann man nicht trauen? Du willst mich wohl verarschen." Er war von Sinnen.

„Hältst du mich für einen Idioten? Was würdest du tun, wenn wir es zurück an die Oberfläche geschafft haben? Mich fröhlich davonspazieren lassen?"

Kane hob die Hand und hinderte mich daran, noch etwas zu sagen. „Lass Bianca gehen, und du kannst tun, was du willst."

Er schüttelte heftig den Kopf. „Was glaubst du, wie ich hier rauskomme?"

Ich begegnete Biancas Blick, und die Resignation, die ich darin sah, nährte meine Entschlossenheit, sie zu retten. Sie glaubte nicht, dass sie jemals diesen Ort verlassen würde. Ich umklammerte Kanes Hand. „Wohin sie auch gehen, wir gehen mit ihnen."

„Nein. Das tut ihr nicht." Ezra zog einen Dolch aus seiner Gesäßtasche und wedelte damit in unsere Richtung.

Ich schenkte ihm nicht viel Aufmerksamkeit, während ich beobachtete, wie die Angst Bianca übermannte. Doch Kane versteifte sich neben mir, und etwas, das Hass nahekam, drängte an seine Oberfläche. Ich sah zu ihm auf. „Was ist?"

„Er hat meinen Dolch gestohlen."

Ich sah Ezra an und konzentrierte mich auf die Waffe, die er hielt. Ich atmete tief durch und richtete meine Wirbelsäule auf, bereit, erneut zu kämpfen. „Du hattest ihn die ganze Zeit?"

Er zuckte mit den Schultern.

„Du bist ein unglaublicher Bastard", sagte ich leise und bewegte mich weiter auf ihn zu. Doch bevor ich ihn verfluchen oder einfach schlagen konnte, flog die Tür hinter uns auf, und Dämonen stürmten durch den Flur auf uns zu. „Geh!", schrie ich, und wir rannten alle zusammen den unbekannten Flur hinunter.

Ein paar Meter weiter bogen wir scharf nach links ab, und ehe ich mich versah, kamen wir an dem Besprechungsraum vorbei, in dem wir Kane gefunden hatten. Nur noch ein paar Dämonen saßen am Tisch und tranken Wein aus Tonkelchen. Als sie unsere Schritte hörten, blickten sie nicht einmal auf. Anscheinend machten sie sich mehr Sorgen um Essen und Trinken als um Eindringlinge in der Hölle.

Ezra blieb abrupt stehen, packte Bianca erneut und stürmte durch eine Tür neben dem Höhlenraum.

„Was zur Hölle machst du?", fragte Kane und funkelte ihn an.

Ezra versuchte, die Tür vor ihm zuzuschlagen, aber Kane streckte seine Hand aus und verhinderte es. Ezra schwang erneut den Dolch und richtete ihn auf Kane. „Stell mich nicht auf die Probe, Incubus."

„Oh bitte, versuch's doch", forderte Kane ihn heraus.

Ein unsicherer Ausdruck huschte über Ezras Gesicht nur Augenblicke, bevor er „Keine Bewegung!", rief.

Magie schoss aus dem Rubin auf dem Dolchgriff in Form von Raureif, der Kane und mich von Kopf bis Fuß einhüllte. Ich zitterte unkontrolliert. Kane fluchte, stürzte auf ihn zu und wollte nach dem Dolch greifen.

Doch die Tür war bereits zugefallen und hatte uns sowohl von Ezra als auch von Bianca abgeschnitten.

Ich fokussierte mich auf das Pulsieren in meiner Brust und konzentrierte meine Magie, schickte sie durch meinen Körper. Der Reif schmolz, doch meine Kleidung war nass und meine Haut feucht. „Er wird sich wünschen, nie geboren worden zu sein."

„Ich glaube, das tut er bereits", sagte Kane und ergriff

erneut meine Hand. Reif klebte noch an seiner Kleidung, war aber bereits von seiner Haut geschmolzen. Er sprengte die Tür auf und führte uns durch einen kunstvoll dekorierten Raum mit einem prächtigen, warmen Parkettboden.

„Es fühlt sich an, als wüsstest du, wohin du gehst", sagte ich.

„Das sind Aikens Gemächer, in denen ich vor der Versammlung festgehalten worden bin. Da ist nur noch ein Zimmer. Wenn Ezra nicht schon herausgefunden hat, wie er aus der Hölle kommt, werden wir sie dort finden."

Aikens Gemächer? Verdammt. Er konnte in diesem anderen Raum sein und sich schon von meinem letzten Schlag erholt haben. Er war nur bewusstlos gewesen. Wahrscheinlich war er inzwischen aufgewacht. Ich holte tief Luft, machte mich bereit und folgte Kane durch die Tür.

Tatsächlich standen Aiken und Grünhaar mitten im Raum. Grünhaar hatte Ezra im Würgegriff, während Bianca vor Aiken auf den Knien kauerte, den Kopf gesenkt.

„Lasst sie los!", befahl Kane.

Grünhaar lachte. Aiken schenkte uns keine Beachtung.

„Du warst ungehorsam", sagte er zu Bianca.

Sie nickte, sah ihn aber nicht an.

„Du hast mehr als ein halbes Dutzend meiner Gefolgsleute verflucht." Seine Worte waren eher eine Feststellung als eine Frage.

Bianca atmete zitternd ein, antwortete aber nicht.

„Du hast mich respektlos behandelt."

Ich war kurz davor, den Dämon selbst zu verfluchen, doch Kanes leichter Druck und sein Kopfschütteln hielten mich davon ab, mich zu bewegen. Was hatte er vor? Ich warf ihm einen fragenden Blick zu, doch er konzentrierte sich auf Ezra und Grünhaar.

Grünhaar hatte Kanes Dolch in der linken Hand und hielt

ihn nah an Ezras Gesicht. Die Tatsache, dass der Dämon ihn berührte konnte, sagte mir, dass Kane wenig Energie hatte und seine Magie nicht aktivieren konnte. Natürlich. Ich hatte gerade einen Strom seiner Macht in der Höhle benutzt. Wenn Kanes Magie stark gewesen wäre, hätte er sich mit dem Dolch verbinden und den Dämon zwingen können, ihn fallen zu lassen. Oder zumindest die Hand des Dämons böse verbrennen können.

„Ich will nur nach Hause", sagte Bianca

„Du bist zu Hause!" Aiken holte zum Schlag aus.

Ich dachte nicht einmal nach, bevor ich reagierte. Ein starker Strom Magie brach aus meiner Handfläche und schlitzte Aikens erhobenen Arm auf.

Dickes, fast schwarzes Blut strömte aus seinem Handgelenk, während Bianca sich wegrollte, die Hände erhoben, um sich vor dem Angriff zu schützen.

Doch der Dämon hatte seine Aufmerksamkeit auf mich gerichtet, ein mörderischer Ausdruck in seinen purpurroten Augen. „Dafür wirst du sterben, Hexe."

„Du zuerst", sagte ich und schleuderte einen weiteren Ausbruch hasserfüllter Magie auf ihn. Die Explosion war so stark, so mächtig und von so viel Bitterkeit getrieben, dass ich Angst hatte, ich hätte diesen dunklen Ort in mir angezapft, der schwarze Magie hervorbringen könnte. Nur als ich beobachtete, wie meine Magie in den Dämon strömte, war es nichts als strahlend weißes Licht.

Aiken stand mit vor Entsetzen über meinen Angriff offenem Mund da.

Ich hörte einen Tumult hinter mir, und aus dem Augenwinkel sah ich Kane und Bianca auf Grünhaar zustürmen. Doch ich konnte es mir nicht leisten, diesem Kampf Aufmerksamkeit zu schenken. Meine ganze

Aufmerksamkeit musste auf den alten Dämon vor mir gerichtet sein. Wenn ich die Magie aufrechterhalten konnte, war ich mir sicher, dass ich ihn vernichten konnte. Nur noch ein paar Augenblicke und –

„Jade!", sagte eine bekannte weibliche Stimme in mein Ohr.

Ohne meinen Angriff zu unterbrechen, blickte ich über meine Schulter. Gliedmaßen flogen, stießen und traten, als Grünhaar und Kane miteinander kämpften, kein Dolch in Sicht. Ezra war auf die Knie gesunken und kauerte hinter einem Sessel. Bianca war auf den Beinen und sang einen Bindungszauber, der Grünhaar dort festhalten sollte, wo er stand.

„Jade!", sagte die vertraute Stimme erneut.

Ich blinzelte und entdeckte schließlich Lailahs Umriss. Ihr durchscheinender Körper schwebte neben mir. „Lailah? Was ist?"

„Tut mir leid, dass wir so lange gebraucht haben. Das Portal hat sich versiegelt, und es ist uns verdammt schwergefallen, eine Verbindung zu dir oder Kane herzustellen, bis wir uns an den Bindungszauber erinnert haben, den Jasper gewirkt hat. So haben wir dich gefunden. Wir sind hier, um euch nach Hause zu bringen." Sie deutete über meine Schulter auf einen anderen durchsichtigen Engel. Jonathon Goodwin, ihren Gefährten.

Mein Herz donnerte gegen meine Brust. „Kane! Zeit zu gehen."

Er versetzte Grünhaar einen knochenbrechenden Schlag, wirbelte herum und zückte den Dolch, wobei er einen schwachen Strom von Magie an mir vorbeischoss. Aiken stieß einen frustrierten Schrei aus, als seine Magie für einen Moment nachließ.

Mistkerl auf Toast. Während ich den Kampf hinter mir

beobachtet hatte, hatte Aiken meine Magie so weit zurückgedrängt, dass er nur Augenblicke davon entfernt war, mich mit seiner schwarzen Magie zu verbrennen. Den Göttern sei Dank für Kane und das kleine bisschen Magie, das er aus dem Dolch gezogen hatte.

Bianca richtete ihre Aufmerksamkeit auf Aiken, und magische Seile stiegen in einer beeindruckenden Machtdemonstration vom Steinboden um den alten Dämon auf. Ihre Pupillen waren zu riesigen schwarzen Untertassen geweitet, und ein furchteinflößendes Knurren kam von ihren verzerrten Lippen.

„Aiken!" Grünhaar sprang auf und eilte seinem Anführer zu Hilfe.

„Oh, verdammt, nein", spie ich und stimmte in Biancas Gesang ein, während sich meine eigenen Machtseile um Grünhaar wanden.

„Beeilt euch", sagte Kane. „Wir müssen hier raus. Ich spüre, dass mehr Dämonen kommen."

Bianca kniff die Augen zusammen und schwang ihre Hand im Kreis, wobei sie ihr mächtiges Seil um Aikens Hals peitschte. „Das ist für jedes demütigende Wort, jedes Mal, wenn du es gewagt hast, mich anzufassen, und für jedes Mal, dass du geglaubt hast, ich gehöre dir, du kranker Bastard."

Aikens Augen traten hervor, und sein Gesicht nahm eine kranke graugrüne Farbe an, als er erfolglos versuchte, ein letztes Mal Luft zu holen.

„Nie wieder", flüsterte Bianca, eine einzelne Träne lief ihr übers Gesicht.

Grünhaar war auf seinen Knien, gefangen in meiner Magie. Ich hatte nicht mehr genug Kraft, um ihn zu erledigen, doch er war gefesselt genug, dass wir fliehen konnten.

Kane hielt mir seine Hand entgegen. Ich ergriff sie und rief:

„Bianca, Zeit zu gehen!" Die Hexe hielt inne. Blanker Hass strömte von ihr aus, als sie Aiken anstarrte, der mit ihrer Magie gefesselt war und erstickte. „Wenn wir uns wiedersehen, Dämon, ist das dein Ende." Mit erhobenem Kopf drehte sie ihm den Rücken zu und streckte Kane ihre Hand entgegen.

Als wir drei im Kreis standen, warf ich einen Blick auf Lailah. „Bring uns nach Hause."

Jonathon und Lailah streckten jeweils eine Hand aus, dann sang Lailah etwas auf Latein. Magie knisterte um uns herum. Als sie verblasste, hatten beide jeweils etwas in der Hand, das wie ein Haufen Asche aussah. Beide hoben ihre Hände zum Mund und bliesen. Die Asche schwebte durch die Luft und hüllte uns drei ein.

Wärme breitete sich in meinen Gliedern aus, als wir hochgehoben wurden. Wir schwebten einen Moment lang im Raum, und dann begannen wir, in die Anderswelt zu verschwinden. Nur während die anderen beiden ganz verschwanden, blieb ich allein in der Schwebe und schien auf halbem Weg festzusitzen.

Panik erfasste mich. Um mich herum wurde es dunkel und mir wurde übel. „Lailah!", schrie ich.

Nichts.

„Kane!" Meine Stimme hallte ins Nichts. Ich holte tief Luft und konzentrierte mich auf Kane, unser Zuhause, die Verbindung, die wir teilten, wenn er traumwandelte, und ich spürte, wie ich wieder in die Anderswelt überging, doch irgendwie wurde ich wieder zurück in die Hölle gezogen. Was war das?

Warum konnte ich nicht hinübergehen?

Ich klärte meinen Geist und zwang jeden Gedanken hinaus, außer den Zirkelkreis, die Magie, die genau in diesem Moment da sein musste. Nur so hatten Lailah und Jonathon in die Hölle gelangen können. Doch so sehr ich es auch versuchte, ich konnte mich nicht bewegen. „Du kannst mich hier nicht zurücklassen!", hörte ich Ezras Stimme aus der Mitte des Raumes. „Wir sind aneinander gebunden."

„Ezra?", schnaubte ich. Er hatte sowohl Kane als auch mich verkauft und jetzt erwartete er meine Hilfe?

„Wir sind verbunden. Du kannst nicht ohne mich hier weg!", rief der Engel.

Wie war das möglich? Ich hatte keine Ahnung. Vielleicht war es der Fluch, der von mir auf ihn übergegangen war. Ich starrte ihn an, Panik packte mich. Die Magie, die Bianca und ich benutzt hatten, um die Dämonen zu binden, war schon im Äther verblasst, und Grünhaar war auf den Beinen und stolperte auf Ezra zu, während Aiken sich vom Boden aufrappelte.

Götter, wenn ich Ezra dort ließ, würde er zum Dämon werden. Es spielte keine Rolle, was ich persönlich für ihn empfand; ich musste ihn mitnehmen.

„Lailah!", schrie ich auf, immer noch hoch in der Luft schwebend. „Hilf mir!"

Grünhaar riss den Kopf hoch. „Du Miststück. Dafür wirst du bezahlen."

„Jade?" Lailahs Umriss materialisierte sich neben mir, wir beide schwebten hoch in der Luft. „Was ist passiert?"

Ich zeigte auf Ezra. „Wir sind verbunden. Ich kann nicht ohne ihn gehen."

Verständnis dämmerte in ihrem Gesichtsausdruck. „Natürlich. Lenk' den angepissten Dämon einen Moment ab."

Lailah stürzte auf Ezra zu, und ich folgte ihr, schwebte knapp über Grünhaar. „Hey, Arschloch."

Er warf Ezra einen kurzen Blick zu und sprang dann.

Feuer schoss aus seiner Hand und versengte die Rückseite meines Arms, als ich aus dem Weg hechtete, wobei es mir nur ganz knapp gelang zu vermeiden, knusprig gebraten zu werden.

„Beeil dich", sagte ich zu Lailah, die Asche auf Ezra blies.

„Jetzt!", rief sie und verschwand. Rauschen dröhnte in meinen Ohren, und ich wusste, dass es dieses Mal funktionierte. Ezra war auf der anderen Seite des Raums, sein Körper verschwand im Äther, so wie ich es von meinem kannte. Die Umrisse meines Hexenzirkels materialisierten sich in meinem Blickfeld.

Jasper stand in der Mitte und hielt Lailahs und Jonathons Hände. Zu ihrer Linken waren Kane und Bianca, immer noch außer Atem von unserem Kampf.

All die kleinen Details begannen in den Fokus zu rücken: ein silberner Libellenkamm in Lailahs Haar, das Glitzern von Jonathons Armbanduhr, der Griff von Kanes Dolch.

„Jade!", rief Lailah.

Ich riss meinen Kopf hoch und begegnete ihrem verzweifelten Blick.

„Ihre körperliche Gestalt tritt nicht über", hörte ich Bea rufen, nur konnte ich weder sie noch die anderen Zirkelmitglieder sehen.

„Was ist los?", fragte ich und versuchte, nicht in Panik zu geraten. Ich war hier mit Kane im Kreis. Alles würde gut werden. Es musste so sein.

Kane bewegte sich auf mich zu, doch als er die Hand ausstreckte, glitt seine Hand durch mich hindurch, genau wie damals in dem Raum, in dem die Zeit stillstand.

„Was zum –"

„Sie ist immer noch an die Hölle gebunden", fiel mir Jonathon ins Wort.

„Jasper!" Lailah zeigte auf ihn. „Du bist ihre einzige Chance. Tu was."

Der junge Engel ließ Lailahs Hand los, hob seinen Arm und schickte einen dicken Strom Magie direkt in meine Brust.

Ein elektrischer Schock hallte durch meinen Körper und hielt mich an Ort und Stelle fest. Ich spürte nichts sonst, als mich ein stechender Schmerz ausweidete und Dunkelheit über mich hereinbrach.

Ich schwebte für eine gefühlte Ewigkeit in einem Dunst des Nichts, doch dann riss ich die Augen auf, als ich einen schrillen, panischen Schrei hörte.

„Sie blutet. Bea. Hilf ihr."

Eine warme Hand umklammerte meine, und ich blinzelte. Dunkle, besorgte Augen suchten meine.

Kane.

„Mach dir keine Sorgen, Liebes. Alles wird gut."

„Was –" Ich benetzte mir die Lippen. „Was ist passiert?"

Er schüttelte den Kopf. „Ich bin mir nicht ganz sicher. Aus irgendeinem Grund hattest du Probleme, zurückzukommen."

Bilder begannen, in meinem Kopf zu blitzen, und dann begriff ich. „Ezra. Ich war immer noch an ihn gebunden. Ich konnte nicht gehen, solange er dort war."

Kane runzelte die Stirn und sah sich um. „Wo ist er dann?"

„Er hat es nicht zurück geschafft", sagte Lailah scharf.

„Was meinst du?", fragte ich und sah mich verwirrt um. „Ich habe ihn mit uns verblassen sehen."

„Jade?" Ich hörte Beas beruhigende Stimme.

Ich drehte meinen Kopf zur Seite und bemerkte, dass sie neben mir kniete, ihre Hände über meinem Bauch. „Ich habe schon einen Betäubungszauber gewirkt, doch der Zauber, den ich brauche, um diese Wunde zu schließen, wird weh tun. Also mach' dich bereit."

„Welche Wunde?" Ich versuchte, den Kopf zu heben, war aber so schwach, dass ich es nicht schaffte.

„Du bist mit einem Riss im Bauch zurückgekommen, Jade. Aber Bea ist hier. Keine Sorge", sagte Kane und drückte meine Hand. „Alles wird gut."

Ich hätte ihm geglaubt, wenn er mich nicht berührt hätte. Meine Empathengabe war immer noch stark, und obwohl er sich stark zeigte, fraß ihn die Sorge bei lebendigem Leibe auf. Es stand schlecht um mich.

„Hat dir das ein Dämon angetan?", fragte Kane und warf einen schnellen Blick an meinem Körper hinunter.

„Nein. Es muss passiert sein, als ich übergewechselt bin. Aber ich weiß nicht warum."

Kane riss den Kopf hoch und starrte jemanden zu seiner Linken an. „War es der Zauber, den Jasper verwendet hat, um den Übertritt abzuschließen?"

„Nein", sagte Lailah mit Tränen in der Stimme. „Nicht wirklich. Jaspers Zauber war in der Lage, sie hier zu verankern, weil er an euch beide gebunden ist. Doch dabei wurde ihre Verbindung zu Ezra unterbrochen. Das hat die Verletzung verursacht."

Kane drückte meine Hand und kniff die Augen zusammen, als er sich umsah. „Was ist mit ihm passiert? Ezra, meine ich."

Lailahs Gesicht wurde weiß. „Es war der Aschezauber. Er hat bei ihm nicht funktioniert. Das funktioniert nur bei reinen Seelen. Seelen, die es nicht verdienen, in der Hölle zu sein."

Sie richtete ihren Blick auf mich und starrte mir in die Augen. „Ich kann nur vermuten, dass Ezra zu viele Deals mit den Dämonen gemacht hat. Also hat der Zirkel, als ihr beide die Barriere zurück an die Oberfläche überquert habt, versucht, ihn wieder zurück in die Hölle zu schicken. Und weil du durch den Hexenzirkel und die Magie von sieben anderen

Hexen gebunden warst, wart ihr beide in der Schwebe, bis Jaspers Bann jede Bindung, die du mit Ezra hattest, brechen konnte. Damit bist du hiergeblieben, schwer verletzt, und Ezra ist in die Hölle zurückgekehrt."

„Das ist … furchtbar", sagte ich schwach, immer noch benebelt, immer noch auf Bea wartend.

Lailah runzelte die Stirn, und ihre normalerweise weiße Aura wurde grau vor Kummer. „Das ist alles, was du zu sagen hast?"

Ich nickte, zu müde, um mir darüber Gedanken zu machen. Ich schloss die Augen und schloss alles aus, bis Beas Magie eindrang, mein Inneres durcheinanderwirbelte und mich mit tausend messerscharfen Messern stach.

KAPITEL ACHTUNDZWANZIG

JADE

*I*ch kann mich nicht an viel erinnern, was passiert ist, nachdem Bea meine Wunde geheilt hat, außer dass Kane mich durch die Schatten nach Hause gebracht hat. Das war vor einer Woche gewesen, und seitdem hatte ich einen Großteil meiner Zeit im Bett damit verbracht, von Kane, Pyper und Lailah rundum bedient zu werden. Es war immer einer von ihnen da und stellte sicher, dass ich nicht viel weiter als bis ins Bad ging.

Aber heute war ich auf, geduscht, angezogen und bereit zu gehen, wenn auch nicht gerade schnell. Ich schlurfte in die Küche und hielt mir den Bauch. Ich war mir nicht sicher, wie groß meine Wunden gewesen waren, bevor Bea mich auf magische Weise wieder zusammengeflickt hatte, und ehrlich gesagt wollte ich es auch nicht wissen. Ein Arzt hatte mich untersucht und gesagt, ich hätte ein paar unangenehme Blutergüsse erlitten, doch wenn ich es ein paar Wochen langsam angehen würde, wäre ich wieder so gut wie neu. Im Moment tat einfach alles weh.

„Ich schätze, das bedeutet, dass du entschlossen bist, zur Anhörung heute zu gehen?", sagte Lailah von der Küchenbar.

„Ja." Ich goss Chai-Konzentrat in meine Tasse und schnupperte daran. Nur Gewürze und Honig. Meine Vorliebe für Chai-Tee hatte kein bisschen nachgelassen, doch ich dachte jedes Mal an den Fluch, wenn ich mir eine Tasse zubereitete.

„Niemand außer mir, Pyper und Kane war seit Tagen auch nur in der Nähe deiner Küche", sagte Lailah. „Nicht einmal Kat."

Meine beste Freundin war ein paarmal vorbeigekommen und hatte Essen aus verschiedenen Restaurants mitgebracht, wie es sich für eine gute Freundin gehörte. „Wollte nur sicher sein." Lächelnd stellte ich die Tasse in die Mikrowelle und schaltete sie ein. „Wie geht's Zoë?"

Lailah zuckte mit den Schultern. „Sie ist okay, denke ich. Sie hat mir erzählt, dass sie angefangen hat, eine Therapie zu machen. Anscheinend gibt es in Metairie einen Hexenpsychologen. Bianca geht auch hin."

„Im Ernst?"

„Zweimal pro Woche."

Das war interessant. Ich hatte gehört, dass Bea Bianca nach Coven Pointe gebracht und Mati, selbst eine Sexhexe, gebeten hatte, Bianca unter ihre Fittiche zu nehmen. Ihre ganze Familie war voller Sexhexen, also schien mir das eine gute Wahl gewesen zu sein. „Ich hoffe, es hilft. Sie haben beide so viel durchgemacht."

Lailah nickte. „Zoë wurde von derjenigen, die sie eigentlich hätte beschützen sollen, geistig verletzt. Sie wird eine Weile brauchen, um sich davon zu erholen. Und Bianca, sie wurde körperlich missbraucht, und obwohl sie sich gut zu akklimatisieren scheint, sind ihre emotionalen Narben tief."

Beide Einschätzungen waren nachvollziehbar. Beide Frauen hatten einen Alptraum durchlebt.

Schritte hallten aus dem anderen Raum, und Kane kam herein. Er lächelte mich an. „Hey, hübsche Hexe. Schön, dich auf zu sehen."

„Sie denkt, sie geht zur Anhörung", sagte Lailah.

„Natürlich tut sie das." Kane zwinkerte mir zu.

Ich lächelte. Das würde ich mir auf keinen Fall entgehen lassen. Nicht nach allem, was in den letzten Monaten passiert war.

„Alles klar. Zeit, zu gehen." Lailah stand auf und bot mir ihren Arm an.

Ich warf Kane einen Blick zu. „Kommst du?"

„Das würde ich mir nicht entgehen lassen."

Wir gingen ins Wohnzimmer. Kane und ich sahen Lailah an.

„Einen Moment." Sie schickte eine SMS. Ihr Handy summte sofort, und ein albernes Grinsen breitete sich auf ihrem Gesicht aus.

Sowohl Kane als auch ich starrten sie mit hochgezogenen Augenbrauen an.

„Jonathan. Er trifft mich dort", erklärte sie.

Ich schmunzelte. „Wo war er die ganze Woche?" Lailah hatte unser Haus kaum verlassen und war nur gegangen, um nach Hause zu gehen, um zu duschen und sich umzuziehen. Sie hatte nicht einmal dort geschlafen, sondern in unserem Gästezimmer übernachtet.

„Im Reich helfen, den Fall zusammenzustellen."

„Ah. Ich dachte, vielleicht ist er meinetwegen weggeblieben."

Lailahs Lächeln verschwand. „Eure gemeinsame Geschichte ist ihm unangenehm. Ich denke, er will es wieder gutmachen, und das könnte der Grund sein, warum er so hart an diesem Fall arbeitet. Um allen, die Schaden erlitten haben, Gerechtigkeit widerfahren zu lassen."

„Nun … das ist gut von ihm." Meine Einstellung Jonathon gegenüber war derzeit recht neutral. Er hatte mich einmal schrecklich behandelt. Ich bemühte mich, die Vergangenheit auf sich beruhen zu lassen, aber manchmal fiel es mir schwer, meinen Groll loszulassen. Doch seine Hilfe, uns aus der Hölle zu holen, hatte sicherlich einen großen Beitrag zur Linderung geleistet.

„Er bemüht sich." Sie blickte zur Decke hinauf. Das gleißend weiße Licht strahlte auf uns herab, und eine Sekunde später standen wir drei in der Engelreichversion der Saint-Louis-Kathedrale.

Jeder Platz war mit einem Engel in großen Roben besetzt. Chessandra saß vor allen an einem Tisch und blickte zu den Mitgliedern des Engelsrates auf.

„Wow", sagte ich.

„Hier entlang." Lailah führte uns den Mittelgang entlang und bog vor Chessandra rechts ab.

Als ich dem Blick des Hohen Engels begegnete, sah ich nichts außer Bedauern in ihren dunklen Augen, und Reue ging in Wellen von ihr aus.

Obwohl sie der Grund dafür war, dass Avery zum Dämon geworden war, konnte ich nicht anders, als Mitleid mit ihr zu haben. Sie hatte ihren Sohn an die Hölle verloren. Welche Entscheidungen sie auch immer in seiner Kindheit getroffen hatte, sie musste diesen Verlust betrauern.

Kane legte seine Hand an meinen unteren Rücken. „Bist du okay?"

Ich nickte und folgte ihm vorsichtig auf die Zeugenbank. Wir waren nicht vorgeladen worden, doch Lailah hatte gesagt, dass sie uns auf die Liste der freiwilligen Zeugen setzen würde, falls der Rat uns aufrufen wollte. Unsere Anwesenheit war jedoch nicht verpflichtend.

Lailah saß neben Jonathon, während Kane und ich vor ihnen saßen.

„Ich wusste nicht, ob du es schaffen würdest", sagte der Engel neben mir.

Ich blickte hinüber und blinzelte. „Jasper."

Er schenkte mir ein trauriges Lächeln.

„Das mit Avery tut mir so leid."

Er starrte geradeaus. „Mir auch." Nach einem Moment sagte er: „Tut mir leid wegen des Bindungszaubers. Ich weiß, es war nicht cool, aber zu dem Zeitpunkt war ich einfach so frustriert und hatte Angst um Avery. Ich war bereit, alles zu tun, um sie zu finden."

„Es muss dir nicht leidtun." Ich streckte meine Hand aus und legte sie auf seine. „Dank dir konnten Lailah und Jonathon uns in der Hölle finden. Und wenn diese Bindung nicht gewesen wäre, wäre ich sehr wahrscheinlich immer noch dort gefangen."

Er schloss die Augen und seufzte. „Das macht es immer noch nicht richtig."

„Jasper?"

„Ja?"

„Sei nicht so hart zu dir. Wir alle verschieben Grenzen, wenn es darum geht, diejenigen zu schützen, die wir lieben."

„Einige von uns mehr als andere."

„Das kannst du laut sagen." Es gab nicht viel, was ich nicht tun würde, um Kane zu retten, wenn er in Schwierigkeiten war. Ein Bindungszauber war nichts im Vergleich zu dem, was ich Ezra angetan hatte ... unabhängig von seinen Verbrechen.

Die vertrauten Schuldgefühle legten sich um mich, und ich fragte mich, ob ich mich jemals damit abfinden würde. Jasper hatte recht. Nur weil sich etwas rechtfertigen ließ, war es noch lange nicht richtig.

Ich beugte mich vor und sah mich im Raum um, suchte nach Drake. Er war nicht oben auf dem Podest, obwohl ich das auch nicht erwartet hatte. Er war auch nicht auf der Zeugenbank, was mich überraschte. Da er Chessandras Gefährte war, würde seine Aussage als voreingenommen betrachtet werden, doch ich hatte angenommen, dass sie ihn dennoch zur Aussage zwingen würden.

Vielleicht würde er gar nicht erscheinen. Es musste schwer sein, mitanzusehen, wie seine Gefährtin beschuldigt wurde, Geschäfte mit Dämonen gemacht, eine Hexe und andere Engel verhext und ihre Macht missbraucht zu haben.

Oben auf dem Podium trat ein älterer Engel, den ich als Endora erkannte, an das Rednerpult und rief mit einem Hammer die Menge zur Ordnung. Sie benetzte sich die Lippen und verschmierte dabei Lippenstift über ihre Zähne.

Ich zuckte zusammen und unterdrückte gleichzeitig ein Lachen. Ihr Auftreten war trotz ihres blauen Lidschattens und krausen, hellroten Haares majestätisch.

„Das Verfahren im Fall des Hohen Engels Chessandra Ballintine ist hiermit eröffnet." Endora schlug erneut mit dem Hammer aufs Pult, und das leise Geplapper, das im Altarraum gesummt hatte, verstummte. Das einzige Geräusch, das zu hören war, waren leise Schritte auf dem weiß-goldenen Fliesenboden.

Ich spähte den Gang hinunter und entdeckte Drake, meinen Vater. Er schwieg und sah niemanden an, als er an

Chessandras Seite trat und sich auf den Stuhl setzte, der für ihre Verteidigung reserviert war. Mit Tränen in den Augen blickte sie zu ihm auf. Wenn ich nicht gewusst hätte, was sie getan hatte, wäre es herzzerreißend gewesen, als mein Vater zärtlich ihre Hand ergriff.

Endora räusperte sich. „Wenn dann alle bereit sind?"

„Das sind wir, euer Ehren", sagte Drake, der jetzt mit beiden Händen Chessandras Hand hielt.

„Sehr gut." Sie legte den Hammer ab. „Chessandra Ballintine, Sie werden angeklagt, vorsätzlich das Leben derer, die Ihnen dienen, gefährdet zu haben, Geschäfte mit Dämonen betrieben und illegale Zauber gewirkt zu haben." Endora hielt inne, holte tief Luft und fuhr dann fort. „Worauf plädieren Sie?"

Chessandra erhob sich von ihrem Platz und hielt ihren Kopf hoch erhoben. „Ich bekenne mich in allen Anklagepunkten für schuldig."

Ein kollektives Keuchen erfüllte den Raum. Niemand war darauf vorbereitet gewesen.

Kanes Hand schloss sich fester um meine. Ich hielt den Atem an.

„Schuldig?", fragte Endora überrascht. „Sind Sie sicher?"

Chessandra nickte.

Endora machte sich eine Notiz in ihren Unterlagen, und als sie wieder aufblickte, starrte sie den Hohen Engel an. „Der Rat muss über Ihr Urteil beraten. Möchten Sie Ihre Handlungen erklären?"

Chessandra schüttelte den Kopf, Tränen liefen nun über ihre Wangen.

„Miss Ballintine", sagte Endora energisch, „ich hoffe, Sie verstehen, dass das Urteil wahrscheinlich hart ausfallen wird.

Wenn es überhaupt mildernde Umstände gibt, fordere ich Sie dringend auf, sie vorzutragen."

Chessandra schüttelte erneut den Kopf und setzte sich.

Drake beugte sich vor und flüsterte ihr eindringlich etwas ins Ohr. Sie saß einfach da, den Kopf gesenkt.

„Chessa!", sagte er scharf. „Sag es ihnen."

Sie riss ihren Kopf zur Seite und funkelte ihn an. Dann schloss sie die Augen, holte tief Luft und stand wieder auf.

„Haben Sie etwas zu sagen?", fragte Endora.

„Ich –" Sie winkte ab. „Ich verdiene keinerlei Nachsicht, doch ich denke, einige Leute, die heute hier sind, verdienen eine Erklärung."

Endora beugte sich vor und stützte ihre Ellbogen auf dem Pult ab. „Sie haben das Wort."

Sie drehte sich zur Zeugenbank um, ihr Körper erstarrt, doch ihr Blick auf niemand Bestimmten gerichtet. Sie starrte nur an uns allen vorbei auf etwas, das nur sie sehen konnte.

Wir alle warteten schweigend darauf, dass sie ihre Gedanken sammelte.

Und als sie anfing zu sprechen, war ihre Stimme monoton, bar jeder Emotion. „Als ich achtzehn war, hatte ich eine Romanze mit einem Engel, den ich am College kennengelernt habe. Die Beziehung war leidenschaftlich und ernst und zu dieser Zeit dachte ich für immer. Ich dachte, ich hätte meinen Gefährten gefunden. Nur stellte sich heraus, dass der Engel, in den ich mich verliebt hatte, nicht in mich verliebt war, und wir trennten uns nach etwa sechs Monaten." Sie hielt inne und warf Drake einen kurzen Blick zu, bevor sie fortfuhr. „Einen Monat später fand ich heraus, dass ich schwanger war."

Als sie nicht fortfuhr, fragte Endora sanft: „Haben Sie sein Kind zur Welt gebracht?"

Chessandra nickte und wandte sich dem Engel zu. „Ja, das habe ich. Allein. Niemand außer meinem Arzt wusste davon."

Endora hob die Augenbrauen. „Niemand?"

„So ist es. Als ich es dem Vater sagen wollte, fand ich heraus, dass er in die Hölle gebracht worden war. Es wurde vermutet, dass er ein gefallener Engel war. Doch ich musste es wissen. Also bin ich ihm nachgegangen. Da habe ich herausgefunden, dass ich außergewöhnliche Kräfte hatte. Ich konnte die Hölle nach Belieben betreten und verlassen. Es war so einfach wie in die Schatten zu gehen."

Mir blieb die Luft weg. Machte sie Witze? Ich glaubte nicht. Ihre Körperhaltung war angespannt. Das Letzte, was sie tun wollte, war, diese Geschichte zu erzählen.

„Also habe ich meinen ehemaligen Geliebten Wes Lancaster gesucht. Doch als ich ihn gefunden habe, war er schon ein Dämon geworden, wie so viele vor ihm. Aus Angst, ich könnte die Nächste sein, bin ich geflohen und ohne Schwierigkeiten zurück an die Oberfläche gekommen. Doch was ich in der Hölle gesehen hatte, verfolgte mich. Ich war erst achtzehn, schwanger, allein, und die möglichen Auswirkungen meiner Macht trafen mich hart. Obwohl ich nicht ganz verstanden hatte, was meine Rolle im Engelreich sein würde, wusste ich, dass sich mein Leben aufgrund meiner Macht ändern würde. Und ich wusste auch, dass jedes meiner Kinder ein Ziel sein würde. Also traf ich die Entscheidung, ihn zur Adoption freizugeben."

Endora nickte, und ich spürte, wie eine Welle des Mitleids die Feindseligkeit aus dem Publikum durchdrang.

„Ich habe ihn im Auge behalten und immer verfolgt, was mit ihm passiert ist. Er hatte gute Eltern, doch ihr Leben endete in einer Tragödie. Danach wurde er von einer Pflegefamilie zur anderen weitergereicht. Ich bemühte mich,

DEANNA CHASE

dafür zu sorgen, das Schlimmste von ihm fernzuhalten, und habe mich immer dann eingemischt, wenn seine Umgebung nicht akzeptabel war. Das bedeutete, dass er oft zu anderen Leuten geschickt wurde. Doch zu diesem Zeitpunkt war ich schon der Hohe Engel, und ich konnte ihn nicht zu mir nach Hause holen. Es war zu gefährlich, ihn in meine Nähe zu bringen. Die Zahle meiner Feinde wuchs von Tag zu Tag."

Endora machte sich Notizen.

Ich starrte Chessandra mit offenem Mund an. So sehr ich sie für ihre Entscheidung hassen wollte, ich konnte ihr keinen Vorwurf machen. Ich wusste besser als jeder andere, dass Macht Probleme anzog. Und als der Hohe Engel war sie ein großes Ziel. Sie hatte sich in ihrer Annahme nicht geirrt, dass ihr Kind in Gefahr sein würde.

„Vor fünf Jahren ist Ezras Vater aus der Hölle aufgetaucht und hat ihn gefunden. Er hat Ezras Kopf mit Lügen darüber gefüllt, wer er wirklich war, gab vor, ein Hexenmeister zu sein, gewann das Vertrauen meines Sohnes und hat mich dann erpresst, um sich aus einer Klemme zu retten. Ich hasste es, das zu tun, doch ich hatte keine Wahl. Wes drohte, Ezra mit in die Hölle zu nehmen. Und es wäre leicht gewesen. Ezra hatte ihm bereits vertraut."

Der Vertrag, den Ezra uns gezeigt hatte. Darum ging es in ihrer Aussage.

„Doch die Erpressung hörte damit nicht auf. Er verlangte immer mehr von mir. Und so kam Avery ins Spiel. Ich fing an, sie mit harmlosen Informationen zu schicken, um Wes in Schach zu halten, doch er hatte meine Spielchen satt und nahm sie mit." Eine Träne lief ihr über die Wange.

Sie schniefte. „Damals habe ich die Hexe Jade Calhoun und ihren Incubus-Ehemann damit beauftragt, Avery zu finden, in der Hoffnung, dass sie sie nach Hause bringen würden, doch ich habe ihnen nie gesagt, was ich wusste. Dass sie aller Wahrscheinlichkeit nach schon in der Hölle war. Ich hatte Angst. Und habe mich geschämt. Ich dachte, wenn Wes Avery hätte, würde er Ezra in Ruhe lassen. Nur, das hat er nicht. Bis dahin war ich zu tief drin und habe alles getan, um es zu vertuschen."

Da glitt ihr Blick zu mir. „Nachdem klar war, dass Avery entführt worden war, konnte ich die Vorstellung nicht ertragen, dass jemand anderes wegen meiner Entscheidungen verletzt werden könnte. Also habe ich in meiner Verzweiflung Zoë verhext, damit sie die Suche nach Avery sabotierte. Alles, was ich sie tun ließ, war ein Versuch, Jade Calhoun und ihren Zirkel zu beschützen. Einige Maßnahmen waren klein, wie das Löschen von Nachrichten. Andere, wie der Fluch … nun, ich wollte unbedingt so viele Seelen wie möglich in Sicherheit bringen. Und ich wollte nicht, dass die weiße Hexe gegen Dämonen kämpft, wenn es so gut wie sicher war, dass wir Avery schon verloren hatten. Ich bin offensichtlich gescheitert."

Saß sie wirklich da und behauptete, sie hätte nur versucht, ihre Leute zu beschützen? War das der wahre Grund, warum sie mich und mein zukünftiges Kind verflucht hatte? Um es zu beschützen? Es war wahrscheinlich, dass ich die Wahrheit nie erfahren würde.

„Und dabei ging es nicht darum, Ihre Geheimnisse zu wahren?", fragte Endora kritisch.

Chessandra zuckte mit den Schultern. „Das könnte schon sein, aber ehrlich gesagt war das nicht meine Hauptmotivation."

„Ich verstehe. Haben Sie noch etwas hinzuzufügen?"

„Ja. Nur, dass ich weder Nachsicht will noch sie verdiene. Ich habe diejenigen gefährdet, die für mich gearbeitet haben.

Am Ende habe ich meinen Sohn trotzdem verloren. Ich verdiene alles, was der Rat beschließt."

Aus dem Zuschauerraum kamen Meinungen und spöttische Kommentare. Verständnis und Vergebung mischten sich mit Feindseligkeit und Misstrauen. Die Meinung der Menge war geteilt. Chessandra setzte sich wieder und starrte geradeaus.

Ich war mir sicher, dass sie mehr Verbrechen begangen hatte, als sie zugegeben hatte, doch ihr Geständnis war mehr als genug.

„Ezra war ihr Sohn?", fragte Jasper mich.

„Ja."

„Mein Gott."

„Du hast ihn gekannt?", fragte ich.

„Ja. Die Wohnung, in die ich euch gebracht habe – das war seine."

„Du machst Witze. Also all diese Beweise. *Er* hat sie zusammengetragen?"

Kane beugte sich vor. „Ezra war schrecklich verbittert. Ich würde sagen, dass er sie mehr als jeder andere erledigen wollte."

Jasper machte große Augen. „Waren seine Anschuldigungen wahr?"

„Sicher. Doch es ist wahrscheinlich alles viel nuancierter, als wir wissen." Lange Zeit dachte ich, Chessandra sei nur egoistisch und vielleicht moralisch korrupt. Das entsprach immer noch der Wahrheit, doch zumindest verstand ich, warum sie es getan hatte.

Ich legte meine Hand auf die von Jasper und drückte sanft, bot ihm ein bisschen Trost an. Die Welt des armen Jungen war auf den Kopf gestellt worden. Er hatte erfahren, dass seine Verlobte ein Dämon geworden war, hatte jemanden verloren, der sein Freund gewesen war, und jetzt sah es so aus, als würde er auch einen neuen Job brauchen. Seine Tage als Chessas Assistent waren vorbei.

Der Rat zog sich zurück und beriet sich über zwei Stunden lang. Als sie schließlich zurückkehrten, protestierte mein ganzer Körper gegen das lange Sitzen auf dem harten Stuhl.

Endora schritt zum Rednerpult, und nachdem sie ein paar Minuten gebraucht hatte, um die Zuschauer zu beruhigen, räusperte sie sich und sagte: „Chessandra Ballintine, bitte erheben Sie sich."

Chessandra stand wie in Trance auf.

„Chessandra Ballintine, Ihnen wird hiermit der Titel des Hohen Engels aberkannt, einschließlich aller damit einhergehenden Privilegien. Sie werden zu dreißig Jahren Haft mit zwei Jahren Therapie verurteilt. Die Strafe ist sofort anzutreten."

Drake stand auf und legte einen Arm um sie, doch sie stand steif neben ihm, ihr Gesichtsausdruck leer.

Und als die Wachen kamen, leistete sie keinen Widerstand.

Eine Spur von Erleichterung breitete sich in meiner Brust aus, gefolgt von einer Leere in meinem Bauch. Ich hätte begeistert sein sollen. Mich bestätigt fühlen. Triumphieren. Doch ich fühlte nichts davon. Hauptsächlich fühlte ich mich leer und erschöpft. Alles, was ich tun wollte, war, mich wieder mit Kane und meinem Geisterhund Duke ins Bett zu kuscheln.

Wir saßen auf der Zeugenbank, bis die meisten Engel verschwunden waren.

„Ich kann nicht glauben, dass es vorbei ist", sagte Lailah hinter mir.

Zu erschöpft zum Reden nickte ich nur.

„Bereit, nach Hause zu gehen?", fragte Kane mich.

„Mehr als bereit." Wir standen auf, doch bevor ich auch nur den ersten Schritt machte, ergriff Jasper meine Hand.

Er sah mich mit wilden Augen an. „Ich muss es wissen. Ist sie wirklich…?"

Meine Brust zog sich vor Schmerz zusammen. Er konnte den Satz nicht beenden, weil er über Avery sprach. „Oh, Jasper. Es tut mir so leid. Sie war schon gefallen. Ein –"

„Dämon", beendete er für mich.

„Es gibt nichts, was wir hätten tun können."

„Ich verstehe." Er stand schwerfällig auf, ließ den Kopf hängen und schlurfte ohne ein weiteres Wort aus dem Altarraum.

EPILOG

KANE

*D*rei Monate später...

Die Ofentür quietschte, als ich sie aufzog. Drinnen stand ein perfekter, goldener Käsekuchen, gebacken für Jade und unser Dinner. Was wir feierten wusste ich nicht wirklich. Es war nicht unser Jahrestag, ihr Geburtstag oder irgendein wichtiger Feiertag. Dessen hatte ich mich versichert, nachdem sie heute Morgen gegangen war, um den Tag mit Pyper im Café zu verbringen.

Ich wusste nur, dass sie mir heute Morgen gesagt hatte, dass wir was vorhatten und wir feiern würden. Unsere letzten drei Monate waren relativ ruhig gewesen. Endlich einmal. Jetzt, da Chessandra inhaftiert war, war unser Schattenwandlervertrag mit ihr für ungültig erklärt worden, und wir hatten es abgelehnt, einen neuen zu unterschreiben. Da wir zum ersten genötigt worden waren, war niemand überrascht.

Ich jagte immer noch Dämonen, doch selbst die Dämonenangriffe waren weniger geworden. Maximus vermutete, dass mein Besuch in der Hölle Aikens Gefolgschaft reduziert hatte und die Spannungen nachgelassen hatten. Ich wusste es nicht, und ehrlich gesagt war es mir auch egal. Ich genoss es einfach, mit meiner Frau zusammen zu sein.

Jade hatte den größten Teil ihrer neu gewonnenen Freizeit damit verbracht, bei Bea so viel sie konnte über Heilmagie zu lernen und mit Pyper im Café zu arbeiten. Sie hatte gesagt, sie sei bereit für ein ruhigeres Leben. Nun, sie hatte es weitgehend bekommen. Seit wir aus der Hölle zurückgekehrt waren, hatte es keine größere Krise gegeben. Den Göttern sei Dank.

Ich stellte den Käsekuchen auf einen Rost zum Abkühlen und ging duschen. Wenn Jade nach Hause kam, würde ich für sie bereit sein.

Innerhalb weniger Augenblicke füllte Dampf das Badezimmer, und ich stellte mich unter den Wasserstrahl, ließ die Hitze über mich strömen und entspannte meine Schultern.

„Brauchst du Hilfe?", hörte ich Jades Stimme über das Rauschen des Wassers.

Grinsend öffnete ich die Duschtür. „Wenn du sie mir anbietest."

Sie stand barfuß auf dem Fliesenboden, schon nackt. Allein der Anblick ihrer neuerdings etwas runderen Brüste und ihrer volleren Kurven ließ das Blut in meine Lenden strömen, und ich spürte, wie ich unter ihrem intensiven Blick hart wurde. In den drei Monaten entspannteren Lebens hatte Jade ein paar Pfunde zugelegt, die ich verdammt sexy fand. Sie war vorher schön gewesen, doch jetzt war sie einfach nur perfekt.

Ich winkte sie zu mir. „Komm rein, hübsche Hexe."

Ihr Blick wanderte über meinen Körper und verweilte auf

meinem Schritt. „Sieht so aus, als wärst du mehr als bereit für ein bisschen Hilfe."

Ich nahm ihre Hand und zog sie in die Dusche. „Honey, das ist alles andere als ein bisschen."

Sie kicherte und drückte ihre Handflächen an meine Brust, den Kopf zu mir erhoben. Freude strahlte aus ihren funkelnden grünen Augen.

Gott, ich liebte es, wenn sie kicherte. Ich könnte ewig damit verbringen, dem Klirren ihres Lachens zu lauschen. „Komm' her." Ich schlang meine Arme um sie, und Wärme erfüllte mein Herz. „Wie war dein Tag?"

„Hmm, fast perfekt." Sie sah zu mir auf, ihr Gesicht strahlte.

„Ach so? Ist im Café was Besonderes passiert?" Heute war etwas entschieden anders an ihr. Sie strahlte praktisch von innen heraus.

Sie schüttelte den Kopf. „Nein. Einfach ein ganz normaler Tag voller Schokoladen-Cupcakes, Chai-Tee und Pyper, die mich ausgehorcht hat, weil sie wissen wollte, was wir feiern."

Ich lachte. „Ich sehe, es hat nicht funktioniert. Sie hatte die strikte Anweisung, mich anzurufen, sobald sie etwas herausgefunden hat."

„Dann hat sie es also nicht getan." Ihr Lächeln wurde selbstzufrieden.

„Offensichtlich nicht. Ich habe nichts von ihr gehört."

„Gut." Sie stellte sich auf Zehenspitzen, knabberte an meiner Unterlippe und fachte das Bedürfnis an, sie zu haben, das nie ausreichend gestillt wurde.

Ich stöhnte leise und zog sie an mich, denn ich liebte die Art, wie sich ihre Nippel an meiner Brust verhärteten. „Du bist perfekt."

„Das denkst du?" Sie lehnte sich ein wenig zurück und drehte sich in meinen Armen um, drückte ihren Rücken gegen mich. Sie flocht ihre Finger durch meine und schlang meine Arme um ihren Bauch.

„Unbedingt."

„Ich hoffe, dass du in sechs Monaten immer noch so denkst."

Ich runzelte die Stirn. „Was meinst du?"

Sie warf mir ein schiefes Lächeln zu.

Ich kniff die Augen zusammen, Misstrauen breitete sich in meinem Hinterkopf aus. Ihre Brüste, der etwas rundere Bauch und die Hüften – das Leuchten der werdenden Mutter. „Jade? Bist du –?"

„Schwanger?", fragte sie.

Ich nickte.

Sie legte meine Hand auf ihren Bauch und flüsterte: „Ja."

„Ein Kind", flüsterte ich, Fassungslosigkeit kämpfte mit Staunen.

„Unser Kind." Jade lehnte sich an meine Brust und streichelte meine Finger, die auf ihrem noch kaum vorhandenen Babybauch ruhten.

Starke Emotionen stiegen auf und raubten mir die Stimme, als mir klar wurde, dass ich endlich alles in meinen Armen hatte, was ich mir jemals gewünscht hatte.

Jade. Unser Kind. Eine Familie.

Meine Augen brannten, und ich hielt meine Frau fester und wünschte mir, ich könnte sie und unser Kind für immer fest in meinen Armen halten.

Sicher.

„Kane?", fragte sie leise.

„Ja, Liebes?"

„Du bist glücklich, oder?" In ihrem Ton lag mehr als ein bisschen Beklommenheit.

Ich drehte sie um, hob sie hoch und lehnte sie gegen die

gefliese Wand der Dusche. Ich starrte in ihre glasigen hellgrünen Augen und lächelte. „Nichts auf diesem Planeten könnte mich glücklicher machen, als zu wissen, dass du mein Kind trägst."

Sie strahlte, während Freudentränen langsam über ihre Wangen liefen. „Du machst dir keine Sorgen?"

Mein Lächeln wurde wehmütig. „Ich denke, ich werde mir für den Rest meines Lebens jede Minute jedes Tages Sorgen machen, doch das hat nichts damit zu tun, dass du die Anführerin eines Hexenzirkels bist und ich ein Dämonenjäger. Das gehört einfach dazu."

Sie schüttelte den Kopf und ihre Stimme stockte, als sie sagte: „Ich weiß, dass alle Eltern so denken. Aber unser Leben … es ist nicht dasselbe."

Ich wurde ernst und strich eine Strähne ihres rotblonden Haars aus ihrem Gesicht. Ich wusste, was sie meinte, und obwohl ich versucht hatte, Humor in meine Antwort einfließen zu lassen, schmerzte tief in meinem Herzen bereits alles, was unsere Kinder ertragen müssten. Obwohl der Fluch gebrochen war, gab es keine Garantie dafür, dass unser Kind nicht wieder ins Visier genommen werden würde. Doch ich weigerte mich, mein Leben in Angst zu leben. Und ich wusste, dass das auch für sie galt. Unsere Kinder wüssten genau, wie es sich anfühlt, geliebt zu werden. Und möge die Göttin allem oder jedem beistehen, der versuchte, ihnen Schaden zuzufügen.

„Du hast recht. Ist es nicht. Aber dieses Kind" – ich warf einen Blick auf ihren Bauch – „wird umgeben von Liebe und Magie und Wundern aufwachsen. Und sie wird zwei toughe Eltern haben, die sie im Auge behalten. Armes Ding. Das wird wahrscheinlich schwerer für sie sein, als jeder Dämon, der versucht, sich ihr in den Weg zu stellen."

Jade lachte. „Sie?"

„Ja. Ein kleines Mädchen mit blonden Locken und jadegrünen Augen, genau wie ihre Mutter."

„Oder ein dunkelhaariger kleiner Junge mit dunklen Schokoladenaugen und Wimpern, die so lang sind, dass sie alle Mädchen neidisch machen."

„Wie wäre es mit beidem", flüsterte ich, lehnte mich vor und presste meine Lippen auf ihre.

Sie stieß ein leises, zufriedenes Stöhnen aus und presste ihren Körper an mich. „Ich denke, das lässt sich arrangieren, Mr. Rouquette."

„Wie wäre es mit jetzt?", neckte ich sie und senkte meinen Kopf, um Küsse über ihre Brüste zu verteilen.

Sie kicherte. „Ich bin nicht sicher, ob das so funktioniert – oh!"

Ich hatte meine Zähne über ihre Brustwarze gekratzt und unfähig, mich zu beherrschen, saugte ich hart, während sich meine Finger in das weiche Fleisch ihrer Hüften gruben. Sie war so warm, so geschmeidig, so perfekt. Das Blut pumpte durch meinen Körper, jeder Nerv vibrierte vor Verlangen.

Sie drückte sich an mich, ihre Nägel kratzten über meinen Rücken. „Bring mich ins Bett, Kane. Zeig mir genau, wie sehr du mich liebst."

„Gerne." Ich drehte das Wasser ab, und mit Jade, die immer noch um mich geschlungen war, ging ich in unser Schlafzimmer. Und da, mitten auf dem Bett, stand der Käsekuchen.

Jade schenkte mir ihr sexy kleines Lächeln und sagte: „Ich dachte, wir könnten ohne die Gabeln auskommen."

Ein Grinsen tanzte um meine Lippen, meine Gedanken rasten zu all den sündigen Orten, an denen ich sie schmecken würde. Ihr Atem stockte, als ich mich mit ihr auf dem Bett niederließ und mit meinen Fingern über ihr erhitztes Fleisch streichelte. „Ich hoffe, Sie sind bereit, Mrs. Rouquette. Das wird eine verdammt gute Party."

Jades Hand legte sich auf meine Wange. „Das wird ein verdammt gutes Leben."

Mein Herz stolperte angesichts der intensiven Liebe, die durch ihren Blick zu mir zurückstrahlte. Und zum ersten Mal in meinem Leben verstand ich wirklich, was es bedeutete, sich ganz zu fühlen. Ich senkte meine Lippen auf ihre und murmelte: „Das ist es schon."

ÜBER DIE AUTORIN

Die New York Times und USA Today Bestsellerautorin Deanna Chase ist gebürtige Kalifornierin, die in den langsameren Lebensstil des südöstlichen Louisiana gezogen ist. Wenn sie nicht gerade schreibt, hat sie mit ihrem Mann in New Orleans Spaß oder spielt mit ihren zwei Shih-Tzus. Weitere Informationen und Updates zu Neuerscheinungen finden Sie auf ihrer Website unter deannachase.com.